孤岛

一稚 著

The Isolated

当代世界出版社
THE CONTEMPORARY WORLD PRESS

图书在版编目（CIP）数据

孤岛 / 一稚著. —北京：当代世界出版社，2017.8
　ISBN 978-7-5090-1251-2

　Ⅰ.①孤… Ⅱ.①一… Ⅲ.①长篇小说－中国－当代 Ⅳ.①I247.5

中国版本图书馆CIP数据核字（2017）第181864号

书　　名：	孤岛
出版发行：	当代世界出版社
地　　址：	北京市复兴路4号（100860）
网　　址：	http://www.worldpress.org.cn
编务电话：	（010）83908456
发行电话：	（010）83908409
	（010）83908455
	（010）83908377
	（010）83908423（邮购）
	（010）83908410（传真）
经　　销：	全国新华书店
印　　刷：	北京天宇万达印刷有限公司
开　　本：	880毫米×1230毫米　1/32
印　　张：	8
字　　数：	184千字
版　　次：	2017年9月第1版
印　　次：	2017年9月第1次
书　　号：	ISBN 978-7-5090-1251-2
定　　价：	36.00元

如发现印装质量问题，请与承印厂联系调换。
版权所有，翻印必究；未经许可，不得转载！

目 录

引子　001
劫　　004
觅　　091
后记　244

引 子

空气在滚滚热浪中扭曲。火焰狰狞的面孔上，一张血盆大口咆哮出噼里啪啦的爆炸声。桅杆顶着一团火球伫立在墨绿色的海浪之中，渐渐被浓烟吞噬。辛晴浑身湿透、哆哆嗦嗦，五脏六腑仿佛正进行着一场冰与火的死死纠缠。她呆望着猖狂的火舌，在耀眼的火光中，突然看到一张棱角分明的脸庞。这冷峻中藏着温暖的面孔，如此熟悉，仿佛触手可及，却又似远过天边。

辛晴拼了命朝那张脸跑去。双腿长时间浸泡在冰冷的海水中，此时每挪动一步，便如万针穿刺般疼痛，从脚趾一直疼进心里去。舒桐带着他一如既往的微笑，坐在露出了海面的岩石上。阳光中，他看着辛晴，正欲伸出双臂，海浪突然狠狠拍来，舒桐消失不见。辛晴一声撕心裂肺的哭喊，呛出一口苦涩的海水来。

梦醒。

阳光刺眼，空气冷冽。她用麻木的双臂勉强支撑住上身，缓缓坐起。

四下望去，周围一切都是陌生的。

冰冷的身体像木舟一般搁浅，浸泡在海水里，被海浪一波波拍击着。面前，大海湛蓝，一望无边；身后不远处，是一片郁郁葱葱的树林。身旁，躺着一位红发壮汉，一件破破烂烂的T恤，紧贴伤痕累累的皮肤，露出腰部文身——大写字母J。左眼眼角下方那道深深的伤疤，瞬间唤起了辛晴的所有记忆。这是George。他还在昏迷状态，手中紧握一张被海水浸透的照片。照片上，一个面容消瘦的女生，咧嘴大笑，颈部项链上挂着大写字母"G"的吊坠，和那毫无掩饰的笑容一样引人注目。

几十米远处的沙滩上，横插着一艘快艇。辛晴头痛欲裂，意识到自己正身处陌生荒岛。昏迷的George突然一阵剧烈咳嗽，辛晴挣扎着挪到他身边，喊着他的名字。似乎就在前一秒，George刚拿出妻子Jo的照片给自己看，可突然间，海水颜色骤变，离快艇不远处的海中升腾起一股浓烟，遮蔽了天空。辛晴继续回忆着：岩浆……火山灰……烟雾中，一座岛屿生生冒出海面……紧接着，船体在污浊不堪的空气中随着波涛剧烈摇晃，船上每一张面孔都写满惊恐。同行的汤加本地姑娘给自己递来一块儿湿抹布，辛晴还未来得及捂住口鼻，便突然失去知觉。

额头一阵剧痛。辛晴伸手去摸，有伤口。海水早已将额上的血冲刷干净。苦涩的海水蜇着翻露在外的皮肉，疼痛随着辛晴意识越来越清醒，变得愈发剧烈。George睁开眼，看到辛晴，颤抖着举起手中妻子的照片，张开嘴想要说什么。辛晴俯下身去，将耳朵贴在他嘴边，却一个字儿也听不清。再看看George被泡在海水中的双腿，不知哪里受了伤，血迹斑斑。他面无血色，双唇惨白，浑身发抖，嘴里不停地咕哝着什么。辛晴又惊又怕,着急了,摇晃着 George 的肩膀,哭喊着:"你说什么!我听不到!"

George 突然不知哪儿来的力气,猛地扬起手,将妻子照片塞进辛晴怀里。她拿过照片,哽咽着,脑海中划过一丝绝望。George 抬起的手,滑落在辛晴腿上。辛晴瞪大眼睛看着不再发抖、安静得可怕的 George,号啕大哭。

死亡,来得悄无声息。

劫

一

　　舒桐坚信，若非亲自探寻一座城市的夜色，休想嗅到任何藏垢。随着阳光离去，夜幕降临，他也转变了落笔的方向。早就希望自己的笔触可以从温情延伸进残酷里，于是，他用三年的孤独，在一个又一个白天与黑夜的翻转中，承受着时间的打磨。三年不长，或许不能够让一个人完全改变；三年却也不短，已足以让人在思念中熬得遍体鳞伤。

　　酒吧空气魅惑妖娆，纠缠着酒精撩人的气息。音乐狂躁、震耳欲聋，柔软多姿的腰身在舞池里摇曳，轻佻言语不时传入耳中……如是氛围下，杯中红酒亦愈发诱人。舒桐将酒一饮而尽，望着空空的杯子发呆。

　　狂欢中的孤独，最是让人多思。

　　高扬随着节奏一边扭动屁股、一边小心翼翼地保护着手中两杯泛

着白色雾气的鸡尾酒,穿过尽情挥霍荷尔蒙的人群,来到舒桐身边,把酒递一杯给他,随后侧身挪到高脚椅上:

"猜猜这酒叫什么名字。"

不远处吧台后,悬挂电视上正直播一场球赛。电视里比赛踢得火热,吧台前一群男人骂球更是淋漓痛快。两个姑娘浓妆艳抹、搔首弄姿,在舒桐身边已经扭了好一阵子,他却连余光都不曾朝她俩瞄去过。此刻,他只是静静地盯着玻璃杯中的两层液体。底层呈乳白色,略黏稠;上层透明澄澈,中央悬着一片 U 形猕猴桃切片。酒液之上,是朦胧的白色雾气,在杯口处旋转,甚是梦幻。

"什么名字?"

高扬抬抬眉毛,神秘兮兮地凑到舒桐耳边,悄声道:

"Pegasus&Hippocrene。"

舒桐微微一笑,不言语。身旁两位女郎终于选择放弃,撅嘴悻悻而去。高扬目送着她们婀娜的曲线,直至消失在人群中。

"多好的姑娘!"他叹口气,"她们不知道你是舒桐吗?"

舒桐笑着摇摇头,早已习惯。两人一起出门,高扬常被人群围着索要签名和合影,而自己则总是安静地退在一边。一向低调的他,即使三年来作品数量不亚于高扬,可被世人知道的,却只有"舒桐"这个名字和他的文字,而非他的面孔。

"你说带我来这里找'灵感',指的就是这个?"舒桐端起杯子。

高扬点点头,忽又意识到什么:"你早就知道这种酒?"

"我只知道珀伽索斯和他马蹄下的灵感泉罢了。"

高扬顿觉无聊:"没劲!我本来想拿这酒在你面前显摆来着。"

"洗耳恭听。"

高扬清清嗓子:"这酒是老板研究出的新品。灵感来源于希腊神话中著名的马神珀伽索斯。他神秘而优雅,用马蹄踏出了灵感泉,诗人饮之,文思泉涌。"

"拿我练完手,现在可以干脆点儿,直接去她面前搭讪了吧?"舒桐把酒递回高扬手中,朝九点钟方向努努嘴。一个身着黑裙的姑娘安静地坐在那里,面前放着一杯橙汁。自高扬踏进这酒吧的第一步起,目光便总在兜兜转转之后不时朝她打量过去。舒桐看得清清楚楚。

高扬咧嘴"嘿嘿"傻笑,端着两杯酒朝黑裙姑娘走去。纵使过往的经历早已让他明白,大多数姑娘不过是因为自己写过几本畅销书才理睬他的主动,他依然沉浸在这由名气带来的浮华之中。因为他的灵感,是手中被赋予了特殊含义的醉人液体,是夜色下的喧嚣神秘与美艳动人。

舒桐的灵感,却只有一个远方的她。

从吧台传来不堪入耳的骂语,定是球赛进行得不如人意。高扬那边,似乎一切顺利。舒桐看到黑裙姑娘脸颊红润,笑得花枝乱颤。他无奈地摇摇头,有种预感:今晚可能又得一个人离开酒吧了——自己的兄弟,舒桐比谁都了解。

拿出手机,给高扬发去信息:"我先回了。"

高扬扫一眼手机屏幕,突然变了脸色,匆忙抛下黑裙姑娘,疾步朝舒桐走来。

"看新闻!"他将手机伸到舒桐面前。屏幕上是一则自动弹出的新闻短讯:

今日,北京时间上午十点三十五分,汤加本地时间下午三点三十五分,瓦瓦乌群岛附近海域,海底火山喷发,一艘船艇失联。据悉,船上有一位中国公民。目前搜救人员已展开紧急搜救工作。

舒桐大惊。

"晴姑娘这几天不是在汤加出海吗?"高扬问道。旅行网站上,辛晴最近一篇游记更新于昨天下午。舒桐记得,游记最后一句话是:明日再登船,祝我好运。

"你先别急,不一定就是辛晴的船。"

吧台处一阵骚动。两人寻声望去,电视屏幕下方滚动播出着同样的消息,舒桐奔至吧台前,紧紧盯着电视。

手机铃响,未知来电。舒桐忙接通电话。高扬凑上耳朵去,只听到一句"她的紧急联系人里留有您的电话号码"。高扬大惊失色。舒桐抿紧了嘴唇,面如土色,浑身颤抖。

一旁留板儿寸的哥们儿仰头看完电视短讯,一边喝酒一边操着满嘴脏字儿道:"活该!这有钱人就知道崇洋媚外,念叨着国外多好多好。这回可好,玩儿死外边了吧!"

板儿寸还未来得及冷笑出声,舒桐便一拳打在他脸上。

高扬忙劝架,场面顿时失控——这板儿寸男是酒吧老板铁哥们儿。他一声令下,从阴暗角落里瞬间便窜出好多抄了家伙事儿的人,就像孙猴子吹了自个儿几根毫毛似的。舒桐和高扬立刻被团团围住。酒吧里乱了套,板儿寸指挥自己这帮小弟们将舒桐两人拖出酒吧外。

子夜一点空旷的小胡同里,路灯投下冰冷昏暗的光。舒桐如失了理智一般,与一众不知轻重的小青年扭打在一起,很快便没了主动权,被突如其来的一棍子闷倒。

高扬忍着拳打脚踢,眼瞅舒桐满脸是血躺在地上,灵机一动,从兜里摸出手机,嚷嚷道:"老子已经报警了!警察马上就到!"

人群吵吵闹闹、骂骂咧咧,在板儿寸带领下,一哄而散。板儿寸离开前,还不忘恶狠狠地朝舒桐瞥去一眼。高扬见这帮小子离开,这才连滚带爬地扑向舒桐,使劲儿摇晃。见没动静,着急了,"啪啪"拍着舒桐脸颊。

"怎么还打脸呢?"舒桐突然睁开眼。

"我他妈以为你被打死了!"高扬瘫坐在地上,觉得嘴里一股血腥味儿,便朝一旁啐口唾沫,血色。心里骂道:这帮兔崽子下手真狠。

"你也就这么丁点儿的出息。"舒桐坐起来,抹一把脸上的血,顾不得耳朵里一阵轰鸣,"你不会真报警了吧?"

"没。我现在报!"

"别!"舒桐迅速从高扬手里抢过手机,"万一把咱们拘留了就麻烦了。我现在要赶去大使馆,一刻都耽误不得。"说着便要站起来,"你去工作室帮我订机票,顺便取办理签证的材料。"左肩已经没了知觉,如千钧般沉重,沉重到整条左臂都无法抬起。想来刚刚自己突然倒下,正是因为被乱棍砸在了左肩上。舒桐勉强用右手撑着地面,铆足一股劲儿,终于晃悠着起了身。

"大半夜的,你这个样子跑去大使馆,小心被抓起来!"高扬欲多叮嘱些什么,可话音未落,便眼瞅着舒桐消失在胡同尽头的黑暗中。

高扬叹口气,瘫坐在地。今晚这突然被投掷来的石子,势必会让一直以来看似平静的湖面掀起波澜。他早已习惯于忽视平静之下不安分的暗涌,只因自己太过在乎和舒桐之间的情谊。钱夹里,李翘楚亲自递来的名片,自半年前他与高扬约见以来,便静静地待在那儿。高扬不曾打过上边的电话号码,却也不曾想过将其丢弃。多一个机会握在手里,本就没什么不好,更何况是一个被许诺能让自己名利双收的机会。名和利,这些年已带给高扬太多,也让他看清太多。想来真是讽刺——自小受到的教育,无不告诫高扬要淡泊名利,而如今自己却满脑子只想要更多掌声和销量。本就渴望证明自己,可才华却不得已被压抑太久,一旦爆发,定会让欲望膨胀。

三年前第一次接受电视访谈,高扬一边听主持人问话,一边小心翼翼地雕琢答案。舒桐则安静地陪坐一旁,只是微笑。主持人显然希望他能多开口,可舒桐知道今天主角不是自己。每当主持人将问题抛来,他总巧妙地把话题引到高扬嘴边。几个回合下来,主持人觉得无趣,便把目光从舒桐身上彻底收回。

"您还记得小时候背的第一首唐诗吗?"她看一眼导播手中的提示牌,问高扬。

高扬作沉思状,回答说,他不记得唐诗,只记得这辈子背的第一句古文是诸葛亮在《诫子书》里的话。他向现场观众们绘声绘色地讲述,自己还在穿着开裆裤与扎羊角辫的林熙在院子里追逐嬉戏的年纪时,是怎样被母亲连拖带拽拉扯进屋里,又怎样摇头晃脑背诵着"非淡泊无以明志,非宁静无以致远"。末了,又补充说这一直都是自己的人生格言。

场下导播带头鼓掌,观众纷纷配合,现场顿时掌声雷动。

录制结束已是深夜,舒桐载着高扬往家走。舒桐说,太刻意了。高扬不以为然。

"电视节目,若一点儿也没有'装'的成分,谁会看?"他开了车窗,将椅背调低,大大咧咧地躺下去,"越想多赚钱,越说自己不爱财;越是想出名,越说自己渴望归隐山林。为啥?因为观众们就爱听这个。"

"你的重心,不该放在观众身上。"

"你想说,我应该多花些精力写书是吧?"高扬的心已经膨胀,只顾着沉浸在自己的成就感里,"不用你说教,我都知道。我还知道,酒香真怕巷子深。你这坛酒,也得像我一样,时不时放点儿香味出来撩撩人。再有机会,我一定还把你拉上,一起上媒体露脸。"

"你应该在乎的,不是观众,而是读者。"舒桐语气平淡,淡得让高扬觉得陌生。

这次电视采访,舒桐因为话太少,被剪掉了绝大部分镜头。

三年来,高扬跑了一场又一场签售,发布会一次比一次热闹,版税一本比一本拿得高,不亦乐乎。舒桐却只是始终带着这种平淡,安安静静地写书,安安静静地等着远方的她。高扬说舒桐太傻,傻得心甘情愿。舒桐说,舆论能扼杀一个人所有的才华。

高扬却认为,正是媒体引导下的舆论成就了如今的他,而李翘楚扼着当今最大媒体平台的咽喉。高扬视舒桐为兄弟,也是伯乐。工作室团队一点点壮大,"桐叶原创出品"六个字开始出现在越来越多的场合中。此时离开,必会背负忘恩负义之名——他不傻。

坐在地上发呆的空当儿,胳膊上已被大花蚊子叮出好几个包。京城夏夜太过闷热,连一丝带有热度的微风都成了奢求。一男一女突然从酒吧冲出,双双抱着早已翻倒的垃圾桶呕吐。这番折腾,在垃圾桶后阴暗中，惊出一个黑影。高扬定睛一看，是条受惊了的流浪狗。这狗瘦骨嶙峋，浑身的毛脏兮兮乱蓬蓬，背部隆起。它哆哆嗦嗦地跑到墙边，蜷缩着望向那对男女，似乎觉得他们对自己没什么威胁，便直起身子，原本夹在后腿间的尾巴也翘了起来，高傲地摇来摇去。两人吐得面容狰狞，狗却看得无比淡定。

"这做人，有时候还真不如当一条狗痛快。"正这么想着，高扬瞅见这驼背的流浪狗一边不时抬头打量着那对男女，一边小心翼翼地朝地上两摊呕吐物挪去。趁在还未看到让自己恶心的画面之前，高扬忙起身，大步走出小胡同。

隔着老远，高扬便看到工作室亮着灯的窗口，心里琢磨，这么晚了，谁还在加班？走到门前向里望去，半年前刚来工作室的实习生小赵，正独自一人待在电脑前。

将小赵招进工作室的人，是高扬。

半年前，李翘楚将名片留下，刚离开咖啡馆，一个二十出头的小伙子便不知从何处冒出来，在高扬对面坐下。小伙儿脸上挂着憨厚害羞的笑，从书包里掏出一本《文字江湖》来——高扬的成名作。他双手捧书，恭恭敬敬地将其递至高扬面前索要签名，张口闭口全是"高老师"。高扬对此早已习惯。他如条件反射一般堆起微笑，从兜里掏出派克笔，接过书来便是一阵龙飞凤舞，全程不曾看过小伙儿一眼。

"高老师，我特喜欢您！您的每一本书我都有，每场采访我都看。"小伙子拿着书，却丝毫没有离开的意思。

"谢谢。"一切透着开心与骄傲的情绪，高扬从不在读者面前表现出来。为了维护自己悉心营造的形象，他学会了伪装表情，学会了如何将"淡泊"二字写在脸上。

小伙儿用尽赞美之词表达着自己对高扬的崇拜。高扬本以为他要完签名、说一些有的没的后就完事儿了，不料小伙子竟突然毛遂自荐，想要去桐叶原创当实习生。言罢，从书包里掏出一沓文稿来，硬要塞给高扬。

"我们暂时没有招实习生的打算。"高扬翻着手中的稿子，是些散文和诗歌。

"我只想跟在您身边好好学习！"

"搞创作，跟着别人学没什么用，你得写出自己独特的东西来才行。"

"我特别崇拜您和舒桐老师，我是真的想要在桐叶原创好好学习！只要您收我，让我干什么都行！"

"你知道舒桐？"高扬终于抬起眼皮，开始仔细打量面前的小伙子。这孩子年纪应该不大，戴黑框眼镜，穿一身略显陈旧，却干干净净的运动服，看起来很斯文。

"舒桐老师虽然低调，但文学圈里哪个不知道他的名字？他的小说我也特别喜欢！"

"招人一向都是舒桐的事儿。"高扬将稿子装进手提包中，站起身准备离开，"这样吧，我把稿子带回去给他看看。"

"谢谢您！我的联系方式稿子里已经附上了，有消息您随时联系我！"

高扬点点头，转身离开咖啡馆。树荫下一辆黑色奔驰内，李翘楚看着高扬离开，给小赵发去短信：如何？收到回信，他冷笑一声，盼咐司机开车。

高扬自然不知小赵与李翘楚的关系。小赵谦卑的态度早已让他倍有好感，稿件里大篇夸奖高扬的言论更是让他忘乎所以，加之这些文字确有特色，高扬遂决定将小赵引荐给舒桐。

街道沉寂空无一人，偶有车辆疾驰而过，在空气中掀动一波波热浪。工作室内，环境仍如从前那般清新淡雅，唯一不同的是，门边多出一个木制花架，架子上摆满薄荷。

小赵听到响动，转身发现高扬走了进来，立刻用外套盖住手边一份文件——纸张尚有温度，是刚打印出来的。

"这么晚了还不回家？"

"舒桐哥布置的文案我还没思路，留在这儿看材料。没想到时间过得这么快。"小赵忙起身。半年来，他一直是工作室里最勤快的，除了积极完成任务，平时倒水买饭这些跑腿儿的活儿更是没少干。舒桐不愿意让工作室里其他人养成使唤实习生的臭毛病，可小赵每次都仰着一张热情的笑脸主动干活，刚开始舒桐以为这小伙子挺能吃苦，可时间久了，便开始觉得有些太过了。

高扬可不这么想，反而总在大家面前夸小赵能干，也常不忘提醒舒桐这么能干的小伙子可是他高扬带来的人。

"哪个项目的文案？"

"新接的那个剧本。"

"传言迟天要参演的那个？"高扬一惊，这个剧本可是当下工作室的重头戏，是机密中的机密，"舒桐让你也参与进来了？"

"那倒没有。"小赵笑了，"这个项目这么重要，操刀的都是像舒桐哥和双篱姐这样的前辈，我一小菜鸟，不过写写赞助商们的广告软文罢了。"

高扬笑笑，小赵说得在理。自己都没被允许加入剧本编写团队，何况一个实习生呢？舒桐解释，团队成员都是甲方点名的，他帮高扬争取过，却被以"高扬文风与剧本设计不符"为由拒绝了。高扬虽理解，但心里依然生了芥蒂。

"高扬哥这么晚过来是因为？"

"来帮舒桐拿东西。"突然想起自己有任务在身，高扬忙朝舒桐办公室走去，从兜里取出钥匙开了门，随手开灯。这间屋子里，放着工作室自创建以来所有的原创底稿，钥匙只有三把——舒桐有两把，最后一把给了高扬。小赵站起来，想借机跟了去，瞅一眼屋内墙角的监控，又坐下了。趁高扬开电脑的空，小赵悄悄溜到大门口，拉下总电闸。突如其来的黑暗让正弯腰开电脑主机的高扬失去平衡，一个趔趄，脑门撞在桌角。一声惨叫。

小赵倒异常冷静沉稳，既未因高扬一声惨叫而受惊，也没因黑暗而缺了方向感。他迅速起身，绕过桌椅，轻车熟路、畅通无阻，直奔舒桐办公室，用充满关心的语气询问高扬情况如何。高扬揉着脑门儿，疼得龇牙咧嘴，逞强说没事儿。

"估计跳闸了。我去看看？"

"我去吧。"高扬从兜里掏出手机，打开手电筒应用，朝门口走去。

小赵侧身一把抓住桌子下第二个抽屉，却怎么也拉不开，心里骂道："妈的！上锁了！"

屋内骤然灯火通明。高扬一边嚷嚷着，好好的怎么就跳闸了，一边朝办公室走来。小赵忙离开办公桌，奔到门口，见高扬未发觉异样，放心地回到自己桌前。

"需要我帮您给舒桐哥打电话吗？"小赵拿出手机，"没密码电脑开不了吧？"

"不用！"高扬想说什么，终究未出口，而是在心里念叨，这家伙用辛晴生日当密码都三年了，我还能不知道？

小赵没得到任何有用信息，伏在桌上思考下一步计划。

走进小区，已近破晓，舒桐有些恍惚。大使馆里自己被告知的一切信息，将所有脑细胞糊成乱七八糟的一团。他只想知道，自己还有多久能踏上汤加的土地。干干净净的水泥路，从小区大门延伸向每一栋砖红色的老式小楼。三年前的冬天，这儿曾是给他带来最多温暖的路。可如今，夏日拂晓时，空荡的路面却异常冰冷。舒桐没有回家，而是拐进小区内一座凉亭里，手中紧握一个精致布袋——三年来，这布袋他从未离身。自几个小时前在酒吧接到大使馆来电，他已无数次祈祷，布袋里的东西永远不要派上用场。

三年前，首都国际机场。

"如果……我不曾遇见你……"

"这世上，没有如果，只有既定的缘分。"舒桐将双肩包脱下，递给辛晴。

辛晴拿出紧握了一路的红色绸缎布袋，轻轻放进舒桐手里。布袋里是昨晚剪下的一缕发丝。舒桐会意，将布袋装进左胸前衬衣口袋中："这是你对我的陪伴——只是陪伴而已。我永远也用不到它。"

"万一有什么不测……"

"没有万一。注意安全,尽量随时保持联系。"

曾经,舒桐也和辛晴一样,远行前必留一些头发给最信任的人。如若自己在异国他乡遇到危险,这含有DNA信息的头发会为警方办案提供最大的便利。他认为,这不是悲观,而是周全。此时,留下头发的不是自己,而是自己最爱的人,舒桐强忍着痛苦,给了辛晴最温暖的拥抱和吻。

那时拥抱和亲吻的温度,舒桐仍能感觉得到。这感觉,三年来一遍遍清晰回放,驱赶着清醒时的孤独和微醺时抑制不住的思量。别时既不曾承诺归期,也不曾立誓于未来。两人深知,此后无数个不能共赏日出日落月圆月缺的日子里,承诺与誓言,并不能让人心安。

汤加王国,每一个轮回的二十四小时里,阳光最先光顾的地方。舒桐不知道此行结果如何。他已没有勇气去猜测未来的可能性。

二

沉闷的夜晚,酒食街灯火通明。

辛明义拿起手边的湿巾,胡乱擦着额头上的汗,脸涨得通红。他耷拉着眼皮,扶着桌子摇摇晃晃地站起身,含混不清地大叫着"服务员"三个字。十分钟前,雅间空调突然罢工,十分钟后,在酒精的帮衬下,闷热的空气早已将席间这群老总们蒸得烦躁不堪。房间里唯一滴酒未沾的,是辛明义带来的司机老牛。身上那件从动物园批发市场淘来的百分百化纤面料的衬衫,此时早已被汗水浸得不堪入目。

辛明义逢年过节就以上司的名义给老牛发红包，让他买几件像样的衣服，陪自己上酒席时穿。可老牛总是乐呵呵地傻笑，露出两排参差不齐的黄牙——那种老烟民才有的颜色——对辛明义说："哥，我坐车里等你就行，不用上酒席。"辛明义不同意，执意把红包塞给他，态度坚决："我让你上，你就必须上。"老牛说："我一大粗人，除了会转转方向盘，啥也给你帮不上忙。"可辛明义从未忘记，事业刚起步那几年，自己被骗，讨债时一时冲动伤了放假高利贷的那帮兔崽子，进了局子，老牛接到电话，在新婚之夜抛下小媳妇儿，二话不说跑去捞辛明义；他也清楚，公司里跟他在一起时间最长的不是和自己称兄道弟的合伙人，也不是那群盯着自己一举一动的股东们，而是老牛；他还记得，好不容易成功把公司开起来，为了省钱，陪自己一起天天就着咸菜和矿泉水啃馒头的，还是老牛。如今，馒头咸菜的日子早已被每天大鱼大肉的应酬替代，辛明义说，我盘子里有什么，老牛盘子里只许多不许少。

今晚饭局上，老牛低头默默地吃着面前碗里自己叫不上名的花样儿菜，偶尔抬头嘿嘿笑笑为辛明义的笑话捧场。辛明义没怎么往嘴里填吃食，倒是酒一杯杯往肚里灌。在座的其他老总们个个如此。推杯换盏间，酒精早已浸入这群人身上的每一个细胞内，就连空气中飘浮的酒精气息，也一个劲儿地往鼻子里钻。此刻这如桑拿房般的雅间里，清醒的只有两个人：一是滴酒未沾的老牛，一是李翘楚。论酒量，李翘楚不是席间最好的，可论敬酒和躲酒，他还从未遇到过对手。今晚这局，李翘楚只是旁观者。观的是辛明义和供货商头头们明里暗里的讨价还价，积累的是人脉。一边喝酒，一边把生意做了——辛明义签好合同，跟头头们一一握手。

"兄弟，你跟翘楚老弟怎么认识的？"辛明义身边坐着的，据说是在座头头们中的大头，借着酒精上头的冲劲儿，四仰八叉瘫躺在沙发椅上，高定衬衫早已被那硕大的啤酒肚撑爆了两个扣儿。老牛望着这大头，脑子里突然冒出一幅画面来：一只刚刚偷吃了肉铺的沙皮狗，四脚朝天躺在泥坑里晒太阳流哈喇子。

大头刚和辛明义签了合同，本就得意忘形，加之满屋子在热浪中发酵的酒精气息，他早已将风度礼节从自己满是油水的脑瓜子里挤了出去，看着从一开始便不怎么说话的李翘楚，也不管到底谁更年长，直接就唤了句"老弟"。因为大头知道，李翘楚是个搞媒体的人，跟他们这些说白了就是卖东西的商贩们只有八竿子也打不着的关系——即使有着华鹰的关系在，他李翘楚在这个圈子里也只能算作新人。

李翘楚只是笑笑，向辛明义望去。酒桌上的称兄道弟，他李翘楚从不往心里去。辛明义把合同交给老牛收好，眯瞪着眼睛道："我跟楚兄……那是不打不相……识……"他想把自己的辉煌历史亲口讲给这些听众们，可舌头被酒精麻醉得不听使唤，愣是在嘴里打圈儿，便急得只喊："捞牛……捞……牛……你给他们说说……"

老牛知道他在喊自己，便恭恭敬敬站起身，哈着腰接过话去："是这样的，我们辛总和李总……"

"你坐下！"辛明义一把把老牛按回到座位上。醉酒的人有时候力气真是大得惊人，"坐下……坐下说……"

老牛应了一声，认认真真讲起往事来。这是个跟宝马车轱辘有关的故事。

那一年，辛明义前妻因车祸去世，他将女儿送进寄宿学校后，全身心投入到事业上，白手起家，为了生意，凑钱买了辆宝马。一天，这宝马后轱辘轮毂上的部件被人拧掉偷走了。辛明义带着老牛满城找。那时，整座小城里有这车的人并不多，辛明义断定自己一定能找到。两人马不停蹄跑了三天，终于，在一家饭店门口找到一辆同款宝马，车轱辘上正是自己丢的东西。辛明义上车拿了改锥，对着车轱辘"唧"的一声凿下去。保安们闻声奔来，辛明义拽着老牛冲上车一脚油门儿麻溜儿逃跑了。

老牛刚讲到这里，原本趴在桌上的辛明义突然一个机灵挺直了后背，拍着桌子道："我的东西……别人……别人休想夺走……你就是胆子大给我偷了……早晚！早晚老子也要抢回来！"

"兄弟，这故事好是好，可跟翘楚老弟半毛钱关系也没有啊！"大头咧着大嘴，拿起牙签剔起牙来。

"我们凿的那辆车，正是李总的。"老牛补充。

"哟！这么说，翘楚老弟当年还偷过车部件啊！"大头带头哈哈大笑，满嘴吐沫星子喷了一桌子。

李翘楚也不急着解释什么，平静地说了句："谁都有那么段不堪回首的历史。"

大头拍拍胸脯子，一个大拇指指向自己的大脸蛋子，冲着其他人道："弟弟此言差矣！我从来光明正大，没任何黑历史。我这些兄弟们也都是坦坦荡荡的君子！"

李翘楚不再言语，心里冷笑。在座的每位"坦坦荡荡的君子"，他来之前就已经摸清了底细。他知道这口口声声叫自己"老弟"的大头比自己小多少岁，知道他曾婚内出轨多少次、有几个私生子，更清楚他一手创办的以只卖正品出名的奢侈品网络平台曾经就是国内最大A货供货渠道之一。网络流传，李翘楚扼着当今所有网媒平台的咽喉，只要他想了解一个人,他的秘密团队能在一天之内把这人的所有信息扒得精光。

可惜大头不怎么爱上网,不知道面前这被自己轻视的"弟弟"到底有多大分量。

"话说回来,翘楚弟弟你一搞媒体的,跑到我们这些'小商贩'的圈子里,是来观光的吗?"像大头这样的人,越是头衔高,越爱装模作样贬低自己,而后又等着观众捧场夸他谦虚。李翘楚懒得搞这些虚头巴脑,更懒得捧大头的场。他今天来,是为了给与自己有十几年交情的辛明义捧场。

"不过,"见李翘楚没有接自己"小商贩"的话茬,大头继续道,"我们卖的是货物,你卖的是消息,这么说来我们还是有共同点的。"

"酒后吐真言"往往是句借口,但酒后见人品却是千真万确。

"哎!刘总有所不知,"一旁一位供货商笑着对大头道,"咱们这位李总,前不久刚入股华鹰,现在,人家可是华鹰贸易有限公司第二大个人股东!"

"哟!那位被传得神乎其神的华鹰新大佬,原来就是翘楚弟弟啊!"大头一拍脑门儿,作恍然大悟状,转而又对辛明义道,"这华鹰,不是跟你们辛氏正在竞标收购新宁企业吗?多少双眼睛都盯着呢!要这么说起来,翘楚弟弟,你现在跟我们明义兄弟还是竞争关系啊?"

辛明义不语,李翘楚接过话来:"竞争只是工作上的关系,与私人交情无关。"

大头笑笑,不再多说什么。

席毕,老牛搀扶着辛明义,同李翘楚一起走出酒楼。

"楚哥……你今天来，不单单是为我捧场吧……"在雅间里闷了许久，一出门，被夏夜清爽的风一吹，辛明义觉得舒服多了，也清醒一些，"收购的第二轮竞标……"

"工作是公司的事儿，咱俩之间只讲交情。"李翘楚笑着拍拍辛明义的后背，转而对老牛道，"快送辛总回去休息吧。"

"那下次……咱俩单聚……"辛明义上了车，眼皮越发沉重，"我还带……还带老牛过来……"

"下次还要喝酒啊？"李翘楚笑道。

"不喝酒也能带……老牛……老牛是……家人……"

"哥，这一单，你能拿到多少银子？"回家路上，老牛一边开车一边好奇问道。

"足够给咱闺女准备一场奢华的婚礼！"辛明义一提起女儿，情绪激动起来，摇头晃脑，抬起沉重的眼皮扫一眼老牛，"哎，我说……牛老弟，你啥时候又……多长了一个脑瓜子？"

老牛摸摸光秃秃的头顶："哥，你喝醉了。"

"我没醉！我要……给我闺女打电话……我要给她买婚房……我要去她的婚礼……我得看着……看着娶我闺女的混蛋小子……盯着他……警告他必须……必须对小晴好……老弟，你知道吗……我遗嘱都立好了……不管我活着还是死了，都不能再让我闺女……我可怜的好闺女……吃一点儿亏……"

"哥！平白无故的，说这些干什么！你的病只要好好养着，平时多注意，就没什么大问题。将来还得给小晴带孩子呢！以后像这种酒场，你可一定不要再像今天这样拼命了！"

"你不懂……立不立遗嘱，跟得不得病没关系……"辛明义连打两个酒嗝，"不是有人说，明天和意外，永远不知道哪个先来吗……这话谁说的……太他妈智慧了……弟弟，这么多年了……哥哥我什么都没学会，就学会了……怎么写'未雨绸缪'六个字……"

"哥，四个字……"

"对！八个字！"辛明义醉得一塌糊涂，莫名其妙地高兴起来，手舞足蹈。

这时，副驾上文件包里，手机铃响起。

"哈！"辛明义挣扎着伸手去够文件包，"一定是……闺女给我打电话了……"

拿出手机，辛明义瞪着眼珠子看了半天手机屏幕，终于找对了接听键的位置。

老牛一边看着被车灯打亮的空荡街道，一边听着后座上的动静。

电话里不知说了些什么，辛明义突然对着手机破口大骂："去你丫的骗子！你他妈的竟然敢诅咒我辛明义的家人！你女儿才出事儿了！"骂完突然开了车窗，一把将手机扔出车外。

老牛忙靠边停车，跑去将手机捡了回来。车内，辛明义刚刚几句怒骂消耗掉了他被酒精侵蚀后仅留的所有精力，此刻正躺在座椅上酣睡。老牛用自己的指纹给手机解了锁——辛明义在自己所有手机里，都录入了老牛的指纹。翻看来电记录，最近一次通话来自010打头的固定电话，不像一般的诈骗号码。老牛回到车内，拨通电话。

车窗外，树影婆娑，虫声聒噪。与大使馆工作人员通完电话，老牛呆坐在车里，望着后座上打呼噜的辛明义，不知所措。

三

烈日炎炎，停机坪上方，空气沸腾般颤抖。航站楼内，远行的旅人们形迹匆匆，在每一次起飞与降落间，循着各自的方向，道一声珍重，留下故事、带走回忆。航站楼外避荫处，一众小姑娘们纷纷踮着脚尖向远处张望，精心描画的妆容早已被汗水模糊，眼睛里满是兴奋。几步远外，三三两两聚起背了大单反的记者们。不知是谁眼尖，突然大喊一声："来了！"众人立刻齐刷刷循声望去。

迟天乘坐的商务车刚刚抵达机场，等候多时的记者和粉丝们便蜂拥而来，将车子团团围住。三位保镖迅速下车，由保安们协助，护成一道坚实的人墙挡在车门处。迟天在经纪人艾达的陪同下出现在众人面前，快门声、尖叫声响成一片。粉丝们疯狂地推搡着，举着手机和应援牌，向迟天挥手，恨不能让已经越过保镖人墙的双臂长一些、再长一些。

艾达拥着迟天后背，和保镖一起在人群中为他开路。正在这时，一个四五岁左右的小女孩，突然从人墙缝隙中钻出，喊着"小天哥哥"，想要扑向迟天，却在混乱中被人推了一把，硬生生撞在他腿上。迟天眼疾手快，一把伸出双臂将小女孩儿抱入怀里，在姑娘们的惊声尖叫中，及时阻止了一场可能发生的踩踏事故。可迟天只顾着保护孩子，情急之下伸手时，一把打在离自己最近的粉丝脸上。这位高中生模样的姑娘，莫名其妙挨了偶像一耳光，顿时呆立在原地。这一打，如催化剂般将原本就疯狂的现场推向了另一个歇斯底里的极端。记者们如嗅到血腥味的饿狼一般，一哄而上，想要拿到最精彩的迟天打人画面。挤在最前面的姑娘们，被后边争抢着想要上前近距离看明星的人们推揉着，一波波狠狠地撞在保镖身上，现场几近失控。

迟天一边被保护着在人群中艰难前行，一边扭过头去想要对刚被自己误打的姑娘道歉，可混乱中，他根本就没看到那姑娘的模样。喧嚣嘈杂渐渐被留在身后，安检过后，迟天和艾达终于踏进贵宾室大门。

迟天瘫坐在椅子上，望向一旁的经纪人。

"怎么办？"他仍在担心那个姑娘，"不知道她有没有受伤。当时我太着急，下手怕是不轻。"

"那一幕在场娱记们肯定不会放过。你做好下飞机后看到相关报道的心理准备就是了。再说，这是好事儿。向媒体透露部分行程的目的不就在此吗？"

"让我误伤粉丝好被媒体拍到？"迟天早已厌倦公司拿自己的行踪炒作，露出怒气来，"这就是目的？"

艾达见惯了风雨，一脸平静。比迟天年长五岁的她，自小便跟着父母入了娱乐圈。父亲是曾活跃于八十年代初的过气歌手，母亲曾是他的经纪人，两人在工作中渐生情愫。由于公司对父亲最初的定位有误，他虽出过几张专辑，但市场反应平淡，最终选择走下舞台，做起幕后工作来。母亲对此一直心怀愧疚，正因如此，她并不想让女儿也走经纪人这条路——这份工作的成就感，过于依赖在别人身上。可自幼便习惯了这个圈子的艾达，凭着好胜的性格，为了替母亲弥补遗憾，毅然决然与经纪公司签下合同。三年前，迟天正筹备出道，一时疏忽，被当时的经纪人何娟偷走了原创。歌手子轩——何娟之子，借这首歌红极一时。憋着怒火，迟天将子轩告上法庭，虽赢了官司，却输了舆论——人们纷纷指责迟天借机炒作。艾达始终关注着这场剽窃官司，在对迟天做了详细了解和风险评估后，下定决心将其签下。三年来，艾达带领着团队，凭借自己颇具前瞻性的眼光和丰富的人脉，将迟天从一名"靠着打官司出道"的新人，推进了内地一线男星榜单内。

她从包里拿出手机，一通电话过后，这才对迟天继续道，"刚才人群里有自己人，拍到了你救下小孩子的清晰视频。咱们先等着各个媒体把你打人的消息放出，造一把舆论热点，等这个话题刷到一波小高潮时，再让合作网站以现场粉丝拍摄的名义把你救人的视频上传网络，造第二波小高潮。所以啊，炒作不是目的，增加曝光率才是。"

迟天并未将这番话听进心里去："能找到那个姑娘吗？我想亲自向她道歉。"

经纪人迅速在大脑里盘算着，如果照迟天说的去做，有多大价值。而后眼前一亮，笑着夸迟天终于上道，会给自己争取曝光度了。

"我想这么做，纯粹是因为内疚，出于关心。"迟天无奈苦笑。

"对！到时记者若问起来，你就这么说，"艾达连连点头，"具体用词还得再斟酌。"

迟天低头看手机，不再言语，习惯性地打开旅行网站的应用，翻看辛晴的游记。这丫头在自己拍完 MV 离开汤加后的第二天才跑去那里，是故意要错过和他相遇的机会吗？最近一篇游记迟天昨晚已经读过。不知小晴此刻正在哪里，做些什么。

还有半小时登机。艾达突然接到公司的紧急电话，皱起眉头望向迟天。一波未平，一波又起——自打接下迟天以来，她便没了自己的生活，如今也早已习惯陪着迟天在舆论的漩涡中心如履薄冰的日子。

"怎么了？"迟天问。

"看看热搜 Top1 的话题。"

打开热搜榜单,"迟天剽窃"四个字刺入眼帘。

昨日上午,迟天在自己微博上转发了一篇粉丝写的文章。今天一早,一位名叫秦风的作家在网上发文指责该文章剽窃,并要求迟天道歉,索要赔偿。秦风在文中写得很清楚,之所以将矛头指向迟天,是因为他作为公众人物,在未谨慎检查文章的前提下,便将其转发至微博中,加速了该剽窃文在公众中的传播,对秦风造成了极大的影响。此次事件的关键词是:"迟天"和"剽窃",但个别媒体为了迎合舆论关注点,将这两个词拼凑在一起,模糊了事实。电脑屏幕前那些打着"吃瓜群众"之名的键盘侠们,个个都长了张配了利齿的大嘴,却没人有脑子,在一个个热点事件面前,很容易就被媒体牵着鼻子走。网络上一时炸了锅:只关注标题的看客们毫不留情地在新闻下大骂迟天剽窃,有人甚至扒出迟天出道前与歌手子轩打的那场官司来;粉丝们群情激愤,组团维护迟天声誉,摆事实讲道理,急了眼,便跟看客们对骂。

迟天委屈极了:"秦风文章里的指责,我理解,可为什么这么多人跑来骂我剽窃?这话题的名字怎么就成我剽窃了?"

"我以为你已经习惯媒体这种博眼球的叙事模式了。"经纪人的关注点却与迟天不同:"这秦风到底是谁?还是个作家……我从没听过这个名字,很有可能是想借机炒作自己。"

"现在怎么办?"

"这事儿你不用管了,一切交给我负责就行。从现在开始,你的注意力必须全部放在读剧本上。"艾达从包里拿出一厚一薄两沓稿件来,递给迟天,"一个是本子原稿,一个是我昨晚整理出来的剧情梗概和男主的相关资料。飞机上这十几个小时里,先把梗概详细过一遍,若时间充足,就翻翻剧本。这是你出道以来第一个触电荧屏的机会,虽然只是集数不多的网剧,但导演新锐、本子优秀、社会关注度极高,你一定要好好把握,为明年的电影做准备。"

言罢,艾达立刻给两位助理打去电话:"我们还有二十分钟登机。二十分钟内,找齐秦风本人所有资料发到我邮箱。"

"需要给危机公关部的负责人联络吗?"助理问。

"这种小事,根本用不到他们。"艾达挂断电话,拿出笔记本电脑,一边细细琢磨秦风的文章,一边迅速构思道歉文章的框架。凭着自己对秦风意图的初步判定,加之迟天转发之文抄袭属实,艾达明白,以迟天的名义出一篇道歉声明是必不可少的事,必要时还得依秦风的意思进行赔偿。道歉与赔钱,并非是向秦风认错。实际上,接下来,迟天——或者说艾达带领的团队——所要做的事,都与秦风无半点儿关系。一切,都是以维护迟天声誉为目的,向公众做的姿态。

迟天胡乱翻着手中的剧本,心思却还在剽窃一事上,越想越觉得憋屈。

巴黎时间下午四点,航班即将抵达戴高乐机场。夏日炫目的阳光下,巴黎城区光辉熠熠,在一片金灿灿之中,道尽了法兰西的厚重与浪漫。十一个小时的飞行里,迟天心不在焉地翻完剧本,此时正轻轻靠着椅背,望着脚下的建筑凝思。艾达看完了登机前助理发来的所有资料,思路明朗起来,做了详细的秦风事件应对方案,拟出一份道歉声明——字数不多,但态度诚恳,条理清晰,针针见血。

收好笔记本,艾达扭头望向迟天:"累了吧?"

迟天不语。

"趁这会儿功夫,整理一下情绪,一会儿下飞机时,千万要以良好的精神面貌出现在接机记者和粉丝们面前。"

"嗯。对了,Ada,忙完这段时间的工作,我要再回希望小学去。"

"咱不是刚从那儿回来吗?怎么又要去?"

"以前,每次都会住上一段日子。可这次,才待了一天,只顾着录像拍照,我还没来得及好好陪陪孩子们,就忙着飞来巴黎……"

"这一次不是特殊情况吗?也不能为了那点儿公益,就把来巴黎的拍摄任务给推掉呀?"艾达摇摇头,转移话题,"剧本读得怎么样了?"

"了解了大概。可是,我是歌手,不是演员。我不会演戏啊。"

"你不只是歌手,你还是明星。这网剧,卖的是你这张脸,是你的名气、你的影响力。所以,你不需要'会'演戏。"

"必须要做吗?专心唱一辈子歌,不好吗?"

"不要忘了,你现在不是一个人在战斗。偌大一个团队,都在为你奔劳,靠你吃饭。当一个人肩上的担子重到关乎别人生存问题时,就必须要有承担责任的魄力和努力做好自己不愿意做的事情的勇气。"

迟天叹口气,闭上双眼。

经济舱内距登机口最近的位置上,有这么一张亚洲面孔:平头,尖嘴猴腮,眼如黑豆,手拿报纸挡住脸,时不时抬起头,向头等舱瞄去一眼。他是吴深,神出鬼没的狗仔,跟踪明星之余,也帮助有钱无门的粉丝圆梦——圆了粉丝想见偶像的梦,也圆了自己某些言不由衷的梦。

"吴哥,一会儿下飞机后我能去找迟天吗?"身后,一个叫小宁的女孩儿趴在椅背上,悄悄问道。这姑娘年纪不大,清秀的脸蛋儿上画了并不相宜的浓妆,穿着恨不能把肉全露出来的夏装。

"找得到吗你?"吴深说话毫不客气,"就算找得到,也休想靠近迟天半步。且不说你逃不过他贴身保镖的视线,就连机场接机的粉丝,你都未必干得过。"言罢,想起什么,又扭过头去问道,"你这么小,哪儿来的钱从北京跑到巴黎来追星?你爸妈就不管你?"

"你不就靠着我这样的追星族赚钱吗?我哪儿来的钱,我爸妈管不管我,你都没必要知道。"小姑娘语气也挺冲。

靠追星族赚钱?那他吴深不得饿死?可这又似乎是所有托他办事儿的人们对他仅有的印象。他不想做过多解释,只是问句:"为什么追星?"

这个问题,吴深每接一单生意,都要问一遍。他虽靠着向媒体出卖明星隐私来赚钱,却也是有底线的人。若发现求助者有任何恶意苗头,给多少钱他也不干——网友对狗仔们总是骂声一片,可吴深觉得,这世上倒还真没多少坏得彻底到骨子里的人。再说,那些骂他的人们,一边在人前装清高过嘴瘾,一边躲在屏幕后偷窥明星隐私过眼瘾。这些人内心里指不定有多感激他吴深呢。

"迟天是我所有的盼头。生活若没了盼头,人活着还有什么意思?"十几岁的姑娘,用和自己年龄毫不相符的语气,发着她本不该有的感叹。

吴深实在搞不懂,如今这些少男少女怎么能把追星当作生活的全部。可是,自己又有什么资格对别人评头论足?他吴深不也把一个虚无缥缈的目标当作生活全部的盼头吗?在京城有套自己名下的豪宅——"豪"到能彻底满足家人的虚荣心为止——自吴深毕业后来

029

到京城闯荡出些许名堂,这便成了他的目标。吴深来京,最初只是一心为了闯出名堂来给别人看看。可混混沌沌过了一年后,他渐渐了解了这座城市里大多数年轻人们的生存状态。生不起孩子赚不够粮,养不起车子买不了房,留在这座城市的理由,从最初满腔热血的理想变为给房东打工的现实。很不幸,他最终也成了这轰轰烈烈迎难而上的人群中的一员,每月拿着四千的收入、交着两千五的房租,白天累死累活看老板脸色、晚上回到合租房里,浑浑噩噩,算计着还要不吃不喝多少年才能买一套房。一次偶然机会,吴深在街上撞见狗仔追踪明星,起了兴趣,一番攀谈过后,决定转行。他倒想看看,这些表面光鲜亮丽、唱唱歌演演戏、亮亮嗓子秀秀颜值便赚得盆满钵盈的明星们,到底比他们这些普通人多什么能耐。

入行一年,一切平平淡淡没什么起色。后来遇到狗仔谭西,两人一个想出名,一个想赚钱,一拍即合,迅速开始合作关系,成立了深潭工作室。人脉丰富的谭西和神出鬼没的吴深,很快便成了业内最让同行眼红的组合。谭西打着"京城第一名侦探"的旗号活跃在网络上,以言辞大胆、用语泼辣出名,在公众面前出尽了风头;吴深则躲在幕后,负责东奔西跑追踪星迹、挖出最新鲜最劲爆的大头新闻,提供给谭西。将自己最擅长的事情做到极致,银子便开始哗啦啦涌进家门。拿下京城北三环旁的一套四居室后,吴深心满意足。本以为,赚足了钱,不赌不抽不奢侈,够自己平平淡淡过一辈子,就可以了。不料,家人们的虚荣心也跟着膨胀起来。

吴深出生在水乡的一座小村庄里,和两个姐姐一起长大。父母没见过什么世面,生活的重心除了督促儿子去大城市立足,便是掺和进亲戚邻居们之间鸡毛蒜皮的小事儿中去。一家人在这唯一的儿子身上,寄托了所有希望。吴深拿到大学录取通知书那天，父亲借钱凑了场气气派派的宴席，在全村人面前赚足了脸面。吴深事业有成，拿下京城一套房产时，母亲硬是让他快递回家一把钥匙，天天挂在腰上，有事儿没事儿去村口转一圈，逢人便夸儿子能干。后来得知儿子是专门追踪明星的娱乐记者，人称"狗仔"，父母不高兴了——若是正经职业，怎会有"狗仔"这么个外号？怕被村里人瞧不起，便想方设法瞒着大家，只说儿子是做大生意的人。邻村人也得知老吴家小儿子是个大本事的人，跑来问道："吴深在首都给你们老俩儿置备了几套大别墅？"这一问，让老两口动了心思——是啊，儿子天天和电视上的大明星打交道，明星们多有钱，儿子就应该也多有钱。这么有能耐的儿子，怎么就只想着给自个儿买房子，对他们老俩儿不管不顾？嘀咕了整整一个晚上，第二天一早，母亲便给吴深去了电话，父亲在一旁边抽旱烟边递眼色指挥。他们说，让儿子在北京给买套大别墅，没农活儿干时，老两口要去首都享享福。

这套大别墅，让吴深再次成了房奴。

如此之狼狈，这砸着大把银子来追星的姑娘根本不懂，也不可能会懂。罢了，罢了——吴深无心再和她攀谈，收起报纸，闭目养神。小宁从包里拿出镜子，一边补妆，一边检查着右脸上被迟天打过的部位。十几小时前，在首都机场混乱的送机场面中，莫名其妙挨了迟天一巴掌，小宁并不觉得委屈，反而很是留恋偶像手掌的温度。她有种强烈的预感，这趟下了血本的旅行，定会彻底改变她和迟天的命运。

对于身后经济舱内发生的事，迟天毫不知情。他恨极了"谭西"这个名字——毕竟，这位"京城第一名侦探"没少在网上抖搂迟天隐私，博取众人关注。他发誓，如果在生活中逮到谭西，一定不会放过他。可奇怪的是，他从未见过谭西本人。迟天不知道，躲在谭西背后的吴深，才应是他最该提防的人。

航班顺利降落在充满浪漫气息的法兰西。正值一年中气温最高的时候，迟天没走几步便已满身大汗。不久前在国内刚经历了一场混乱的送机，他不想再惹任何麻烦，宁可选择迎着滚滚热浪将自己的面部全面武装——戴好口罩、压低帽檐，紧跟艾达走出机场。顾不得旅途劳顿，两人直奔酒店，和事先约好的时尚杂志主编见面，为第二天拍写真做准备。吴深带着小宁，一路追踪。三年来，由于迟天团队天衣无缝的保护与周全，从没有谁爆出过任何破坏性的大新闻。只要吴深能最先在迟天身上挖出丑闻，父母心中的大别墅便指日可待。

四

迟天此次在巴黎的全部行程，公司并未向外透露。吴深手里的行程单，是他花重金从公司内部人员处所购。这份行程单，吴深并不打算给小宁看，只是叮嘱她，不论做什么事，都必须在他视线范围内，绝不能单独行动。可他未料到，在自己和小宁两人之间，他并非唯一懂得花钱买消息的人。

"我若想解决私人问题，你也要盯着？"面对约束，小宁显然很不开心。此时，两人正躲在酒店餐厅落地窗外的大树后。

"睡觉洗澡上厕所这类事情除外，"吴深道，"你还未成年，是我把你带出来的，我必须对你的安全负责。"

"想不到你还挺负责任。只是,一个大男人带着一个未成年的女孩儿出国……多么让人浮想联翩!"小宁开起意味深长的玩笑来,她虽一门心思扑在迟天身上,却也不糊涂,知道在生人面前保护自己,"你就不怕我回国后对爸妈撒个小谎,他们一气之下把你告了?"

吴深微微一笑,像小宁这种女孩子,他见得多了,自然留着一手:"再说一遍:我必须对你的安全负责。明白?我不会对你怎么样。你也休想对我怎么样。"他刻意强调最后一句话。

小宁毕竟阅历尚浅,得好一会儿琢磨才能明白吴深的意思。她把手伸进上衣口袋中,摸了摸录音笔——难道,这狗仔身上也带着什么防止她日后说谎的记录仪器?

相机画面中,迟天起身与杂志主编握手,欲和艾达一起离开。吴深忙收回心思,对小宁道:"他们接下来会去杂志社和摄影师碰面,估计很晚才能回来。"

小宁犹豫片刻,打个哈欠:"我有点困,想先回酒店睡觉倒时差。"

吴深立刻把警觉的目光挪到小宁脸上。

"你刚说过,像睡觉这样的私事儿,你不会管的哦!"小宁摆出一副委屈的模样来。

吴深想应该不会有什么大问题,便答应了。小宁内心偷偷雀跃着,打着自己的小算盘,离开了吴深。出国前,她已委托在巴黎读书的闺蜜买通了酒店内一位工作人员。此时,那位工作人员手里,有着她日思夜想盼了好久的东西。

与摄影师沟通完毕,已近夜里十点。车子载着迟天和艾达,驶上亚历山大三世桥,奔向香榭丽舍大街。北纬48°52′的夏天,阳光格外留恋这座城市。夜幕刚刚降临，金属路灯流溢着柔和灯光，拥抱住桥塔柱顶端四位女神，在塞纳河上横跨出一道充满厚重感的金碧辉煌。车窗外流逝的画面，在迟天心中唤起辛晴笔下那篇巴黎游记中每一个感性的小细节。

辛晴说，独游，是从喧嚣到安宁，主动接近孤独、享受孤独的过程。有着厚重历史的城市，会用她某个不起眼的角落，将孤独放大。找到这角落，躲进去，远离人群，便能得到独立思考的宁静。而这份宁静，迟天已是三年未见。三年的星途中，他遗失了最初那份纯粹，在一次次言不由衷里，越走越远。如果小晴还在身边，他会不会挽留住些许早已消失的安宁？

拖着疲惫的身躯回到酒店，迟天与艾达道了晚安，走进位于顶层的豪华套房内。开灯瞬间，眼前突然出现一个人影。他吓得一哆嗦，将手机摔落在地。

"你谁啊？！"

一位陌生女孩儿，呆呆站在迟天面前，一时难以自控，泪水夺眶而出："对不起，我太激动了……"女孩儿慌忙擦掉眼泪，"小天，我从你出道那天起就开始喜欢你了，真的……好喜欢……好喜欢你！我叫余宁，谢谢你为我们带来那么多好听的歌……真的好喜欢你……"日思夜想的偶像、自己发誓非他不嫁的偶像，此刻正与她面对面共处一室，没有别人——小宁开始语无伦次，紧接着便啜泣起来，五脏六腑仿佛在体内剧烈翻腾，搅得她痛苦不已、浑身颤抖。

迟天从惊吓中缓过神儿来，看着眼前这越过自己底线的粉丝，恼羞成怒，弯腰捡起手机，悄悄拨通艾达电话。艾达带着保安赶来时，小宁情绪仍未平复。保安迅速将小宁带出房间，迟天将自己狠狠扔进沙发里，憋了一肚子说不清道不明的复杂情绪。不久，酒店经理带着翻译亲自赶来，向迟天道歉。

"她怎么进来的？"艾达问。

"她朋友帮她买通酒店内部一位工作人员，拿到了备用房卡。"翻译回答。

艾达正欲发脾气，却被迟天拉住："算了，我累了。"

经理连连道歉，保证一定严肃处理这位工作人员，且此类事情以后再也不会发生。看到迟天脸色苍白，艾达强忍住怒气，将经理和翻译送出门外。

"还好吗？"她去水吧拿出一瓶矿泉水，放在迟天手边。

迟天躺在沙发上，双目紧闭："屋里还有其他人吗？"

"都走了。"话刚出口，艾达突然明白迟天的话到底什么意思，便站起身，将房间各个角落仔仔细细检查个遍，这才回到客厅，"屋里很安全，安心睡个好觉，养精蓄锐。明天行程非常紧张。"

离开迟天的房间，艾达终于得以卸下伪装许久的坚强面具。长久以来紧绷的神经，在刚刚看到迟天痛苦表情的那一刻差点儿绷不住了。她不能在迟天面前漏出哪怕一丝疲惫。接下来的这一年，将是决定迟天能否成功拓展星途的关键时期。她深谙当下网络舆论的威力，清楚知道，未来任何一次没有处理得当的事件，都很可能引发巨大危机，从而将迟天埋没在更新换代速度极快的娱乐圈中。而这，是艾达绝不能允许发生的事。

听到艾达离开，迟天睁开眼。这漫长的一天，这熬人的一天，这跨越了六个时区也躲不过"私生饭"跟踪的一天，随着关门声，彻底结束。拿出手机，打开微信。置顶联系人处仅一个"晴"字。

迟天很想和辛晴说些什么，可捧着手机的僵硬的双手却迟迟按不下语音键。

突然一声清脆的响铃，屏幕上方弹出新闻短讯。"汤加"、"船艇失联"等字眼让迟天一个激灵坐起身来。最担心的事，往往来得最为突然。迟天看完新闻，立刻搜索出大使馆电话，打了过去。听到工作人员说出"辛晴"二字，他瘫倒在沙发上，大脑一片空白。

夏日午夜，褪去高温后的巴黎，竟多了些可爱，令人着迷。左岸的沉思与右岸的张扬隔着几十米宽的大河，在越发人心浮动的夜晚，模糊着一条从历史横亘而来的界线。

小宁被保安赶出酒店，失魂落魄地走在大街上，忽听见背后有人叫自己名字。转过身去，才知是吴深。他刚得知酒店内的事，此时正在气头上，一路小跑追了过来。小宁站住，一把抹掉眼泪，定定地望着他："如果要骂我，请你闭嘴。"

吴深愣了一下，看到小宁脸上的泪痕，突然心软，便收起怒气："保证不再犯？"

"不能保证。"小宁并非故意忽视吴深给的台阶，"只要有机会，我一定还会去找迟天，我知道，他是我的命中注定。"

"幼稚！"吴深再次动怒，"你这样乱搞事情，害己害人知道吗？！如果你把我暴露了，怎么办？"

小宁倒还真没考虑过吴深。她握紧兜里的录音笔，道："我不会出卖你。我只想见迟天，想了解他舞台下的生活，想留下他的痕迹带在身边，哪怕只是录下他的声音也好。"

吴深眼前一亮："你刚才录音了？迟天说什么了？"

小宁点点头:"可是,小天看到我后只是问了句我是谁,就不再说话了。不过没关系,虽然只有一句话,但这句话,是只对我一个人说的,这就够了。每天晚上睡前听一听,对我来说,可能就是所谓的'小确幸'吧。"

吴深突然觉得,在偶像面前卑微到尘埃里的小宁很是可怜。但可怜,不足以成为原谅她差点断了自己财路的理由:"我不管你什么'小确幸'、'大确幸'的,你只给我记住,不许再轻举妄动,如果影响我的计划,以后休想再找我帮忙!不过,你要是有额外发现,要记得告诉我。"

吴深虽生气,但也开始对小宁刮目相看。或许,这愣头青似的小丫头片子,在未来还真能靠着她的倔强和对迟天的痴迷,挖出他吴深发掘不到的料来。

艾达怎么也不会想到,刚回到自己房间不久,迟天便丢了魂儿似的慌慌张张跑来敲门。而他开口的第一句话,更是让她大惊失色。

"Ada,给我订最早的航班,我要去汤加!辛晴可能出事儿了!"

艾达自然知道辛晴是谁。她明白迟天每一首温情原创的主角都是这名叫"辛晴"的姑娘,也不反对迟天向公众公开自己曾有过一段纯纯的初恋——她认为,这对宣传迟天专情、专一的情歌小王子形象有益无害。然而,过去三年里,"辛晴"这两个字毕竟只是以回忆的形式存在着而已。如今,当迟天提出想要去找这姑娘,艾达心里却猛然咯噔一下。

问清来龙去脉,艾达沉思片刻,劝阻道:"你也说了,只是'可能'。事情还没定论,你就要抛下已经确定的行程,冒着数百万违约金的风险,跑去汤加找这个女孩儿?"

"她不是随随便便哪个普通的女孩儿!"迟天急了。

"我知道。"或许是因为接连工作压力太大,艾达有些不耐烦了,"她是你的初恋,是你所有原创的灵感……可这些早就只是为了宣传你正面形象的工具!工具而已!"言罢,看到迟天写满愤怒的眼睛,艾达意识到自己的话说得太硬了。她深吸一口气,强迫自己平静下来,这才继续道,"小天,这次和'UMI 时尚'联手拍写真,是公司和杂志社反复沟通好久后才签下的合约。为了这次合作,上百位工作人员前前后后辛苦准备了整整一个月!现在,就为一个不确定结果的消息,你要让大家的汗水一夜之间付诸东流吗?如果违约,说走就走放弃拍摄,你让业内人士怎么看你?你用了三年时间在这个圈子里树立起来的敬业形象该怎么继续维持?我说过,当你肩上的担子重到一定程度时,就必须要有承担责任的魄力!答应我,接下来两天时间里,忘掉辛晴,忘掉汤加,全身心投入到拍摄中去。我会替你关注她的消息,如果真的很不幸,就是这位姑娘出了事儿,那么,拍摄结束后,我亲自陪你去汤加。这样可以吗?"

是啊,出事儿的不一定是小晴。她聪明坚强,经历丰富,过去那么多坎坷都扛了过来,命运应该不会再继续找她麻烦了吧。迟天这么想着,冷静下来,答应了艾达。

五

辛晴胃里一阵剧烈抽搐,耳朵嗡嗡作响,视线开始模糊,眼前一片迷蒙。身体变得越来越轻,心脏却重重压在胸腔内,不断下沉。恍惚中，她突然觉得自己飘至半空，可身体却被留在沙滩上。被时光遗忘的荒岛，空气中蔓延着令人恐惧的死寂。向下望去，她看到自己那伤痕累累的躯体，跟跟跄跄欲起身，却毫无力气，只得连滚带爬、跌跌撞撞朝快艇而去。她看到自己浑浊不堪的双目充满血丝，听到残破的肉体之下骨头嘎吱作响。脑海中，一声声"活下去"的呐喊，支撑着体内每一个疲惫不堪的细胞。

漫长的五十米后，辛晴的双手终于触碰到了快艇冰冷的船体。那一刻，大脑突然清醒，她拼了命在快艇内翻找，却根本看不见应急包的踪影。没有应急包，便没有淡水和食物。这趟折腾，已耗尽辛晴所有气力。绝望迅速在体内蔓延开来，呼吸变得急促，她突然觉得又累又困，恍惚中，仿佛听到远处有呼喊声。这一切，像是一场无比真实的梦，或许，梦的尾声，正是虚无。

视线由模糊变为一片黑暗，辛晴还未来得及向呼喊传来的方向望去，便合上了双眼。

监测仪"嘀嘀"声钻入耳内。

"好吵……"辛晴想继续睡去，可身体却如灌了铅般沉重，胸腔内阵阵刺痛。迷离中，分不清这一切感觉到底是真是幻。勉强睁开酸胀的眼皮，模糊视线里，似乎有人影晃动。

"我还活着吗？"辛晴张张嘴，想说话，却觉着嘴上被固定了什么，嗓子里如火烧一般，根本发不出声音来。她能感觉到，身边有人在走动。

太累了。

辛晴再次合上双眼。耳边突然响起忙乱的脚步声，伴着她根本听不懂的呼喊。当一切安静下来，世界又恢复了一片黑暗。

辛晴做了一个长长的梦。

南方小城那座老式五层民居里，隔壁奶奶端着生日蛋糕，递给一位红肿着双眼的女人。女人接过蛋糕，蹲下身去，用颤抖嘶哑的声音向刚满七岁的女儿道歉。

母亲面容依旧，仍是记忆里的模样。辛晴看着她轻轻抚摸儿时的自己，突然想起了什么，冲女人大喊："离开这里！妈妈！快离开！"似乎没人听得到她说话。辛晴急了，欲上前拉女人起身，可轻飘飘的身体却根本不听使唤。情急之下，她冲小女孩儿嚷嚷："带妈妈离开！快走！"已经晚了，辛晴听到了楼梯上的脚步声。

女孩儿兴奋地抱着蛋糕往厨房跑去，边跑边喊："妈妈，我给你切蛋糕吃，好吗？"

辛晴看到父亲领着那个女人走入家门，愣住。

下一秒，血泊中的母亲，正望着自己。辛晴还未来得及哭出声来，时空骤变——鸽群结队飞过寄宿学校四四方方的天空，那棵斑驳的梧桐树下，一群男生从女孩儿手里夺过红豆糯米饭，倒在地上，嚷嚷着："怪人！快吃！"

四面围墙开始剧烈晃动，寄宿学校不见了踪影，辛晴飘在半空中的身体，突然出现在一道狭窄肮脏的巷子里，劫匪赤裸着上身，朝巷子尽头的姑娘步步逼近。

一股血腥味儿扑鼻而来，辛晴脑海中"轰"的一声巨响，巷子突然被古城五花石铺就的街道替代。曾守护了阿婆的土狗阿花，被阿婆儿子用砖头活生生砸死。血染红了记忆里古城的半边天，像极了坝上草原被篝火映红的夜空。

"我在这里等你。"火光中,舒桐温柔地笑。

辛晴喊着他的名字,迈出双腿想要跑过去,却感觉不到身体的重量。她低头看看自己悬在半空中的脚,再抬头,舒桐消失不见了。视线中,冰冷的海水正冲刷着沙滩,辛晴看到一艘空荡荡的快艇和离快艇不远处,躺在地上一动不动的 George……

一道白光晃过眼前,辛晴倒吸一口气,剧烈咳嗽起来,胸腔内剧痛难忍。她猛地睁开双眼。身边围了一圈人,正低头望着自己,看到辛晴恢复了意识,纷纷露出释然的微笑。

医生和护士们对在场的两位有着亚洲面孔的男士说了几句辛晴听不懂的话后,离去。其中一位戴眼镜的中年男子送他们走出病房,回到病床前,用一口流利的中文说:"小晴,你终于醒了。"

"这是哪儿……"辛晴终于听到了自己真实的声音。

"医院啊。从搜救队发现你的那一刻起,你已经昏迷了整整三十个小时了。"另一位男子道,"中间有一次,你眼睛睁开又合上,监测仪发出警报,我们都吓坏了。"

"我还活着?"

"当然!孩子,你命真大,去死神家里做了回客,又平安回来了!"

"George 呢?其他人呢?"辛晴突然挣扎着要坐起身来。两位男子忙将其按住,欲安抚她的情绪,却支支吾吾不知怎么开口。

辛晴又是一阵剧烈咳嗽:"其他人到底怎么样了?昏迷前,我是和 George 在一起的,可他……他……"

戴眼镜的男子叹口气:"George 因失血过多,不幸离世……"

这答案似乎早已在心中,可当自己从他人口中清清楚楚听到"离世"二字，辛晴被残忍地剥夺了否认事实的机会。

另一位男子继续说道："他的尸体被发现时，现场只有你一个人，所以这两天会有人来调查，到时候你只要实话实说，别紧张。"

"孩子，你醒来就好，你爸爸都快急死了。"

"我爸？"

戴眼镜的中年男子点点头，解释说："我叫郑嵘，在这里的华人商会工作，跟明义是多年好友。你爸爸得知你的事情后，立刻给我打了电话。"

"郑叔叔，"男子一番话，让辛晴猛然想起了什么，"能不能借您电话一用？我得给国内一些朋友报个平安。"

"是你的紧急联系人舒桐吗？"另一位男子叫何光，驻汤大使馆的工作人员，"找到你的时候，我们也已经通知他了。实际上，国内的消息更新还算及时，相关信息，你的朋友们都知道，放心吧。"

"孩子，先跟你爸爸说几句话吧。"郑嵘拿出手机。

电话接通后，从中传来父亲急切的声音："兄弟，我闺女醒了吗？"

辛晴接过手机，喊一声"爸"，泪水夺眶而出，两位男子为之动容。医生敲门走了进来，叮嘱道："不能让病人情绪太过激动。"

辛晴与父亲通完电话，依旧握着手机，看着郑嵘乞求道："郑叔叔，我能再打一个电话吗？"

"最后一个哦，不能说太多，你需要好好休息。"

辛晴点点头，集中所有力气，拨通了舒桐的电话。

六

已近四十个小时未曾合眼，舒桐始终在焦灼地等待与期盼——等着大使馆的消息，盼着收到辛晴报平安的电话。高扬去工作室取了证件后，便直奔舒桐家，陪着他熬过了这漫长的四十个小时。

当手机来电显示国际号码，电话里终于传出自己日思夜想的声音，舒桐在那一刻，崩溃了。辛晴用沙哑的嗓音在劫难之后说的每一句话，他都深深刻进了心里。

放下手机，舒桐待在原地，面色惨白。高扬着急了，追问着辛晴的情况，要不要现在立刻准备去汤加？

舒桐咬紧嘴唇，沉思着，许久，才说出一句："不去汤加了。"

"为什么？"这个问题，高扬几乎是喊出来的。

舒桐并未回答，只是望一眼高扬："谢谢你，兄弟。我想自己出去走走。"

"我陪你呗！"高扬起身便要换鞋。舒桐婉拒，让他去卧室好好休息，自己拿起钥匙，走出家门。

舒桐出了小区，朝着东南方一路前行，踽踽凉凉。恍惚之间，三个小时过去，自己竟不知疲惫，从三环西北角走到二环内来。一道道胡同在这里弯弯曲曲蔓延着，像是一把被人无心抛撒在钢筋丛林中的树枝，看似千篇一律，实则各有说头儿。舒桐揣着辛晴留下的红绸布袋，步入一条幽深胡同中，漫无目的，迷离惝恍。白色T恤上，一双手绘野天鹅，经过三年时光的打磨，已褪去最初那饱满的色泽。

盛夏清晨，日头初升，便已毒辣；热腾腾的风从胡同口吹进，撩动着灰墙灰瓦上长势喜人的爬山虎。被历史的滚滚车轮碾压过的道路，如今既承载着粗布鞋，也容纳了细高跟。麻雀叽喳，信鸽咕咕，锈迹斑驳的老式自行车，斜靠在贴满小广告的电线杆上。散落在胡同各处的特色小店，用心装饰了自家地界里每一寸老墙旧砖。从一旁木门中走出来的中年妇女，穿着松松垮垮的花睡裙，拎一袋垃圾，边打哈欠、边朝胡同口垃圾桶走去，遇见牵了京巴儿不急不慢遛狗的大爷，乐呵呵地打招呼。几个孩子吵吵闹闹地从拐角处冒出来，个个儿一手举着大包子、一手拎着印有补习班宣传语的布袋，嚷嚷着下课后要结伴儿去南锣鼓巷吃文宇奶酪。胡同深处小酒馆内，一位青年撩开布帘踏出门外，满面愁容、一身酒气，与老板道声再见，离去。在小酒馆买醉到天亮的人，都有些个来头，不愿在黑夜中独处，偏爱去昏暗的灯光中饮一夜人间烟火、与老板倾诉衷肠。四九城的烟火气息，就这么在夏日斑驳树影里，用最寻常不过的细节，渲染着这个不同寻常的清晨。

转过几个弯，喧嚣忽地被甩在身后。走过一棵粗壮葱郁的老槐树，舒桐这才发觉，前面已无路可走。胡同尽头，坐落着一方没标没牌的小院，藏得很深，颇有种与世隔绝的味道。院门半掩。门顶，四枚门簪分别雕有兰、荷、菊、梅的花样，虽已褪去鲜艳，但还原出的木质本色更显厚重；门前，方形门墩上留着被人为破坏过的痕迹，同那模糊纹路一起，诉说着时光摧残下的点点滴滴——这一切，都在证明着此处之不凡。然而，一旁院墙上，竟然大大咧咧挂着破旧的搪瓷脸盆与高粱扫帚，难免让人心生疑惑。

一心念着东南方向，不想竟被堵在一条死胡同里。舒桐正欲转身，忽听得院内传来一位老者的诵读声："乳雀啁啾日气浓，雉桑交影绿重重。秧田百亩鹅黄大，横策溪村属老农。"

一句"雉桑交影绿重重"，惊了舒桐。辛晴在所作杭州游记中，曾引用此句作结。那年夏天，她在西子湖畔读潋滟水光，他在辛晴希望小学批阅学生文章。疲惫了，打开网站翻看她的最新游记，读至末尾竟不觉念出声来。抬头望去，窗外那株桑树，已悄然长出泛着青色的桑葚。树下，聚了群二年级学生，孩子们纷纷仰起小脑瓜，算着还有多久才能等到深紫色的果子。那时那景，舒桐曾许愿，不远的未来，能和辛晴同回这学校中，与孩子们一同打桑葚。可时至今日，校园里的桑葚熟了一轮又一轮，舒桐却在一场惊魂之后，面临着自己这辈子最难做的选择。

"此诗唤作'初夏'，而今正值暑伏，怕是不太应景。"舒桐自语。

老者闻声，推门而出，上下打量着眼前这位衣着干净朴素的男子。舒桐忙为自己冒失的打扰道歉。

老先生须眉皓然，面容慈祥，见眼前这年轻人文质彬彬，忙摆手示意无妨，接着问道："依你看，要怎样才算应景？"

"于您，当是'柴门鲜人事，氛垢颇相忘'；而于我，"舒桐停顿，眉眼中惆怅甚浓，"只能是'两岸青山相对迎，谁知离别情'……"未来捉摸不定时，人愈发容易悲观。

"你也读林君复？"

"人道，和靖先生虽恬淡出尘，却终究只是个人情怀，格局甚小，不足以与其他心怀天下的文人相媲美。可是，在众多浸透了天下忧乐的诗词中，偶尔读一读梅妻鹤子的隐逸和对诗作随就随弃的态度，也不失为一种乐趣。"

老者眼前一亮，侧身作相迎状，邀舒桐进院："可从你口中，却不见乐趣,只有哀愁。若不嫌弃寒舍粗陋,且进来喝杯茶吧。"

舒桐心事重重,欲道谢离开,见老先生慈眉善目之中写满真诚,便应下了:"叨扰了。"

老者带舒桐走入院内。

这大隐于闹市的小小庭院,处处皆景。院中葡萄架上摇曳着一簇簇绿叶,抖落了一地斑驳的阳光;架下石桌棋盘上,留着一谱残局;木质花架延左墙一字排开,花草错落有致;右侧一方水缸内,两条九纹龙锦鲤缓缓游弋,在满眼翠绿中游出一幅水墨画来。

老者邀舒桐在石桌边坐下:"先生可对这棋盘上的南征北战感兴趣?"

"晚辈心拙,并不懂博弈之术。"舒桐诚实答道,"不知,该如何称呼前辈?"

"街坊四邻叫我老李头。"老者笑起来,"这位先生怎么称呼?"

"李老先生,晚辈姓舒名桐。"

老者微微点头,见舒桐愁眉不展,让他在此稍作片刻休息,起身进屋,不一会儿,端了套茶具出来。青灰泥烧成的八方提梁壶中,泡着闽北水仙。舒桐忙上前为其斟茶。老者在石凳上坐定,看着舒桐的愁容,询问起来。舒桐想,老先生是明白人儿,便将心绪一一如实道出。

闻罢,李老先生叹口气,道:"这位姑娘,倒是命大。大多数人或许认为,经历这次浩劫后,她会如古人所云,'大难不死,必有后福'。可依你所言来看,姑娘面前,似乎仍旧横着一道难以跨越的坎儿。"

舒桐点头。

老先生继续道:"恕老朽直言,体肤之劳易忍,心志之苦难熬。身上的痛楚,可借外力缓解,可心里的伤口,却只能靠自己舔舐。"

"如果我知道该去哪里寻能治这心伤的药呢？"

"那便去寻吧。这世上，茕茕子立、踽踽独行的灵魂太多，途中若能遇一伴侣，与之心心相印、惺惺相惜，实属难得。"老先生品口茶，不紧不慢地继续道，"人说，这四合院是老北京的魂，是京味儿里最具烟火气息的存在。可实际上，性格饱满的四合院，才是如此。何谓性格饱满？经过历史摧残后，仍活在人们生活中，才有性格；而只有当这四合院以'家'之名活着，才能称其为'饱满'。四合院是老北京的魂，'家'的意义是四合院的魂。老祖宗留下的东西，就得照着老祖宗的规矩使。粤东新馆们已死，只能作罢。而余下的院子屈指可数，本就可惜，如今竟还遭受着是否仍存价值的质疑——悲哀！悲哀！"

"时代在变迁，城市须成长，'变化'二字必然要贯穿其间。"

老先生似乎早就料到舒桐会出此言："日月不淹，春秋代序。变化可以，魂不能丢。四合院如是，人亦如是。体肤抑或心志，孰者受损，皆致变也。万变之中，其他倒也罢了，唯有人之本真，切不可失呀！"

舒桐会意，向老者致谢。

老者笑问："舒先生是否已做出选择？"

舒桐笑言："想不到，晚辈心事在您面前竟如此明显！"

老先生哈哈大笑，抚起花白胡须，望向舒桐，欣赏之情溢于言表。

舒桐听着他的口音，并不像北京本地人，便随口问上一句。老先生回答说，自己是被儿子接来北京养老。儿子平时工作忙，买了这个院子来安置他这当爹的，却不常有时间来看望。他平日最喜读书，吟诵诗词，养养花喂喂鱼，几乎天天待在院子里。偶尔出门转转，但最远只到过胡同口。

"闲逸日子过惯了，开始怀念年轻时的自己——打起鬼子来，那股冲劲儿,是再也回不来喽!"

舒桐心生敬佩:原来面前这位仙风道骨的老人家,还曾在战场上驰骋过。感叹之时,却也好奇:能在二环内购下这么一座四合院,老先生这位儿子,到底是什么人物?但出于礼貌,舒桐并未问出心中的问题。

院门外,李翘楚已在台阶下站了好些时候,听着院内在不知不觉间建立起的忘年之契,不由心生感慨。司机拎着一堆补品,安静地站在他身后,也不敢多言语什么。

"走吧。"李翘楚转过身来。

"这些……要不要给老先生拿进去?"

"明天再来。"李翘楚大步朝胡同出口方向走去。他再有神通,却也从未料想过父亲会与舒桐偶然相识。这世界,说来倒真是小得可爱。

"小赵那边事情办得怎么样了?"

"还没得手。"

李翘楚不再言语,边走边琢磨舒桐与父亲的对话。舒桐所述海难一事,他有所了解,也早知道辛晴与舒桐的关系。刚才父亲问的那个"选择",到底是什么?舒桐接下来有什么打算?会不会影响他李翘楚的计划?父亲,是他在这世上唯一敬佩的人。能与李家老头子相谈甚欢——这舒桐果然不凡。想到这里,李翘楚不由得嘴角上扬——自己从来不会看错人。

七

屋里安静极了,高扬呆坐在床上,两眼混沌无神。宿醉之后,一切疼痛感愈发明显,高扬痛苦地揪着头发,只想把脑袋撞到墙上去——如果这么做能缓解头疼的话。四下望去,是自己家。高扬实在想不起他到底怎么回来的。

昨天上午,得知辛晴平安后,舒桐离开,只叮嘱自己好好休息。高扬在舒桐家倒头睡去,一觉醒来,已是傍晚。舒桐仍未归,高扬便起身离开,欲回自己家码字儿,但想不到有啥可写。掐指一算,离交稿还有整整四个月,依自己的才华,在四个月里码出一本书来绝对不是问题。这么想着,双脚便转了方向,朝酒吧走去。之后发生的事情,无非又是一番灯红酒绿中的放纵——高扬不愿再细想。

打开笔记本电脑,欲构思下一部作品,依旧毫无头绪。看看日历,扳着指头把日子再算一遍。离交稿又近一天——不到四个月了。高扬开始着急,越急越慌乱。昨晚灌入胃里的酒液,通通化作脑子里的糨糊。一股怒气冲上头顶。高扬不知自己生的哪门子气,生的谁的气。

这本连影子都不知在哪儿的书,六个月前被一家出版公司签下。尝到出名甜头的高扬,三年来自信心一天天膨胀,学会了像刷信用卡一样利用自己的名气提前获利。起初,签好的合同还能按时交书,后来不知从何时开始,事情变了味儿,高扬愈发沉迷除写书以外的所有事情,将一个自己不敢承认的事实掩埋进心里。

直到此时,深切意识到时间紧迫,而他又无从下笔,高扬慌了神儿——莫非，自己真的才思枯竭了？想起舒桐的创作习惯——对每一份约稿，他一定会准备两套创意方案，且均做到详细尽致，以防万一。高扬不明白，自己娱乐生活丰富多彩，社交圈子纷繁开阔，不论接触到的人或事，都远超生活模式规律又单调的舒桐。可为何他的创意总是信手拈来，自己却愈发觉得无从下笔呢？

拿出手机打开微信，看到十几条来自陌生人的未读信息。高扬懒得点开细读——不过又是在酒吧里认识的一些女孩子们罢了。一众拨雨撩云之中，一条来自备注名为"黑裙橙汁"的姑娘的信息，让高扬眼前一亮："作家哥哥，那晚的约定，还算数吗？"前几日晚，高扬在酒吧拿一杯被唤作"灵感泉"的鸡尾酒，与这位姑娘搭讪。本已约好共度良宵，后出辛晴一事，高扬着急去陪舒桐，两人只得作罢。

思索片刻，给姑娘回复："哪儿呢？"

姑娘秒回了一个酒吧名。高扬收起手机，将合约抛到脑后，走出家门。照着黑裙橙汁提供的路线，高扬似乎已经到了目的地，可四下望去，压根儿就没有什么酒吧。高扬心想，这丫头不会在耍我吧……正琢磨时，一身影从拐角娉婷而出。

"作家哥哥！"这声音甜腻极了，惹得高扬心头一阵痒痒。

黑裙橙汁带着高扬，走了条曲曲折折的小路，在一家废弃杂货店门口停下，隔着铁栅栏门，向里道："玉兰花开刚刚好。"言罢，又敲了三下门。门开了，一位壮汉出现在眼前，脖子以下全是文身，将高扬从上到下细细打量一通，接过黑裙橙汁递来的眼色，点点头，将两人迎了进去。黑裙橙汁微微一笑，轻轻捏一把壮汉结实的肩膀，拉着高扬朝里走去，一路摇曳生姿，壮汉直勾勾盯着她的背影，直至两人走下楼梯。

高扬全程不曾生疑。自己先前也去过几家藏得颇深的主题酒吧，想来这家也是如此，玩儿什么暗黑主题营造神秘感罢了。下了楼梯，视野开阔起来。这酒吧，看起来像是由一座地下工厂改造而来。姑娘牵着高扬，绕过群魔乱舞的人群，径直走进最里的包厢内。

"真想不到，闹市之下，别有洞天啊！"高扬感叹着，一屁股坐在皮沙发上。这包厢并不大，淡紫色灯光随着音乐在这一方空间里幽幽地荡起涟漪。黑裙橙汁从桌下拿出一瓶红酒，倒了两杯，在一旁坐下，轻轻依偎在高扬身上，把酒递一杯给他。两人碰杯，将酒一饮而尽。姑娘放下酒杯，寒暄起来。

"哥哥最近在忙些什么？"

"还能忙什么。写书呗。"

"什么书？女主角是我吗？"

高扬笑了，随即又皱起眉头来。一想到书，便不得不去想那该死的事实。

"怎么了？"

"最近思路卡壳，写得不顺畅。"

黑裙橙汁神秘一笑，道："我有一个好东西，好多搞创作的名人没有灵感时都会用。哥哥感兴趣吗？"

高扬心生疑惑。

姑娘从一旁精致的小方包里掏出一个透明袋子来，里边装着十几颗白色药丸模样的东西。高扬"噌"地站起身，连连后退，不觉惊出一身冷汗来。

"这是……"。

姑娘哈哈大笑，起身欲拉高扬，高扬猛地挣脱，朝门口跑去。门外突然冲进两位光膀子壮汉，堵在门口。黑裙橙汁向两个壮汉示意，两人便重新退回门外去。

"小哥哥，才刚入夜，咱们玩点儿别的也行。"

"我累了，想回家休息……"高扬声音有些颤抖。

黑裙姑娘不再挽留，只说句："那好吧，保持联系哦！"

高扬跟跟跄跄朝出口一路小跑。途中时不时有壮汉向他望去，但没人阻拦，估计是受了黑裙橙汁的命令。出了大门，又接连跑了半个多钟头，高扬这才停下，扶着一旁的路灯，大口喘着粗气。一书成名之后，高扬虽沉浸在玩乐中不能自拔，但违法乱纪的事从来不做，更别说涉毒了。回想刚刚发生的一幕幕，高扬心里直突突。

翘楚阁大厦顶层，进得去的人并不多。那里，除李翘楚办公室外，还有一间密不透风的会议室。相传，这会议室很小，小到放不下一张圆桌，只有四把转椅；又传，这会议室很大，大到能包容当今所有铺天盖地的信息与言论。与会议室一墙之隔的，便是李翘楚的办公室了。

李翘楚办公室里，没有名牌家具，但每一个物件皆为手工制作、都有自己的故事。

落地窗旁那张硕大的黑胡桃木办公桌，是李翘楚十二年前想尽办法从美国一位印第安手工艺人手中花重金买下的。那年，他在俄亥俄州皮克灵顿小镇上一处房产里度假。不愿去游人众多的城市，独独偏爱被国内出国游一行置于冷板凳的小地方——李翘楚这个习惯，除了跟了自己三十年的私人助理知道，再无第二个人知道。

一日，他晚饭后独自出门散步，在离家不远处的小树林旁，偶遇一蒙面强盗持枪威胁一位印第安老人。李翘楚本不愿多事，强盗听到脚步声突然扭头看向自己,他便意识到,这下想逃也逃不掉了。

强盗一手死死掐住印第安老人的脖子,另一只手将枪口对准了李翘楚,示意他走过去。或许是看李翘楚戴着眼镜,一副文质彬彬的样子,没有什么攻击性,强盗并未因为这位不速之客而乱了手脚。

但李翘楚的狠,从不外露于表面。

他朝强盗走近几步,突然伸出拳头,照着自己右脸便是狠狠一拳,接着从嘴里抠出一颗牙,朝地上啐口吐沫,冲着强盗微笑,满嘴是血。

强盗被这位看似柔弱的中国男人震住,看着李翘楚举着牙朝自己慢慢走来,以为遇到了不怕死的疯子,回过神儿来之后,一溜烟惊慌逃窜,几步便不见了踪影。李翘楚这才揉着腮帮子,一边庆幸这颗龋齿本就坏到摇摇欲坠,一边在心里骂着:"真他妈疼!"

印第安老人觉得,是李翘楚救了自己的命,走上前来连连致谢。

事后,李翘楚了解到,这位老人是本地相当有名的手工艺人,尽管由于种族原因,处境复杂,但凭着他做家具的好手艺,竟也赢得了镇上人们的尊重。刚刚那强盗不知是出于种族歧视,还是单纯以为从他这儿能捞点儿烟酒钱,将他堵在了这小树林旁。幸亏李翘楚及时出现,否则,估计几天后,人们才会在树林里发现他的尸体。

为表感谢,老人执意要送李翘楚一件对于自己来说最为珍贵的黑胡桃木桌。李翘楚想到,在强盗未发现自己前,他打算悄悄溜走,觉得不能接受老人的礼物,便要婉拒。但老人态度无比坚决,李翘楚最终决定并说服老人,将桌子买下。

如今,每每坐到这张桌子前,李翘楚都能记起那晚微弱灯光下,老人满脸的真诚与感激。此后,他虽仍不轻易多管闲事,可一旦插手,必尽心尽力,诚心实意助人。

与木桌同年运到这里的,还有桌下那张来自尼泊尔的手工地毯,和桌后一组与李翘楚同龄的文件柜。办公室入口左手边,被深棕色皮沙发包围的是一只与众不同的茶几。这茶几,由四只缺了轮毂的旧轮胎撑起。几乎所有来过这间办公室的人,都会好奇地问起这茶几的来历,而李翘楚总是笑而不语。茶几旁,放着一个橡木圆凳,表面粗糙,是唯一一件与屋内整体格格不入的家具。但李翘楚却把它摆在最显眼的位置,因为这是自己小时候和父亲一起用院子里的老树桩打磨而成的。

此时,李翘楚刚从老爷子家回来,正坐在办公桌后细细读着华鹰的收购方案。一旁,坐着华鹰最大的自然人股东易全麟。

"有百分之百的把握吗?"他望着李翘楚,试探道,"要不要通过辛明义,打探一下辛氏的计划?毕竟你跟他有那么多年的交情。"

"你觉得他会让咱们打探出什么吗?"李翘楚面无表情。

"有道理……可是,辛氏比华鹰掌握着更重要的独家货源和客户源,提供的价格也更高,我安插在新宁内部的人传来消息,新宁特别看重这一点。咱们总不能坐以待毙吧?"

"当然。以辛明义作为突破口——这个思路是对的。我们只需抓住他的软肋即可,根本不用从收购本身下手。"

"什么软肋?"

李翘楚合上收购方案,道:"他的大女儿。"眼神里含着深不可测的笑意。

这笑,易全麟觉得眼熟,背后突然升起一阵凉意。

秘书敲门,带着小赵走了进来。李翘楚起身,亲自将易全麟送出门外,看着他走入电梯,这才返回,问小赵:"成了?"

小赵点头,从包里拿出一沓厚厚的稿件来,放在李翘楚桌上。

"怎么拿到的?桐叶原创最近怎么样?"

"工作室构造很简单,重要文件全在舒桐家里。所幸,这个本子设定他们半个月前才开始写,这两天刚写完,舒桐还没来得及拿走,就被别的事情分了神儿,把文件锁进办公桌抽屉里没再管。他的电脑我进不去,只能想办法从高扬那儿找来钥匙,拿到纸质版复印了一份。目前只有剧本的设定文稿。桐叶原创暂时还没开始正式创作。舒桐这两天都没来工作室,不知在忙什么,听高扬的意思,他好像要出国……也不知道创作计划会不会推迟。"小赵很好奇,见李翘楚没搭理自己,继续道,"李总,半年前您安排我去桐叶原创的时候,怎么知道五个月后他们会签下这个剧本?或者,那时您有别的计划需要我做?"

李翘楚一边翻看文稿,一边道:"辛苦了。"他丝毫没有要回答小赵问题的意思。小赵识趣,不再多言。

"一会儿我让秘书把钱打给你。你先继续在桐叶原创待着,别着急离开,别露马脚。"

小赵点头。

李翘楚叫秘书进来送走小赵,待秘书关上门后,立刻招呼始终守在一旁的助理走上前来,问道:"枪手们集齐了?"

"齐了。"

"保密协议签好了?海南那套别墅监控设施检查了吗?"

"放心吧,李总,一切都已经准备就绪,就等这个了。"助理看了一眼桌上的文稿。

"好。订最早的机票,尽量今天之内就出发。你亲自拿文稿带他们去海南。一个月内务必出来完整作品。"

助理接过文稿，装进随身携带的保险箱内，准备离开。

"对了，别墅周边的安保再增加一倍。"李翘楚突然想起什么，忙叮嘱道。看着助理离开，他靠在椅背上，闭目沉思。

李翘楚求贤若渴，这是人人皆知的事；他为达目的不择手段，圈子里也都有耳闻。桐叶原创刚成立那年，李翘楚在杂志上读到舒桐的一篇文案，眼前一亮，开始关注起这个不刻意显山露水之中、悄悄展现出锋芒的年轻人。此后，舒桐每一篇文章、每一本小说，李翘楚都让助理找来细读，越读越喜欢、越喜欢便越想将其收归麾下。曾尝试"三顾茅庐"，均被舒桐以舍不得工作室为由婉拒。李翘楚换了思路。他认为，利诱不成，只能威逼——如若成功让桐叶原创工作室在这个行业站不住脚跟，舒桐走投无路之时，便是自己成功揽贤之日。如何"威逼"，李翘楚心里早已有谱。舒桐态度坚定，可他身边那位得力助手兼好兄弟，却似乎不怎么能经得住诱惑。李翘楚决定，一边挖墙脚，一边等待逼垮桐叶原创的机会。给了高扬名片后，又安插小赵进工作室待命。当桐叶原创接下一个迟天将参演的剧本时，李翘楚知道，机会来了——这部因为迟天而倍受舆论关注的剧，将是打击桐叶原创最好的契机。得到设定文稿后，他让自己最信赖的助理，带着自己最信赖的枪手们，去海南一座私人别墅里，封闭一个月，按照文稿，赶出一个和舒桐团队的创意一模一样的剧本。

对于即将到来的危机，舒桐一无所知。在与辛晴通了第二次电话后，他毅然决然收拾行李，踏上了前往温哥华的航班。除了那位隐居在胡同深处的李老先生外，再没有人知道原因。

八

网络时代，信息更新速度快得惊人。秦风斥责迟天转发剽窃文一事，刚刚造成轰动，艾达便指挥团队发布了一封简洁明了、诚心实意的道歉信。上一秒，舆论还在给迟天冠以莫须有的罪名、骂声一片；下一秒，便因这封道歉信，开始大加赞赏他及时认错、态度诚恳。与此同时，如艾达所言，媒体在各大娱乐网站放出迟天在机场挥手打送机粉丝的照片，舆论哗然。一天后，现场视频流出，人们纷纷又一边倒地夸奖迟天反应迅速、救人及时。这几日，迟天虽身在国外，他的名字在国内热搜话题榜单上依旧居高不下。

手下艺人保持着极高的正面形象曝光率，艾达再累也觉得值。可迟天的心思却早已飞去汤加。在巴黎两天的拍摄行程中，他心不在焉，只盼着早早结束工作，赶去汤加。收工当晚回到酒店，艾达履行承诺，给大使馆打去电话，得知辛晴成功获救的消息，忙转告迟天。

"她受伤没？是不是吓坏了？"迟天忧虑重重，心像被绳索狠狠勒住一般，揪得他痛苦不堪。

"命无大碍，只是得了急性肺炎，被救回后昏迷好久。现在清醒了，没什么问题，放心吧。"

"我要去汤加，现在就去！"

艾达愣住——迟天当下正红透半边天，是无数少女们心中对异性所有幻想的寄托，如若此时千里迢迢跑去找初恋，消息一经走漏，后果不堪设想。迟天还不到靠恋爱或成家博取关注的年纪，而是靠青春拼事业的时候，艾达不能允许他走错——哪怕只是一小步，也绝对不行。毕竟，这个圈子里，一步错、步步错的人，她见了太多。

可迟天哪管得了这些？现在，他满脑子都是辛晴，是她与他初见时，拉着自己在大马路上又唱又跳的古灵精怪；是她邀他一同出游时，令他着迷地说走就走、无拘无束；是她陪他在夏日什刹海边漫步时，对冬天的期待与向往；是她得知他选择放弃梦想时，一句句眼含泪水的怒骂和质问……汹涌回忆中，迟天贪恋着辛晴曾在校园时光里带给自己的温暖，想到她此刻正遭受折磨，便痛苦不堪。他知道舒桐的存在，知道自己在辛晴心中早已成为过去式，可还是止不住地想她、念她。

"你答应过我，如果出事儿的是辛晴，拍摄一结束我就能去找她！"

迟天说的没错。可艾达那些话，只是为了安抚他的情绪，确保顺利完成工作。艾达此时有些犹豫，迟天看着她，恍然大悟。

"你根本就不打算让我去找小晴？"

"三年了，你还弄不清自己角色的特殊性吗？"说这话时，艾达已想好了备用计划。

迟天皱紧眉头。一心急着去陪辛晴，他开始琢磨对策，欲找机会偷偷溜走，但想到护照还在艾达手中，只能作罢。一时没了别的主意，便掏出手机给小萌发去信息，请求支援。

乡村的夜，在万籁俱寂中，将黑暗诠释得透透彻彻。

施雨萌的父亲去世一年后，施母一夜白头，在自己住了大半辈子的京城，常常睹物思人，日日以泪洗面；小萌亦性情大变，失去了曾经的大大咧咧、嘻嘻哈哈，愈发不爱言语，总是一头钻进孤独里不愿走出。已经没了父亲，她不忍看到母亲在难过中日益消瘦。一番商量后，小萌决定，辞去在京城的工作，将房子租出，带着母亲来到辛晴希望小学，一待便是两年之久。小萌在学校里当全职英文老师，母亲白天待在食堂，帮大师傅给孩子们做饭，晚上则回到宿舍陪女儿批改作业。两年多来，母女俩相依为命，陪着学校里的孩子们，渐渐忘却了城市的喧嚣。一天，许久不曾笑过的母亲，看着孩子们追着一只蝴蝶又跑又跳，竟突然露出笑容来。小萌当即流下眼泪，从此再不愿离开这里。只有得知迟天举办演唱会的消息，小萌才走出大山，赶到演唱会所在城市，拿着迟天委托助理给自己的 VIP 票，静静听他吟唱一场对辛晴的思念。而后，默默离开，重回山里。

午夜，母亲已熟睡。黑暗中，手机屏幕突然亮起，小萌被光亮晃醒，眯着眼睛坐起身。

这座希望小学，原本处于几乎与世隔绝的状态。当迟天的团队向公众曝光迟天每年都来这里做公益后，外界便开始向这大山深处投来关注的目光。在明星巨大的影响力下，学校中不仅有了越来越多来去匆匆的志愿者，还被各个企业赞助了齐备的设施。手机信号再也不会微弱到只在某个角落才能打通电话，孩子们甚至可以偶尔上上网看看外面丰富多彩的世界。

但小萌却只一心在这山里，并未因网络通畅而欢欣。生死别离之后，这世上，还有什么比生死更重要的事，能够让心再次雀跃？也正因如此，小萌始终无法理解，幼年丧母的辛晴，心怎还能大到装得下全世界的风景。

直到看到迟天的信息，小萌才知道，辛晴出事儿了。担心影响母亲休息，她找出耳机戴好，听迟天讲完详情，从床上爬起，睡意全无。想到今昔对比，再次被生活的残酷狠狠甩了一耳光。曾经形影不离的三人组，不知忧愁为何物，在校园里每个角落都留下了欢笑。可如今，生活只用了几年时间，便将他们折磨得面目全非。一人携母久居山中，一人被明星光环剥夺了私人生活，还有一人刚在鬼门关走了一圈，正遭受着病痛的折磨。

"萌萌，我该怎么办？"迟天着急了。

小萌真切感受着迟天每一分焦虑、每一丝痛苦。这真切，一如多年来那不曾间断的隐忍与爱恋。她亦为辛晴而担忧，只恨自己不能立刻飞去闺蜜身边陪她渡过难关。

"你的签证还在有效期内吗？"小萌问道。

"签证没问题。只是护照在艾达手中，她不同意我去汤加。"

小萌叹口气："只能想办法说服她了。"

迟天绞尽脑汁想法子时，艾达悄悄离开，打了一通神秘电话。她太了解迟天的痴情与倔强，只能尽最大努力为自己所能想到的可能性做准备，殚精竭虑只为迟天一路周全。电话另一端的神秘人，是老周——资深娱记，艾达父母的至交，看着艾达长大，待她如同女儿一般。老周答应，即刻前往汤加，帮助艾达留实锤。

实锤，即证据。任何照片、音频、视频，或其他形式的证据，只要足够说服事件面前绝大多数看客，便是实锤。对于艾达来说，手中握着坚实有力的证据，是对迟天最有效的保护。

安排好保镖，跟老周沟通完毕，艾达这才返回酒店，等着迟天。迟天一切行踪，甚至连他的心思——哪怕再不易觉察——也全在艾达掌握之中。可艾达所有计划与安排背后暗中操作的细节，却从不向迟天透露。有些事情，多说无益——艾达不愿让他分心。

如她所料，迟天跑来向她表明决心，态度坚定，像个任性的孩子一般。艾达明白，这一步非走不可，答应了他："不过，去汤加前，我们必须先回北京。你要亲自出面，给秦风索赔一事做个了结。"艾达清楚，这件事必须处理得完美无缺，才能维护住迟天在公众面前的良好形象——作为原创歌手，面对与"剽窃"二字有关的事情时，即使再荒唐，迟天也必须严肃对待：既不可被莫须有的罪名毁了名声，也要向公众表明自己坚持原则的态度。

迟天乖乖点头。

酒店餐厅，艾达独坐窗前，在笔记本电脑里敲着什么。

吴深刚送小宁回宾馆休息，此时正悄悄躲在艾达背后不远处。拍下电脑屏幕上的画面，拉近细看，才发现她正在查去努库阿洛法的机票。桌上，放着两本护照，其中一本套着淡蓝色保护皮，吴深觉得似曾相识。在相机里调出不久前于北京首都国际机场拍到的照片，吴深眼前一亮——迟天过安检时，手中拿着的正是这本护照。

吴深立刻起了疑心：迟天刚在汤加拍完 MV，为何又要去那里？这个行程从未向公众透露，吴深拿到的内部行程单中也不曾提及——难道是私人计划？靠着自己敏感的职业嗅觉，他意识到此行太过蹊跷，便决定将这事儿瞒下来，打发小宁回国，独自一人跟他们去汤加。

从包里拿出护照，找到汤加签证页，还在有效期——吴深已记不清这是自己换新的第几本护照了。为了尽可能及时地追踪到明星们在国外的踪迹，吴深必须保证自己护照上常去国家的签证随时能用——一旦过期，立即重新申签。看着护照里有效页不断减少，吴深想，如若有一天，自己退出这个行业，一定要以一名游客的身份，把这些国家再走一遍。那时，再没有劳心费神的跟踪，再不用小心翼翼、东躲西藏；有的只是赏心悦目的风景和走走停停、随心所欲的自由。吴深不知，到底还要再等多久，才能去过自己想要的生活。

九

有人说，看着熟悉的人离世，就像自己提前死去，又活了过来。如此"重生"，辛晴不敢去数自己已经历几次。从小便开始学着努力消化"死亡"二字，直至如今——当生命中那些逝去的年华被强行撕掉一页又一页，当回忆中永远定格了年龄的笑靥在时光里渐渐褪色，又常毫无准备地出现在梦境中，当一次次梦醒之后恍若隔世，忍着心头剧痛被迫迎接崭新的阳光——辛晴突然发现，不知不觉中，灵魂早已被稀释，混在过往云烟里，缥缈成一团再也无法触及的梦。

母亲离开后，辛晴明白了，人生永远不知道哪一眼便是诀别，有些事，想做就做，别等明天，别留遗憾。可近距离感受生离死别的痛，只会随着时间的流逝越来越清晰，像是有一双无形的巨手藏匿于心中，举着一把愈发沉甸甸的大锤，时不时猛敲在心头，痛到无法呼吸。既然诀别只是时间早晚的问题，既然诀别后一切痛苦只会加剧，自己为何要为了一句"不留遗憾"在这世上苦苦独行？

又是一场混沌的梦。梦醒，辛晴挣扎着从病床上爬起，不知自己睡了多久，梦了多久。脑海中，不断闪过 George 爽朗的笑和快艇上其他六位船员兴奋的喊叫声。那时，她正和他们一起，亲眼见证着一座火山岛的诞生。此刻，独自坐在漆黑的病房中，辛晴仍想不明白，日头未落时,郑嵘接完一通电话后对她说的那句"你是唯一的幸存者"是什么意思。她多么希望,自己永远也想不明白。

下床,缓缓走到窗边,辛晴向外望去。星光璀璨的夜空下,依然是沉睡在黑暗中的世界。

"多想忘记这一切……可还是会一遍遍毫无准备地梦到你们……人会做梦,真是这世上最残酷的事。"辛晴丝毫没有意识到她开始自言自语,"我从梦中走出,你们却仍被困在梦里。走了这么远,为什么留下的,依旧只是我一人……"

突然发觉原本应该安静的屋里有人说话,辛晴浑身发抖,瞪着惊恐的双眼向周围一片漆黑中望去,却什么也看不到。

"谁?谁在这里?"

无人应答。

辛晴这才意识到,她听到的,是自己的声音。

从巴黎回到北京,迟天在艾达的帮助下,将秦风事件完美收尾,而后立刻启程,经奥克兰转机,在一番焦灼等待后,终于踏上了汤加的土地。一下飞机,艾达便与老周联系,得知他已就位,这才放心地带迟天前往酒店放置行李。

清晨,阳光穿过澄澈的空气,轻轻将努库阿洛法拥入怀中。吴深扛着大单反,气喘吁吁地追着迟天的行踪,身上那件白色大T恤早已被汗水浸透。来之前,他已做足功课,将新闻里"在瓦瓦乌海难中幸存的辛姓女子"与迟天此行联系起来,脑海中立刻浮现出一个熟悉的名字:辛晴——吴深心里乐开了花。

一切收拾妥当,迟天急匆匆走出酒店,艾达小跑着跟了过来,不时警惕地四下张望。上了车,两人朝 Vaiola 医院赶去。一路上,迟天坐立不安,短短十几分钟的路程,他却觉得如同十几个小时般漫长。

当模糊视线里,出现一个熟悉的身影——一米八五的个头、瘦削笔挺。辛晴强迫自己将思绪从浑浑噩噩拉回到现实中来,望着眼前这精致俊秀的面孔,奋力在脑海中搜寻着什么。

念念不忘的姑娘,失了曾经的古灵精怪,目光中再也没有他曾为之着迷的澄澈,眸子里只挤满呆滞和混沌——迟天心痛,三年的思念在此刻化为震惊。

辛晴突然记起眼前这张面孔,轻声唤道:"小天……"声音有气无力。

迟天闻声,再无法克制自己,冲上前去将辛晴一把拥入怀中。他多么希望,这拥抱里,一切无恙,两人如初。辛晴并未回应,小小的身躯因病痛而虚弱,揣着一颗努力跳动的心脏,瘫倒在迟天怀里。她不曾想过,劫难之后,自己最先看到的熟悉身影,会是迟天,一时竟以为一切都是幻觉。

当吴深看到艾达在医院外独自一人与老周碰面时,他心里一惊,恍然大悟。老周可是圈里的老前辈。吴深以为他已隐退,安心养老去了,不想竟在这里被自己瞧见——考虑到老周和艾达的关系,吴深立刻明白了:艾达想靠老周留实锤,必要时出手保护迟天。往深了想,这倒恰恰印证了自己的猜测。吴深一乐,不由得笑出声来。

待老周走进医院后,吴深这才从暗处现身,戴着一副大墨镜,将脸挡住大半部分,来到正等候迟天与艾达的车子前。跟司机打声招呼,趴在其耳边嘀咕几句,又从裤兜里掏出几张花花绿绿的潘加来。司机是位年轻的华人小伙子,幼时跟随父母来到汤加谋生,自此再未归国,对老家的印象已极其模糊。小伙子对租用车子的人并不了解,只知是两位不差钱的主。现在,突然有个陌生人跑来,愿给自己三百潘加,而他需要做的,只不过是帮这陌生人在车里藏好一只摄像头,并确保不被发现——不费吹灰之力便能拿钱,这等好事儿,小伙儿自然不愿放弃。吴深并未浪费多少口舌,便成功买通司机,匆匆将摄像头藏好,离开。

医院内,迟天情绪稳定下来,扶辛晴上床,拉来一把椅子守在一旁。艾达见状,叹口气,悄悄离开病房,关上房门。

屋内,安静得只听得到两人的呼吸。迟天凝视着辛晴苍白的脸,努力想要将她身上每一个细节刻进心里,生怕一个不留神她会再次消失。他惊异——记忆中那精灵一样的姑娘,那无论走到哪里都会发光的小太阳,怎能被折磨成如今这般憔悴的模样?那双眼睛,曾经拥有这世上最令他心动的澄澈,此时却盛着最让他心痛的黯淡。千言万语如鲠在喉,吞吞吐吐半天,却只问出一句:"他怎么没在这儿?"

辛晴迷茫地望向迟天。

"舒桐……来了吗?"

她轻轻摇头。

"你们……还在一起吗?"

"我不知道……"辛晴像是喃喃自语,"好久不见了……"

迟天不明白——这两人之间到底发生了什么?焦灼地想要知道答案,却担心影响辛晴的情绪,张张口,终究没再多问。他看得出,这场灾难给她带来了多么大的打击。不知如何安慰，犹豫中，轻轻握住辛晴双手。

辛晴只是呆望着窗外，失魂落魄。

"小晴，你好好休息，我出去一下。"

辛晴扭头看一眼迟天，微笑点头。迟天伸手想要抚摸她的额发，最终忍住，只轻轻拍拍她瘦削的肩膀，起身离开。

病房外不远处，艾达正与医生交谈，旁边站着位做翻译的姑娘。迟天见状，忙走过去。翻译姑娘一眼便认出迟天，瞪大眼睛，刚要尖叫，意识到自己还在医院工作，忙用双手捂住嘴巴。迟天冲她微笑，礼貌地请求她帮自己翻译。姑娘红着脸连连点头。

"大夫，辛晴现在情况如何？"

"病人身体底子好，康复速度很快。"

"但她情绪很不好，精神状态也很差。"

"这正是我想说的。我建议，她回国后接受专业的心理干预。"

"会是PTSD吗？"

"让心理医生下结论吧。"

艾达站在一旁，看着迟天一脸关切的表情，沉思。医生看一眼手表，说句抱歉，便匆匆离开。

"大夫有事，不得不先离开。"翻译姑娘解释道。

迟天向她道谢，欲回病房，姑娘红着脸请求："迟天，我能跟你合个影吗？你能给我签个名吗？"

"签名可以，合影不行。"艾达说得斩钉截铁。老周帮忙找翻译时，已经依她的要求让姑娘签了保密协议，但艾达依然小心翼翼。姑娘无奈，只能收回手机，从包里拿出纸笔来。

"只签名字，别留时间地点。"艾达对迟天叮嘱道。

"不好意思啊。"签完名，将纸笔递回给姑娘时，迟天轻声道歉。

姑娘忙摆手道："没关系！谢谢你！"从来只是在屏幕上看迟天，舞台上的他，完美无瑕，如太阳般耀眼，没想到真人竟如此礼貌温柔、毫不耍大牌——姑娘沉醉在迟天俊秀的面孔和迷人的嗓音中，得不到合影的不愉快也随着这声道歉，消失不见。

回到病房，看着辛晴憔悴的身影，迟天暗暗念道："小晴，你曾帮我克服恐惧，重拾梦想。这一次，我来帮你……"

塔布岛南岸，珊瑚礁曲曲折折绵延着，在漫漫岁月中，被滚滚波涛侵蚀出一道遍布洞孔的海岸线。正值涨潮，海浪一波波冲上来，汹涌澎湃，如喷泉一般从洞中喷薄而出，此起彼伏。阳光下，白浪翻滚，水花四溅，雾气缥缈，沿着海岸线绽放出一片片壮观炫目的风景。

迟天带着辛晴，在海滩上踱步。

好不容易说服艾达允许自己独自带辛晴出来，迟天也想借此机会，好好享受如曾经那般自在的时光——不用顶着明星光环时时刻刻注意形象，也无须担心自己不小心做错什么后挨艾达一顿骂。可迟天太过天真，根本没意识到，自己也好、辛晴也罢，两人再也回不去从前了。

谨慎的艾达，怎会允许迟天独自和一位姑娘在一起？她之所以点头，不过是因为早已安排好老周悄悄跟着罢了。老周认为，艾达一向心思缜密，这趟汤加之行本不该有。见到她后，才明白，艾达之所以放手让迟天来到辛晴身边，根本不是她口中所说"迟天倔强又痴情，如果不能亲眼看到辛晴，就无法全身心投入到工作中去"。真正的原因，是艾达不愿承认的事实：她不忍心看到迟天难过。艾达不敢面对自己的真心，老周便也不点破——孩子们的事，他从不插手。丫头来求自己，他只管帮忙就是了。

只是，艾达和老周都不曾想到，身后还躲着一只黄雀——吴深不知从哪儿搞来了美黑乳液，将自己浑身上下裸露在外的皮肤涂成古铜色，又买来一条黑色布裙围在腰间，活脱脱一汤加本地男子。加之吴深始终在幕后忙碌，向来低调，就连老周都从未见过其真容，只知"京城第一名侦探"谭西有位合作伙伴——要想发现这只黄雀，简直难上加难。

迟天和辛晴绕过三三两两结伴观潮的游客，来到一处平台上。这里没有别人，仿佛整个世界只剩下他们彼此。迟天扭头，朝辛晴偷偷瞥去一眼。阳光尚未落幕，海潮依旧汹涌。她凝视远方，空旷的目光中却毫无风景。这画面，被缥缈水雾淘澄得干干净净，只留下辛晴单薄的身影和海水苦涩的味道。

"小晴。"迟天后退几步蹲下身，端起相机。

"嗯？"辛晴正淹没在自己的思绪中，听到这恍若来自天际的呼唤，猛然惊醒，转身望向迟天。

身后，一波浪潮冲上岸礁，哗啦啦绽放出一柱十多米高的喷泉。迟天按下快门的瞬间，一个灰黑色身影从海水中跃起，沿着巨大的浪花边缘在空中划过一道优美的弧线，倏然而逝。

迟天起身，待在原地，看着被定格在相机屏幕上的画面出神。画面中，辛晴的长发被海风吹得凌乱，挡住脸庞，只露出一双迷茫的大眼睛。在她背后，飞溅的水花之上，一只海豚悬在空中。这一切，如同一场不可思议的梦。

迟天缓缓放下端着相机的双手，一时情不能自已，朝辛晴慢慢走去……

　　看着迟天深情的目光越来越近，辛晴突然清醒，连连后退。脚下岩石表面凹凸不平，布满了奇形怪状的碎石。她一不留神，被岩石凸起绊住，向后栽倒。迟天反应迅速，伸出双臂将辛晴揽入怀中。

　　"谢谢……"辛晴站稳后，觉到左脚一阵刺痛，却没当回事儿。

　　迟天清醒过来，忙松开手，一边不好意思地挠头，一边尝试用玩笑化解尴尬："我发现，我特别擅长这种事……"

　　"嗯？"辛晴并不理解这句玩笑。

　　"你没看到我在机场的新闻吗？"

　　辛晴摇头。

　　迟天叹口气，道："算了……说来话长……你的脚怎么了？"

　　辛晴这才低头看去。原来，左脚脚踝被碎石划伤，伤口处一片血红。

　　迟天背对辛晴，半蹲下身："来，我背你去车上。咱们回医院包扎伤口。"

　　辛晴执意要自己走，无奈伤口在脚踝处，她寸步难行。迟天微微一笑，拉住辛晴双臂环在自己肩上，双手伸到背后将她紧紧托住，稳稳地站起身。上一次这么背小晴，还是在读大学的时候——迟天多么希望时光能走得慢一些、再慢一些。可想到辛晴脚上有伤，又不由得加快了步伐。

　　"在这里，肯定没人夸你美。"迟天一边走一边想办法逗辛晴开心，"因为你太瘦了，可汤加却以胖为美。"

　　辛晴担心迟天太累，静静趴在他背上不敢动一下。

　　迟天继续道："对了，我前段时间刚来这里拍完新专辑主打歌的MV。你猜里边出镜最多的是谁？"

"不是你吗？"

迟天一愣，哈哈大笑："除我之外。"

"是谁？"

"是一艘双体帆船，我叫它'晴天号'。拍完MV，我就把船买下了，找人刷上了'晴天'两个字。如果你愿意，等你伤好了，我们可以坐着晴天号，去赏鲸，去潜水，去看火山，去这里最漂亮的岛上散心……"迟天越说越兴奋，丝毫没有注意到辛晴情绪的变化。

"小天，我太累了。已经订好了后天回国的机票。你现在身份特殊，不要因为我而耽误你的工作，否则，我会愧疚的。"

"怎么能这么说呢？我现在取得的一切成绩都是因为你啊！你订的哪个航班？我跟你一起走。回国后，我还可以带你去其他地方散心。"迟天犹豫着，继续道，"或许，我们还能像从前那样……"

"小天，谢谢你……"辛晴打断了他，"谢谢你来汤加找我，谢谢你的关心和陪伴。谢谢你还记得……我这个……朋友。"

迟天突然觉得庆幸——庆幸辛晴在自己背后，看不到此刻他写满痛苦的脸。

离开汤加那天，辛晴找到所有曾帮助过自己的人们，一一道谢。在郑嵘和何光面前，她心下踌躇，几度想询问船员们遇难细节，却终未开口。她不明白自己在害怕什么，或是逃避什么。

郑嵘忖度出端倪："不管发生了什么，都已经过去，无法改变。生活还在继续。珍惜命运这次对你的眷顾，忘掉这段回忆，好好活着。"

辛晴知道，自己做不到。

关于这里的回忆，她什么都记得，却什么也没有了。

十

　　远远望见父亲，辛晴哽咽，万千心绪堵在胸口。

　　看到女儿拖着大箱子独自走出行李提取处，在机场等候多时的辛明义一把死死抓住身旁老牛的胳膊。这年近五十的中年男人，在女儿走到自己面前那一刻，突然爆发，双手捂脸号啕大哭。

　　老牛从未见过辛明义如此痛哭，待在原地。

　　辛晴拿出纸巾递给父亲。他勉强控制住情绪，接过纸巾擦掉眼泪，颤抖着伸开双臂，犹豫而局促，似乎在担心什么。辛晴强忍泪水，向前一步紧紧抱住父亲——这是自母亲去世的十八年来，她第一次投入父亲的怀抱。

　　童年里，辛晴整日流连在这怀抱中，毫无顾忌，贪恋着那坚实的臂膀和温暖的胸膛。可如今，十八年后，她却再也找不到曾经的安全感。旧时，父亲怀中的自己，天真到从不知忧愁为何物；此刻，自己怀中的父亲，被沧桑折腾得一塌糊涂。

　　时光用一场对生命开的巨大玩笑，让过往一切积怨土崩瓦解。

　　老牛站在一旁，看着父女俩，感动得热泪盈眶，连连说道："回来就好……回来就好……"

　　"闺女，跟爸爸回家，好吗？"

　　辛晴一愣——回家？

　　这两个字，在辛晴面前将现实赤裸裸铺陈开来。

　　海难之后，她失去了考虑未来的勇气，不知道自己下一步该去往何方，只是默默接受着人们的关心，听从他们每一条好心的建议。网站编辑说，她需要休养——于是，辛晴推掉了原本计划好的所有行程；何光说，她应该回国——于是，辛晴即刻订好了离开汤加的机票；郑嵘说，她需要回到父亲身边——于是，父女俩在机场久别重逢。

现在，父亲说，让她回家。

父亲口中的"家"，是京郊那栋气派的房子，是房子里替代了母亲的女人和自己同父异母的妹妹。而辛晴三年多来心心念念的"家"，却只是有舒桐在的地方。

她最想听到的，是舒桐说。

可舒桐却在和自己的两通电话后，突然消失，杳无音讯。

"爸，我习惯了一个人生活，不喜欢热闹。"辛晴婉拒了父亲，并非仍纠结于过往，而是不想打扰到父亲一家平静的生活。

辛明义不愿强迫女儿："那爸爸先让牛叔叔给你找个地方住着。这次回来，是不是就不离开北京了？"他试探道，犹豫着要不要告诉她自己已经为她准备了房子。

"我不知道……"辛晴不愿再想未来，"爸，放心吧，我能照顾好自己。您和牛叔叔工作忙，不用担心我。"

辛明义揣着一肚子的问题不敢问，小心翼翼揣摩着女儿的心思，生怕一个不小心又毁了父女之间的关系。看到女儿态度坚定，便不再提帮她安家的事。辛晴谢了父亲和老牛，拉着行李独自离开机场，直奔桐叶原创文字工作室。

看着女儿离开，辛明义五味杂陈。老牛轻轻拍拍他后背以示安慰，两人转身朝停车场走去。

工作室里，高扬正戴着耳机看自己上个月录好的访谈节目。看到辛晴平安归来，他激动地从椅子上跳起来，耳机线差点儿把笔记本电脑拽下桌去。高扬打心底里高兴——舒桐终于可以放心了。可当辛晴问起舒桐，他却说，自己也不知道舒桐在哪儿。实际上，舒桐去温哥华的机票，正是高扬帮助订的。舒桐说，绝不能告诉辛晴。高扬问不出原因，只能答应，守口如瓶。看着辛晴离开时黯淡的背影，高扬拿出手机给舒桐发去信息："她来找你了，我什么都没说。"

不一会儿，屏幕上弹出回信："她还好吗？"

高扬叹口气："平安。只是找不到你，很失落。"

一阵沉默后，舒桐回复："替我照顾好她。谢谢你，兄弟。"

"你这家伙，到底要搞什么名堂……"高扬纳闷儿，越琢磨越好奇。依他对舒桐的了解，他知道，无论自己怎么问，舒桐也不会说，便决定不再浪费脑细胞，只帮他留意着辛晴的状况便是了。

戴上耳机，继续看节目，高扬越发沉浸其中，对自己在节目里的形象，甚是满意。

节目里，主持人问高扬如何看待友情。他思忖片刻，说道："我第一本书刚出版那会儿，很多所谓的'朋友'们纷纷给我发信息。有平常几乎不说话、只在逢年过节时给我复制粘贴群发祝福的人，也有好几年没联系、只存于手机通讯录里的人。书一出，他们都来找我，让我签名儿送书给他们。但我真正的朋友——唯一一个我想要在扉页写满心里话、把书送给他的兄弟，却二话不说，直接跑去书店买了一本。"

主持人问："这位朋友是？"

"舒桐。"高扬微笑，"他从来不多说什么，只是用行动默默支持着自己关心的人们。对我来说，这才是真正的朋友。"节目里，高扬忆起往事，抑制不住情绪，眼中闪烁着感动。

正沉醉时，突然接到电话，手机屏幕上，来电人显示"林熙"二字。高扬一愣——这丫头不是在出差吗？怎么突然想起来给自己打电话了？

林熙依旧是那个倔强、不服输、跟谁都玩得开的林熙。刚完成父亲布置的工作，一回到京城，便带着一位在途中认识的男子回到家中。她只是觉得，这男子的侧颜与舒桐神似，心生好感。喜欢就要拥有——大小姐的脾气冲上来，林熙抱着玩玩看的态度，主动向男子搭讪，两人一拍即合。

空荡荡的别墅里，云雨之巅，她唤起舒桐的名字。

欢愉过后，男子沉沉睡去。林熙站在落地窗前，点燃一支细烟。拿出手机，拨打舒桐号码，语音提示已关机。翻看记事簿，这是自己三年来给舒桐打去的整整第二百通电话。这二百通电话里，舒桐关机二十九次、挂断十六次、接听一百五十五次。在这一百五十五次通话中，林熙寒暄六十九次、借工作之名三十九次、节日问候三十六次、生日祝福三次、假装打错八次——与舒桐有关的点点滴滴，通通被记录下来——她从未见过像自己一样傻到卑微地数电话次数的人，也从不曾想过自己有一天会因为一个男人做出这等无聊透顶的事情。

转身看着床上与自己认识还不过二十四小时的男人，林熙突然觉得一阵恶心。她厌倦了漫长的等待，厌倦了寻找一个个替代品。于是，心一横，决定做最后的努力。如果还得不到，她心甘情愿选择放手，从此与舒桐老死不相往来。自己喜欢的人，若成不了恋人，便连朋友也做不得——林熙从不愿违心地以朋友之名祝福她所爱之人。

拨通高扬电话，林熙连句寒暄都没有，直接问道："老高，舒桐哥在哪儿？"

"温哥华。"

"我说呢！他怎么手机关机了……"

一问一答间，高扬突然意识到他暴露了舒桐的行程——这臭丫头太了解自己，知道出其不意的突击与直奔主题是从他嘴里套话的最佳方式。转念一想，舒桐只叮嘱自己瞒着辛晴，可从未提及林熙，所以，他也并不算告密吧。

放下手机，看着床上的男子，林熙越想越生气，走过去叫醒他。男子迷瞪着双眼，蹭到林熙身上。她一阵恶心，一脚将其踹开，把他轰出家门。

回到卧室，林熙立即上网预订了去温哥华的机票。

离开工作室，辛晴沿着曾和舒桐一起走过的街道独行，一路恍惚。步至小区里，面前，仍是记忆中那熟悉的砖红色老式小楼。辛晴仰起头，望着五层一扇紧闭的窗口，握紧了手中的钥匙。过去三年里，这把钥匙陪伴自己，绕着世界走走停停，围着时光兜兜转转。

心若有了栖息的地方，流浪亦是归途。

一步步爬上楼梯，来到门前，几番犹豫之后，辛晴抬手敲门。

门声落，寂静起。

"你到底在哪儿……"辛晴靠在墙上，强忍泪水。她宁可一直等待，也不愿用手中的钥匙打开这扇门。

五环外一座高档小区里，吴深拎着文件包，出现在何娟家门口。他与何娟曾多次碰面，但约在家里，还是第一次。透过监控看到吴深，何娟忙开了门。

"进来先坐，我把面和好，马上就来。"将吴深领到沙发前，何娟重回厨房。

"要包饺子？"

"轩轩今晚回来。"

吴深打量着堆满了杂物的客厅，突然瞥见一旁的卧室半掩着门，透过门缝瞄到墙边两把吉他，好奇地走了过去。屋内杂乱无章，一地衣物和垃圾食品包装袋。吴深一不留神，脚下踢到了什么。低头看去，是一个生了锈的铁盒，里边盛满烟灰。

何娟听到动静，从厨房探出头，忙喊道："快出来！轩轩不喜欢有人进他卧室。"

"这是子轩的窝啊？"吴深走出来，顺手带上房门，"多久没收拾了？"

"没办法。从三年前那场官司开始，这孩子就一直颓废着。他不让我打扫，自己也不收拾。"

"所以你才找我帮你报仇？"

"我掏钱，你办事儿。其他的管太多没用。"何娟将手洗干净，脱下围裙，走了过来。吴深欲点烟，她一把夺过火机，说道，"要抽烟去阳台上抽，我戒烟好多年了，不允许家里有烟味儿。"

"去阳台？你不怕被人拍到我跟你私下打交道？"吴深叼起烟，想到刚刚在子轩屋里发现烟灰，便乜斜起小眼睛饶有兴趣地打量着何娟，"前经纪人花钱雇狗仔，搞臭当红小鲜肉——多大的新闻啊！"

"大学同学反目成仇，论狗仔与歌星的恩怨——你若上了新闻，影响只会更大。"何娟盯着吴深，毫不退让。

"说实话，我跟迟天倒还真没什么直接恩怨。只不过看不惯像他这样养尊处优的公子哥们罢了。"

何娟冷笑一声："这句话倒是真的。都传迟天当初是凭着自己的才华和努力，才在大学毕业后被星探发现，却少有人知道他爸爸跟挖掘他的公司老总是至交。说到底，还不是因为在圈子里有王总这么一层关系？否则，有才华的年轻人多了去了，怎会轮到他？"

"就是那个王总在官司之后把你踢出来的吧？"

"他这么做，也是为了维持住和迟父的交情。"何娟叹口气，"这两年，他私下里没少接济我们娘俩。我不怪他。"

"接济你们还不是应该的？你可曾是他手下一员老将。"

"闲话不说了。我要的东西呢？"

"带着呢。"吴深打开文件夹，掏出一个鼓鼓囊囊的信封来。何娟接过信封，从中倒出厚厚一沓照片。照片里，全是迟天和辛晴的身影。何娟看到迟天在塔布岛喷潮洞旁朝辛晴吻下去的瞬间，看到他背着她沿海岸线前行的画面。这些照片，是吴深一边躲着老周，一边小心翼翼追踪跟拍的。

"谈恋爱了？"何娟有些失望，"曝光恋情有什么用……说不定还会帮他炒作一番。"

"你往后慢慢看。"吴深并不着急。

何娟一张张翻看，突然眼前一亮。这沓照片，前一半摄于几天前的汤加，而后一半，画面中年代感骤增。

"这些照片是？"

"他在大学期间和这个女生谈恋爱时留下的。"吴深不紧不慢道，"她叫辛晴，迟天初恋。亏你还曾是迟天经纪人，连他具体的感情道路都不了解。"

"你那个时候就开始偷拍他们了？"何娟惊异。

"没有。这是他上传到社交网站的照片，虽然后来因为要出道，早早便全部删除，但每一张我都在他上传的时候保存了下来。没想到，如今他红了，这些照片竟然能派上用场。"

何娟曾以为，跟吴深打过几次交道后，自己已经了解了这个与儿子同辈的小伙子，可如今，看着他淡定的表情，何娟突然觉得，她根本就不认识吴深。

"你当时就预测到迟天会有今天？"

"怎么可能？"吴深冷笑，"你掏钱，我办事儿。其他的管太多没用。"对于过去，他不想向外人透露太多。让何娟知道自己与迟天曾是大学同学，已经是他走过的最冒险的一步棋了。

读大学时，吴深喜欢的女生被系草迟天迷得不可救药。她是自己这辈子爱上的第一个姑娘，吴深不愿放弃，坚持不懈地追求——每天早晨为姑娘买早饭带去教室，晚上为她打好热水送到寝室楼下，情人节时用自己在校外刷盘子的钱买了九十九朵红玫瑰送到她手中。面对吴深的倔强，姑娘由无感变为不喜欢，由不喜欢变为厌恶。终于有一天，她再也不愿忍受，当众将吴深羞辱一番。女孩儿瞧不起吴深出身农村的家庭背景，说他癞蛤蟆想吃天鹅肉，嚷嚷着，迟天是凤凰、吴深是麻雀，即使将来吴深靠着奋斗披上了昂贵华丽的凤凰毛，也不过变成"凤凰男"而已，永远成不了真正的凤凰。吴深不明白，姑娘若不喜欢，大大方方拒绝便可，为何要这般残忍地作践他？此后，吴深恨极了这个女孩儿,也恨极了迟天。他开始关注迟天的一举一动,留下他发在社交网站上的每一张照片、每一条状态,去了他去过的每一家饭店、每一家酒吧——即使吃不起、喝不起,吴深也要弄明白,女生们口中的这只"凤凰",到底有着怎样光芒四射的生活,到底比他吴深好在哪里。

这些过往,何娟没必要知道。

"说说吧,你想怎么利用这些照片?"吴深问。

"到时候你就知道了。"何娟难掩自己眼中激动的目光,"这些……你给别人看过吗?"

"咱们合约里可没提这个。"

何娟不再言语,她知道吴深嘴严,不会告诉自己消息的其他去向。也罢,不管自己手中是不是独家资源,她只需要抓紧时间行动便可。

十一

深海,暗潮汹涌。辛晴被冰冷的海水包裹,不断下沉。胸腔被恐惧挤压着,身上每一根血管都在膨胀、每一寸皮肤都在火辣辣的疼痛中被残忍撕扯。万念俱灰时,一束阳光突然扎进海面,刺穿黑暗。辛晴瞪大眼睛,想朝那束光游去,可四肢却如同被麻醉一般,无力挣扎。意识开始模糊,她停止一切努力,望着那束触不可及的光,任凭海水摇晃自己的身体,在绝望中慢慢窒息……

噩梦骤醒,一阵敲门声钻入耳中,随之而来的是保洁阿姨用方言喊出一句:"需要打扫卫生吗?"

辛晴猛地睁开眼，定定地看着天花板。

"您好！要打扫屋子吗？"又一阵敲门声。

辛晴坐起身，环顾四周，意识到自己身在旅馆房间中，再看一眼床边地板上：行李箱敞开，东西散落一地。回过神儿来，朝着门外回复道："不用了，谢谢。"

辛晴下床走到窗边，拉开窗帘。阳光刺眼，毫不留情地点亮了整个房间。这是自己回国后的第一个早晨。望望窗外，灰蒙蒙一片。在夏日阳光的烘烤下，空气愈发黏腻。旅途中看惯了澄澈的蓝天，辛晴此刻只觉呼吸沉重。踱步至卫生间，用凉水洗把脸，强迫自己清醒过来。回到床边坐下，听着墙上挂钟滴滴答答的声音，发呆。

昨日从舒桐家所在小区出来，辛晴在附近找到一家旅店，住了下来。她暂时不愿考虑未来，想先靠着三年来东奔西跑攒下的积蓄，维持一段时间。舒桐不在，这座城市与其他地方便也没什么不同，住在哪里都是流浪。

脚边的行李箱，是流浪时始终陪在自己身边的依靠。这箱子里，盛着她三年来所有的记忆。辛晴觉得，自己像一只蜗牛，背着一个简简单单的"家"，独行在这颗充满了可能性的星球上。这简简单单的"家"，装着简简单单的行李。突然想起近来火遍网络的拍照方式——Flat Lay，辛晴很想为自己的小家拍一张"全家福"。铺好床单，将行李箱内物品一一取出，轻轻放在床上，辛晴铺陈着自己的生活，也整理着蔓延了三年的回忆。

最先被拿出的是四个白色磨砂分隔袋：一包急救药品、一包洗漱用品、一包换洗内衣、一包便携餐具。这套餐具小巧耐用，承包了辛晴三年来近一半的餐饮时光。与自己签约的网站在许多热门景点都有合作餐厅和酒店，作为工作的一部分，辛晴每到这些地方，会按照网站要求，去餐厅品尝特色食物，或去酒店体验住宿，而后做详细的测评并写进游记中。网站和餐厅酒店的赞助，为辛晴省去了近一半的食宿花销。

或许，正是因为这些赞助，许多读者在辛晴游记下留言：有人羡慕她不用花钱就能尝遍美食，有人嫉妒她住着五星级酒店还能拿工资。可他们从不知道，这些令人眼馋的表面背后，有着怎样的汗水与泪水。长久以来饮食不规律，让她落下了胃病，不稳定的生活作息也使她经常因睡眠不足而头疼。读者们不会看到，辛晴在生理期时，忍着小腹胀痛，依然要笑着面对合作餐厅的经理，一口一口喝完特调冷饮或酒品，吃下刺激肠胃的辣食；他们不会看到，为了写出一份既能让赞助商和网站东家都满意、又能向游客们反映出酒店真实情况的测评，她怎样一边小心翼翼地处理着和赞助商的关系、一边想方设法坚守住自己的诚实底线。

人们不了解背后的故事，是因为辛晴从来只把这些藏进心里。她相信事物的两面性，知道有得必有失，对自己的选择从不后悔，对这个选择带来的一切后果从未抱怨。

分隔袋旁，辛晴将所有衣物认真叠好。

三件T恤、三件外套、三条裤子、三双鞋，加上穿在身上的一套睡衣——一年四季、白昼黑夜，通通被囊括进来，码放得整整齐齐。唯一被铺开摊在床上的，是一件白色T恤，画着一对手绘野天鹅。三年来，辛晴只是把它带在身边，从不舍得穿。除此之外，还有墨镜、围巾、手套、遮阳帽各一——虽然陈旧有磨损，却都干干净净。

最初，行李箱里还有裙子，有高跟鞋，有各种精美的小首饰。可一路上，辛晴走得越远，放弃的越多。经过时光淘沥之后，留下的，只是自己最需要的。时间有限、路途遥远，她把一切都献给了旅行本身。

行李箱另一侧，装满各种摄影器材。辛晴将其一一拿出，小心翼翼地擦拭后，轻轻摆好，最后把笔记本电脑、手账、钱包、手机置于画面中。

一切妥当，她却突然呆住。画面里，少了一个最重要的东西——那台陪伴自己近六年的单反相机，遗失在瓦瓦乌群岛所在的一片汪洋中。

噩梦时的窒息感再次将辛晴紧紧勒住。她脸色苍白，一时间汗如雨下，拼了命大口喘息，可胸腔却像被抽气泵抽光了所有氧气一般，挤压着心脏。辛晴靠着墙，恍恍惚惚俯下身，慢慢滑坐在地。冰凉的墙面，刺激着后背上每一寸皮肤，她努力调整呼吸。

郑嵘送别时的话在脑海中回响："珍惜命运这次对你的眷顾，忘掉这段回忆，好好活着……"辛晴突然觉得，这间狭小房间变得无比空旷，自己仿佛置身于一片山谷之中，郑嵘的声音如幽灵一般在山谷里回荡：忘掉这段回忆……忘掉这段回忆……忘掉这段回忆……

"我忘不掉！"辛晴突然冲着面前沉闷的空气大叫，浑身颤抖。被自己的吼声吓到，她双腿一软，一个趔趄栽倒在地。

"你是谁……你怎么成了现在这个样子……相机没了可以再买……站起来……去买相机……去旅行……去摄影……去记录世界……去过你原来无所畏惧的生活……"

她听到自己的声音，从地上爬起，扶着墙缓缓直起身。屋子里每一面墙壁、每一块地砖、每一张桌椅，都渐渐在视线中清晰。一阵闷热的风透过窗纱勉强挤进屋内，狠狠抽在辛晴心上。

现实,随着秒针滴滴答答的步伐,慢慢唤醒着一个巨大的黑洞。

这黑洞如同一只藏在黑暗里的巨兽,张着血盆大口伺机而动。辛晴真切地听到它每一次沉闷的呼吸,感受着它表面每一寸冰冷的肌理,看着它用毒液麻木了自己的灵魂,而后挥舞起利爪无情撕扯,一口一口咀嚼、吞噬。

意识到相机丢失的那一刻,辛晴突然清醒,拖着已残破不堪的自己,开始挣扎。

她斗不过这头巨兽。

她需要武器。

辛晴握紧了拳头,走出房间。

相机专卖店柜台后,一位二十出头的小伙子正捧着盒饭,一边盯着面前的电脑屏幕,一边不停地往嘴里送着拌了鱼香肉丝的米饭。屏幕上不知是什么画面,小伙子眼珠子瞪得溜圆,一口饭在嘴里机械地嚼了半天,愣是咽不下去。

"您好。"辛晴进门瞬间,小伙子听到动静吓了一跳,从凳子上跳起来,"啪"的一声合上电脑,一手捧着盒饭,另一手局促地不知该往哪儿搁。

"您好。我想买相机。"

小伙子回过神儿来,不好意思地笑笑,将盒饭放到一旁,咽下口中早已嚼烂的肉丝。他绕过柜台走到辛晴身边:"姑娘,有瞧好的吗?"话音刚落,小伙子突然一拍脑门儿,道,"哎哟!您是……辛晴儿?"

辛晴一愣,望着小伙子。

"刚才还琢磨着给您介绍哪几款机子来着。敢情您是一大拿!得亏我眼尖，不然得多跌份儿啊！"看着辛晴迷茫的表情，小伙子憨笑，继续道，"我就是您一铁杆儿！您叫我大强子就成。我也没啥爱好，我就好旅游这口儿。平时工作忙，也没工夫出去满世界跑，只能到网上读游记。瞧着别人的生活，解自己个儿的馋。您每一篇游记我都看过，别说，还真地道！"大强子咧着嘴笑，竖起大拇指。

辛晴回以礼貌微笑，正欲开口，身后突然传来一句发音奇怪的"您好"。

"哟！外国友人！"小伙子冲刚进门的姑娘挥挥手，"哈喽啊！"接着对辛晴说，"您先瞧着，我去招呼下。"立刻换上一口不打磕绊儿的中式英文，朝门口走去。不一会儿，他将外国友人带到辛晴面前，介绍两人认识，仿佛自己跟这两位姑娘都是多年好友似的。

听了小伙子的介绍，外国姑娘开心极了，告诉辛晴，她叫小海，也是一位职业旅行者。为了这次中国之行，特地提前一年用业余时间学习中文，并给自己起名叫小海。

"我旅行时，不爱去人挤人的热门景点，而是喜欢亲自体验不同文化中人们的生活，我认为，这才能了解到一个国家最真实的文化。"小海道。

辛晴点头称是："热门景点可以看，但老百姓的日常才最有意思。"

大强子站在一旁，得意扬扬地看看小海，又瞅瞅辛晴："我就知道你俩肯定特能聊得来！"

辛晴本无心闲聊，看到小伙子正充满期待地望着自己，不想冷场，便寻着话题问小海："来中国后，体验到的什么事儿让你觉得最兴奋？"

"对！对！给我们讲讲您的故事！"大强子乐了，"您不是会中文嘛？给我们秀一段儿！"

"去……亏……地。"姑娘不好意思地笑笑,一边在脑海中搜索着储备词汇,一边慢悠悠地用蹩脚的中文解释道:"就是,'伤亡''狗'物,然后,交'痛''拱'具带东西……我……的地方,然后,电话和……通'子'我,然后,我去……和……'去亏地'。就是这样。"

辛晴和大强子大眼瞪小眼,只听懂了最后四个字儿。琢磨半天,辛晴恍然大悟:"哦!你是说,取快递?"

"对!对!"姑娘开心得手舞足蹈,"'区'快递!"

"那个字儿念'取',第三声。"大强子耐心地帮小海纠正"取"字的声调。

"为什么取快递让你觉得兴奋?"辛晴好奇。

"我最好还是用英文说吧。"姑娘笑道,"在我的国家,我住在一个小镇上。镇上人们日常购物时,都会去商店或超市,偶尔才在网上购物。来到中国,有一天,路过一所大学门口,地上堆满了纸箱子,好多人聚在那里弯腰找东西。后来我才知道,他们在做一件叫'取快递'的事情。这种场面,是我在家乡从来没见过的。我觉得很新鲜,特别想要体验一下中国式的取快递是什么感觉,就在朋友的帮助下,上网买了一件T恤,地址写成朋友家旁的那所大学。"

大强子哈哈大笑:"您可真逗唉!那您体验了之后,觉着怎么样?"

"收到快递员短信的时候,我高兴坏了!赶紧跑去大学门口,给他看了短信。他把我领到其中一堆按顺序摆好的包裹旁,告诉我,我的东西在这里。我学着其他人的模样,弯腰找名字。拿到快递后,我拎着袋子,特别开心,因为这是我来中国后,第一次感到自己融入到了中国人的日常生活中!"

小海眼中的兴奋点燃了辛晴的记忆,她想到自己旅途中体验异国文化的点点滴滴，想到那些对于当地人来说十分普通的日常生活，却常给自己带来极大的新鲜感。曾以为，旅行于自己，不过是逃避过去的最好方式。那些人，那些事，那些理不清的思绪和杂乱无章的回忆——一切羁绊都会被旅途中的阳光稀释，随风逝去。可后来才发现，孤独是戒不掉的瘾，自由是另一种枷锁。在这世界的每个角落中，生活，都被画上了刻度——无论好恶，无关束缚。所有的花开花谢、云起云落，所有的聚散离合、相思相忘，都沿着这刻度井然有序地进行着。时间的经纬，隔出了无数个圈子。四季轮回里，辛晴穿梭在一个又一个圈子中，寻着一点一滴，摸索着不同的刻度。圈子里的人们，早已对这无形的刻度习以为常，可她却往往因每一次的新鲜体验而欢呼雀跃，因每一份从原有生活中延伸出的机缘巧合而心生感激。此时，异乡便被模拟成了家乡。于是，对于一切已经发生的、抑或即将发生的，她都心甘情愿。

小海讲完自己的故事，转身问辛晴："下一站，您要去哪里？"

辛晴不知这问题的答案，她至今都仍未想明白自己当前的处境和未来的去向："我……刚经历了一些很不好的事情……所以，最近想好好休息。"

"可以！养精蓄锐嘛！"大强子始终保持着那份不知从何而来的乐观，"休息好了，抓紧时间上路！我可等着您下一篇杰作哪！"

辛晴突然对陌生人给予自己的期望感到恐惧，不再多说什么，买了相机，匆匆离开。

刚刚支出了三年来最大一笔花销。辛晴边走边思考剩余的积蓄该如何计划。步至街角处，她无意间瞥到对面橱窗明亮的玻璃，看到自己背后，有个身影。辛晴不觉加快了脚步。走过第二个拐角，那人仍在身后——莫非，自己被跟踪了？

辛晴一侧身，钻进一旁的公厕后。待跟踪者追过来，立刻跳出去挡在他面前。跟踪者是一个年轻小伙子，知道自己被发现了，忙堆起微笑解释道："辛晴小姐，您好！我是张平博老师的助理，我叫邵敬。"说着，掏出一张名片来，递给辛晴。

"张平博是谁？"辛晴接过名片。

"您没听说过这个名字？"小伙子有些吃惊，"他可是目前国内最出名的真人秀节目制片人啊！平博老师非常喜欢您的故事，希望有机会能和您一起吃顿饭，聊一聊。"

辛晴一时有些迷茫，追问邵敬他们到底要做什么。

邵敬只是微笑，客客气气地说："平博老师很早就开始关注您的游记，对您的经历非常感兴趣，想交个朋友。"

辛晴预感到事实不会如此简单，向后退去一步，道："实在抱歉，我没听说过这个人。我还有事，先走一步了。"

"别介！"邵敬一着急，伸手拦住辛晴，意识到自己的举动有些粗鲁，忙又把手缩了回来，道歉："不好意思！不好意思！辛晴小姐，平博老师给我布置了任务，让我务必找到您！我还在实习阶段，这次任务关系到我能否顺利转正。先谢谢您的理解了！"邵敬四下望去，指着不远处的咖啡馆，继续道，"您要是不忙，咱们能去那家咖啡厅里详谈吗？拜托了！"

辛晴半信半疑，可看到小伙子一脸诚恳的表情，想着咖啡厅里人来人往，他若有什么坏心眼儿，对自己也不会有太大威胁，加之对邵敬此行真实目的很是好奇，又想知道他是怎么找到自己的，便答应了。

咖啡厅里，两人坐定，邵敬这才道出实情。

"辛晴小姐，我们团队目前正策划一档旅行类真人秀节目，需要招募几位旅游达人。我们平博老师很久以前就开始关注您，您每次更新游记，他都会及时阅读，偶尔还在您游记下留言呢。当有了这个节目的构思之后，平博老师最先想到的达人，就是您。他非常希望您能加入我们的团队。"

"原来是这样……"辛晴了解详情后，放下了戒备，婉拒道："我明白了。谢谢您的邀请。可是，我暂时没有这方面的想法，非常抱歉。"

"辛晴小姐，参加我们的节目，旅行途中一切非个人行程的花销，节目组都给报。还会有各种户外品牌进行赞助。您要做的，只不过是空出您接下来两个月的时间，跟着节目组的计划出去好好玩儿罢了。平博老师亲自操刀的节目，是多少明星大咖们挤破脑壳都要争取的啊！到时候，除了几位旅游达人，我们还会争取签下几位当红的明星，加入到团队中来。"邵敬观察着辛晴的表情，小心翼翼地说，"比如靓儿啊，迟天啊……"

辛晴觉察到了邵敬说出迟天名字时试探性的口吻，心生疑惑——迟天成名后，一直谨慎地对待过去，隐藏着"辛晴"这个名字。他也曾亲口向她许诺，会尽最大努力保护她不被舆论伤害。这些年来，辛晴和迟天，各有各的事业，从未互相影响。可此时眼前这陌生男子，却刻意提及迟天的名字。辛晴再次提高了警惕。淡定地看着邵敬，不言语，静静地等着下文。

邵敬没有从辛晴脸上找到自己期待的蛛丝马迹，便继续道："参加我们的节目，会让您名声大噪，为您吸引更多的读者，大大增加您游记的商业价值。您这边，根本不会损失分毫，何乐而不为呢？"

"可我并不想出名。"辛晴语气十分平静。她的反应出乎邵敬的意料。

"辛晴小姐,这'出名',可不是您想或不想的事儿。现在,网络传播简直到了疯狂的地步,谁都有可能在下一秒被舆论捧到天上去。再说,这几年,您早已经形成了自己的粉丝群,在这个圈子里也算是小有名气——这些,从您每一篇游记的点击率,还有一个又一个找上门来为您提供赞助的品牌,就能看得明明白白。所以啊,如果您把'不想出名'当作理由,拒绝参加我们节目的话,有些太牵强了。从某种角度来说,您已经出名了。上真人秀节目,只不过是让您的经历被更多观众知道而已。"

"为什么选我?"

"我一开始就说了啊,因为我们制片人非常喜欢您,觉得您经历丰富,所以一接到节目任务,就立刻想到了您。"

"可是,还有好多比我资历更久、经历更丰富的职业旅行者们,他们更适合你们的节目。"

邵敬着急了,一时嘴快:"但您比他们有更大的可能性会红嘛!过两天娱媒一放消息出来,您不想火都不行!有您在,节目的收视率肯定能保证!反过来,我们的节目也会让您未来的发展有更多可能性。这是双赢啊!"

辛晴皱起眉头,盯着他的眼睛问:"你这话是什么意思?娱媒要放什么消息?"

邵敬似乎意识到自己说漏了嘴,可为时已晚,便干脆全盘托出:"辛晴小姐,您对这个圈子,难道就真的一点关注都没有吗?没听说过平博老师的名字,也就罢了。可'迟天'这两个字,您不可能不知道吧?

一场风暴就要来了，好多外人都嗅到了苗头，您这位当事人再装聋作哑就有些过分了吧？大家可都盼着这场好戏，摆好了小板凳儿，准备坐等看您怎么和迟天捆绑炒作呢！我们都知道，您这次回国，就是为了借迟天提高自己的知名度。可您却还口口声声说'不想出名'，这戏，演得可真有点儿过了。"

"这都什么跟什么啊！"辛晴被邵敬一通莫名其妙的话惹出了怒气，"你这是从哪儿得到的假消息？还有，你是怎么找到我的？"

"辛晴小姐，您先别急！等您出了名，会有更多人当着您的面说些您不爱听的话。只要您答应跟我们合作，我保证，我们的团队一定能在您炒作的道路上，助您一臂之力！"

辛晴忍住怒气，死死盯住邵敬的眼睛，一字一顿地说："我不想跟任何团队有任何合作。从现在开始，如果你，或者你团队里的任何人再跟踪我，我会立刻报警。"

"行行行！我们不会再跟踪，您放心！"

辛晴站起来，欲转身离开。邵敬见状，忙补充道："您慢走！如果想通了，希望和我们合作，就打名片上的电话找我！我们期待着您的加入！"

离开咖啡馆，辛晴挥手打了出租车，朝旅馆奔去。

她不明白，邵敬口中的那场"风暴"指的是什么。但她清楚，此事涉及迟天，无论未来可能发生什么，于他，提前做好心理准备甚至应对策略，有利无弊。回到房间，辛晴立刻拿出手机，拨出了迟天的号码。

觅

十二

一阵畅快淋漓的雷雨之后，气温迅速攀升，丝毫不给人们任何喘息的机会。今年夏天，上海用一波又一波高温和一场又一场阵雨，挑逗着每个人的耐心。

回国第一天，迟天便连夜飞来这座城市，刚刚赶上第二天剧组开机仪式。算好的良辰吉时，他和女主角靓儿及其他主创一起，每人手持三炷香，恭恭敬敬站在供桌前，为网剧祈福。迟天不知到底要拜哪路神仙，只能怀着满心敬畏，暗暗祈祷，从未接触过影视剧的自己能在不拖剧组后腿的基础上，尽最大努力突破自我。

艾达站在人群中，默默看着迟天。手中，迟天手机突然震动，她看一眼联系人处的"小晴"二字，毫不犹豫地挂断电话，删除了通话记录。

辛晴将手机从耳边拿开，心想，或许迟天现在正忙，不方便接电话。

打开电脑，在搜索引擎中输入"张平博"三个字，辛晴正细细读着相关资料，电子邮箱突然弹出通知：收到一封新邮件。一个陌生的寄件人地址闯入视线。邮件标题是："辛晴，你好。我是Coole。"

辛晴，你好。
我是Coole。

我在大洋彼岸，
守着心中的阳光，读着你的故事。

认识你，从一篇欧行游记开始。
令天使心醉的少女峰
和扑倒在雪海中的孤零零的你。
你说——
那晶莹剔透的雪
有着摄人心魄的纯净与神圣，
天之广大、地之辽阔，
一片寂寥中，
你用尽全力
却只能步履蹒跚。

随着你丈量世界的脚步，

我再访少女峰。
曾拥抱了你的辽阔雪海，
在几番时光轮回之后，
迎接着同样孤零零的我。
当触目所及只有浓墨重彩的孤寂，
当这孤寂在壮阔与渺小之对比中，
被渲染得酣畅淋漓，
那一刻，我突然意识到——
时光有序，路途尚远，
山水总是将最好的故事
讲与有心人听。

于是，我走过了你曾走过的
所有的路，
只为亲眼见到你曾见过的风景，
只为亲耳听到你曾听过的故事。

直到前不久，
从新闻里看到汤加的事情。
我反反复复读着你
那几天写下的所有文字，
渴望找到些许
能证明你不是新闻女主的
蛛丝马迹。

自事发前的最后一个句号起，
你的主页
再无更新。

你，
还好吗？
念，
Coole.

辛晴反复念着落款，心头最柔软的地方像被一股无形的力量轻轻挤压。窗外，蝉鸣声声，此起彼伏。微风撩起薄纱帘，吹动了屋内沉闷的空气。床上依然摊着她所有家当。新买的相机旁，那件白色 T 恤上，两只手绘野天鹅静静望向空中。

辛晴沉思良久，回复了邮件：

你好，Coole。

来信收到。
一切平安，多谢挂念。

祝好，
晴。

上海，迟天的故乡。

这是一片承载了他单纯童年和懵懂少年时光的土地。人生中第一场演唱会在这里发声，可迟天却从未想过，自己有一天会走上"唱而优则演"的道路，而荧屏初试，也是在家乡。行程紧张，迟天过家门而不入，只是与父母简单通了电话，便全身心投入到工作中去。

傍晚，发布会刚刚结束。迟天戴上墨镜，收起早已僵硬的笑容，拖着疲惫不堪的身体，在艾达和保镖的保护下，钻出人群。迟天听到记者和粉丝们呼唤自己的名字，想冲他们挥手微笑，可实在太累——发布会已消耗掉了所有的笑容，此时他面部肌肉僵硬，根本挤不出任何表情来。临上车时，迟天听到身后不知是谁嚷嚷："耍什么大牌！连个笑都没有，甩脸子给谁看呢！"

对此，他早已习惯，无奈地摇摇头，上了车。

夏日傍晚，这座城市依着该有的节奏，不紧不慢地演绎着生活。黄浦江边牵手散步的情侣，站在甜品店橱窗前，看着价码畅想未来。田子坊里捧了单反的姑娘，流连在一家又一家小店，走走停停。老码头高档餐厅的后厨师傅们，聚在餐厅外安静地吃盒饭。拥挤的地铁上，西装革履躲着粗布脏衫，皱紧了眉头。

绕过阳光背后，东方明珠依旧璀璨。

商务车载着迟天，将平淡甩在身后。一到酒店，他便躲进房间，坐在落地窗前苦背台词。脚下，是因夜色即将到来而欢呼跳跃的外滩。

迟天的房间，酒店已提前精心布置。艾达拿着他的手机，拍完床上用玫瑰花瓣拼成的"天"字，又将各个角落里华丽的插花拍了个遍。而后登陆迟天的社交网页，将照片发出，提及酒店名称赞美一番，以示感谢。一瞬间，评论爆棚。

秦风事件后，迟天在每一个社交网站上的账号，均被架空。艾达掌握着绝大多数,以迟天之名、模仿他的口吻发布消息——她早已熟能生巧。

发完消息,艾达正要把手机还给迟天,屏幕上突然显示来电。看到"小晴"二字,她不假思索地挂断了电话。扭头偷偷看一眼窗前背对自己的迟天,还好,他过于投入在台词中,未发现异常。艾达暗想:接下来的拍摄忙碌又紧张,迟天绝不能因为这个女生分心。将手机关机放在床上,艾达悄悄退出房间。

电话再次被挂断,辛晴疑惑。想到邵敬那句"一场风暴就要来了",担心迟天不可知的未来,她便继续打电话,可仍旧无法联系上迟天。辛晴急了,打开短信输入道:"小天,看到信息快回电,有急事。"转念一想,又将这行字全部删除,接着把今天被邵敬跟踪一事在短信中详细说明,这才发送。

旅馆外,吴深坐在马路边,一边拿着手机翻看辛晴的游记,一边不时地抬起头朝旅馆门口望去一眼。虽然最终目标是迟天,但吴深机灵,知道自己当前盯着另一位当事人,会比追踪迟天跑去上海更有收获,便把目光放在了辛晴身上。

此时,吴深想起白天见到同行金易修,依旧百思不得其解。金易修是臭名昭著的"杀手",别看长了一副人畜无害的娃娃脸,实则掠食成癖——为了争夺第一手爆料常不择手段,更不会像吴深一样紧守底线,绝不害人。

吴深知道金易修也在盯迟天,对于他顺藤摸瓜找到辛晴,吴深也有预料——毕竟,天下没有不透风的墙。他想不通的是,金易修一向反应敏捷、小心翼翼,今日跟踪辛晴时为什么会一时疏忽,被她逮个正着？或者，金易修是故意"疏忽"，自导自演了一场戏？他为什么把辛晴领去咖啡厅？递给她的名片上写了什么内容？在咖啡厅里对她又说了些什么？

辛辛苦苦背台词到深夜，忐忑不安地睡了三个小时——第二天，迟天早早醒来，在艾达的陪同下来到片场。遇到正在化妆的女主角靓儿，迟天忙上前主动打招呼。靓儿虽比迟天小一岁，却是童星出身，从幼儿园时开始便进入了影视圈，如今更是国内人人皆赞的实力派小花旦。迟天对靓儿很是尊敬，称其为前辈，常常客气到靓儿自己都觉得不好意思。

"前辈，早上好！"

"小天哥！"靓儿笑着回应，"早啊！第一次拍戏，怎么样？紧张吗？"

迟天连连点头："昨晚睡都睡不好，做梦还在担心自己今天会不会搞砸，拖大家后腿。"

靓儿哈哈大笑，轻轻拍拍迟天肩膀，安慰道："别紧张，你没问题的！虽然没拍过戏，但MV拍了不少，我都看过，很不错哦！再说，这部网剧，男主和你一样都是歌手，对你来说，算是本色出演，别有太大压力。顺便说一句，Ada姐真的很会帮你接工作哦。"

话虽如此，迟天依然忐忑。除了自己，剧组里皆为专业演员，没有压力是不可能的。虽曾因艾达未和自己商量便接戏而心生不满，但合约已签，如今他只有拼尽全力认真学习、努力进步。

助理拿来早饭，靓儿只接过一杯无糖豆浆，对迟天道："小天哥，一起吃早点吧？"说着，便让助理把包子、豆浆送到艾达手中。

迟天摇摇头:"我不能吃。"

一旁的艾达笑了,解释说:"今儿不是要拍他落魄街头饿肚子卖唱的戏吗?小天为了今天这场戏,从前天中午开始就不再进食了。现在他胃里,除了矿泉水,什么也没有。"

靓儿瞪大了眼睛:"昨天又是开机仪式又是发布会的,原来你是饿着肚子扛过来的啊!"

迟天看着艾达手中的包子,咽口唾沫,道:"男主吃的苦我都没体验过。只是这么饿着自己,我觉得还差点儿什么。"

在导演看来,迟天差得可不是一星半点儿。但制片方就认准了迟天这张脸,他也没办法。第一场戏开拍,迟天怎么也进入不了状态,导演虽有怒气,但看着迟天态度认真、脾气好,对组里每一个人向来谦虚礼貌,便是有气也生不起来了。

"小天你别急,先去休息会儿,再好好感受感受这种情绪。"导演不得不叫停。

迟天谢过导演,一脸沮丧,朝艾达走去。

"快好好歇会儿。"看着迟天急得满头大汗,艾达心疼,递来一瓶水。化妆师们一拥而上忙着补妆。

迟天正发愁,无意间瞥到不远处,有位男生正坐在石头上吃泡面。这小伙儿眉眼之间颇有几分自己的神色。尤其侧颜和背影,像极了自己。他眼前一亮,立刻认出这男生是自己的替身之一,扭头轻声对身边的化妆师们说:"不好意思!老师们,请先稍等一下,我一会儿就回来。"而后从艾达手中拿来一瓶未拆封的矿泉水,朝男生走去,将水递至其面前,道:"辛苦啦!今天没有你的戏,却还要守在现场。"

小伙子正欲往嘴里塞泡面,一听到迟天的声音,忙站起身,完全不顾自己嘴边还沾着一丝面："小天哥……你好，我叫许赛！"

迟天微笑着与他握手："原来你的名字叫'许赛'。昨天在卫生间，偶然看到你对着镜子练戏。真的很棒！当时怕影响你，我就没打招呼，悄悄溜走了。"

许赛愣住。进组前，他听到过太多关于迟天的谣言，心中早已有了一个固化的大明星形象——脾气暴躁、骄傲自大、爱耍大牌。如今，当迟天站在自己面前，双手递来一瓶水，微笑着与自己打招呼握手，许赛一时情绪激动，有些语无伦次："啊……没有……没有……"

"在演戏方面，我就是一菜鸟。"迟天不好意思地笑笑，"我看你对人物拿捏得特别好，能不能教教我？"

许赛受宠若惊。

一觉起来，辛晴仍未收到迟天的回复，拨打手机，依旧关机。望着窗外昏沉的晨光，辛晴迷茫。又是一场噩梦。梦中那些挥散不去的面孔，带着一幅幅回忆的画面，在脑海里接踵而来。床头，新相机静静地躺在那里。辛晴找回了对抗巨兽的武器，却找不回使用这武器的勇气。

下床，习惯性地打开电脑，登录旅行网站。查看一封封读者们的私信，翻阅一条条留言评论，辛晴不知该如何像过去那样与大家互动。打开邮箱，第二封来自 Coole 的新邮件彻底将她唤醒：

辛晴，你好。

我是 Coole。

你一切安好，

我的窗外，阳光亦暖。

昨日去 Wreck Beach，

正巧碰上日落。

那时，

白昼尚未触到休止符，

黑夜的前奏在红透天边的晚霞中酝酿。

沙滩上一丝不挂的天性，

混着松木浓浓的味道，

在声声浪涛中，

将彼时舟车劳顿清洗干净。

害羞的我，没有释放天性的勇气，

只能红着脸，低头踩沙。

曾走过许多沙滩，

却第一次如此细致地关注脚下的沙子。

肉眼所及的细微世界，

看似散乱，毫无规律可言。

一如混沌宇宙之初，

热烈的毁灭与重生间，

那一切纷杂。

曾听说，

宇宙中从未有绝对的随机事件。

而人类肉眼可见的世界里，
大到日月星辰、小至沙粒尘土，
混乱背后，
皆是规律无形的触角——
道尽了操纵的艺术。

于是，
繁枝嫩蕊也好、沉舟病树也罢，
月圆月缺，花开花落——
轮回的时光中，
一切繁华与衰败
皆是自然。

于是，
绣船笙箫也好、冰檗茶棘也罢，
得意时怡然，失意时泰然——
流转的因果里，
一切得到与失去
皆为人生。

在 Wreck Beach 的日落中，
在无拘无束的人群里，
我孤身一人。
大脑一片空白时，

回忆乘虚而入，
带着一切最细微的情绪，
陪我看着这里
相对的限制
和相对的自由。

每粒沙，每个人，每座城，
都有自己的故事。
甚至从海滩上至公路的
四百七十九个台阶
每一步，都留有一段心情。

故事始终在那里，
等候被倾听。
不知何时，
能再读你笔下
旅途中的心情。

念，
Coole.

　　梦魇已醒，辛晴眼中闪烁起泪光。心头，风信子摇曳着婀娜的身躯，在阳光下，绽放出一片绚烂花海。
　　"故事始终在那里，等候被倾听。"——当辛晴用颤抖的双手捧起相机,口中念着这句话,胸腔内再次充盈了久违的希望。

原来,沁人心脾的夏天,一直都在自己窗外。

辛晴端起相机,脸上洋溢着抑制不住的笑,跑出旅馆外,冲进盛夏夺目的阳光里。

真是这座城市最愉快的季节!道路两旁,绿树浓荫,蝉鸣阵阵,空气中满是甜醉的气息。辛晴闭上双眼,大口呼吸着暖烘烘的夏天。阳光洒在仰起的脸庞上,一片光亮中,辛晴看到,白茶蜡烛静静燃烧,时光悠悠,一切安然。

睁开眼,视线里突然闯入一幅有趣的画面——一位骑着电动自行车的老爷爷,正翘着屁股站在车子上。辛晴下意识地举起了相机。

突然发现一位陌生姑娘正把镜头对着自己,老爷爷不好意思地冲她笑笑。在这一瞬,辛晴连连按下快门。

画面中,阳光正好,行道树郁郁葱葱的枝叶之间,溢满了金色光辉。一位老爷子,身着沾满尘土的酱色粗布衣裳,正撅着屁股踩在行进的破旧电动自行车上。他望着镜头一脸害羞地笑,眼睛眯成两弯月牙,黝黑的皮肤上沟沟壑壑,面庞泛着孩童般喜悦的红光。

快门声毕,老爷子重新坐回车椅上,走出没几步,便停下来等着辛晴。

辛晴微笑着走上前去,与他打招呼。

老爷子有些害羞,问辛晴能不能给他看看自己的照片。辛晴忙把相机递过去。他哈哈大笑,告诉辛晴,常见自己的小孙子这么撅着屁股骑一辆儿童自行车,他也想看看这是啥滋味儿。

"我孙子说,站起来骑车有'飞一般的感觉'。"

辛晴认真端详着老爷爷脸上每一个幸福的小细节,心中升起一股暖意。那一刻，她突然很想给这张照片起个名字——《童趣》。

小心翼翼捧着这一瞬久违的温暖，辛晴一路跑回旅馆，顾不得满头大汗、气喘吁吁，打开电脑：

你好，Coole。

我也曾一步步数过
Wreck Beach 至公路的台阶。
记忆中的数字，
应是四百八十二。

温哥华的夏天，
时光慢得不像话。

初见这座城市，
是在去年七月。
视线中，黑发占了多数；
耳畔，偶会响起乡音。
出租车司机说，
人们为这座城起了个外号
叫 Hongcouver。
于是，我便有种错觉：
一切都是熟悉的。

直到

第一个夜晚在失眠中度过,

第一个清晨充满海鸥响亮的叫声;

直到

透过旅馆玻璃看到街上行人稀少,

自己第一次错过不显眼的公交车站牌;

那时,才真切意识到,

我已不在故乡。

这异乡的夏,

每一天都漫长。

上午十点前的阳光,

叫醒着空荡荡的街道;

晚上九点多的夕阳,

开启了酒吧里的觥筹交错。

每一片拂晓时遍布了厚重云层的天空,

每一分被晚风星光渲染到极致的夜色,

都将这里的二十四小时

拉长,再拉长。

于是,

在白昼与黑夜中踱步的我

只想走得慢一些,再慢一些。

慢到可以坐在UBC校园的长椅上,

看着乌鸦从松鼠手中抢夺食物；

慢到可以在 Stanley Park 的傍海小径上，

骑着单车细数声声浪涛；

慢到可以去 Granville Island 的市场里，

逛遍一个又一个连处女座都会觉得舒心的小摊；

慢到可以站在 Gastown 的蒸汽钟旁，

掠过等待钟乐的人群，

安静听一曲流浪歌手的轻声吟唱。

市中心随处可见的亚洲餐馆，

在一片芝士的海洋中挑逗着人们的味蕾。

专属于夏季的列治文夜市里，

拥挤人群中飘溢出熟悉的香味。

可我这渴望新鲜的胃，

却并未在此停留。

常带着一罐 Brewery 的啤酒

和 Tim Hortons 的草莓味玛芬，

在渔人码头久坐。

酒香和清甜，

在口中碰撞、停留，

完美掩饰着入口时那一丝淡淡的苦。

当舌尖习惯了野梅刺激味蕾的酸，

当牙齿习惯了被冷冻的车厘子与蓝莓，

让人寒战连连的冰凉，

我突然想起每次回到家乡时,
踏踏实实落在胃里的第一口
暖暖的粥。

彼时,
天空依然湛蓝,
日子仍旧闲散。
海鸥还会飞落在地,
时而蹦蹦跶跶,
奔向人们不小心洒落的面包屑,
时而大摇大摆地
去抢乌鸦刚从松鼠那里夺来的食物。
我却突然意识到,
如若不走出故乡,
便永远不会知道——
自己对那片土地
和土地上的一切,
有多么热爱。

如今,
又是一年盛夏。
再回故土,
早已物是人非。
不知一年前的阳光,

能否照亮此时的黑暗。

愿，
太平洋东岸的夏天
和那夏天里的人儿，
安然如旧。

祝好，
晴。

十三

　　一整天，辛晴翻看着手帐里的计划——半个月前制订好的未来半年的大致行程。Coole 信中那轮回的时光和流转的因果，那混乱背后操纵了一切的规律，那一段台阶和娓娓的期待——每一个字、每一句话，都在她心中一点点蔓延，驱散着黑暗与冰冷。

　　临近傍晚，手机中突然接连涌入一波又一波短信。号码均不同，但内容却出奇的一致：一个个都在用肮脏的语言辱骂辛晴，点名道姓、毫不客气。辛晴正觉得莫名其妙，突然看到"迟天"两个字，想起邵敬口中的"风暴"，意识到什么，不觉打了一个冷战。

　　忙打开电脑，这才发现，关于迟天和自己的话题，像一颗突然被引爆的炸弹，已在网络中掀起轩然大波。一点点翻看着各大娱乐新闻的认证账号和新闻下网友们的留言评论，辛晴渐渐明白了一切，惊出一身冷汗。

事件起因，是一个网名为"一锅蛋炒饭"的网友，在论坛贴出两张迟天和辛晴的照片：一张是两人在大学时的接吻照，另一张则是在汤加迟天背着辛晴的画面，并配以文字：

"当红小鲜肉初恋曝光，疑似旧情复燃。上周，迟天接受记者采访时表示，由于工作忙碌，至今单身，暂时不会考虑感情方面的事。没过几天就被拍到背着初恋在海边甜蜜散步。真是打脸打得"啪啪"响！小鲜肉的话，还有多少能让人相信？"

接着，一位叫"6376"的网友转发该图，并加了一句话：

"迟天初恋，边吃回头草，边踏两只船。"

辛晴了解事情经过时，距"一锅蛋炒饭"点燃导火索刚刚过去三个小时。可这两张照片的转发次数却已达五十万次，"迟天初恋"这一话题的浏览量更是超过百万。

话题下，骂声一片，句句肮脏，不堪入目：

"你们不知道吧？辛晴是个富二代！她爸爸劈腿，害死了她妈，然后娶了个狐狸精回家。辛晴为了报复，大手大脚花她爸的钱，天天满世界跑，游山玩水，不务正业。"

……

"她爸每个月给她打十万零花钱，她还嫌不够，现在又傍上我们小天，不知道从小天那儿骗了多少钱呢！"

……

"我是她同学！初中同学！她当时在我们学校是出了名的怪人，特矫情！经常自个儿跑出去，还偷食堂的饭菜！全校没一个人喜欢她！"

……

"这婊子,脚踏两只船!一边玩弄迟天感情,一边和一个不知名的作家谈恋爱。我有一个同学,是辛晴大学同班同学的妹妹的好朋友的姐姐,她说辛晴上大学的时候就开始缠着迟天,为了让迟天陪自己,不让他走音乐这条路!毕业的时候,因为迟天不愿意放弃梦想,辛晴就把他甩了,找了一个写小说的男人。现在,看迟天红透半边天,就要吃回头草!真不要脸!"

……

"贱人!把我们小天当成包袱,当初说扔就扔,现在看迟天红了,就拿着一副狐狸精嘴脸凑上来!骂你我都嫌脏了自己的嘴!"

……

"传送门——网站:远游集,ID:QING313,昵称:晴。"

……

"迟天初恋叫辛晴,在一个名叫'远游集'的网站上,有自己的账号,是认证旅游达人。里边全是她环游世界的游记,一个比一个矫情!就这水平还能被认证?谁知道她仗着自己富二代的身份,给网站掏了多少钱!"

……

"什么破旅行达人?!她肯定不会告诉迟天,自己在外头,走一路、睡一路!要不那些酒店餐厅怎么能免费给她提供食宿?在她身上,所谓穷游,不过是以身体代替钱财来做交换罢了!更何况,她也根本不穷!谁知道她爸给她多少钱养着她呢!"

……

"当了婊子就别想再给自己立牌坊!她现在刚回国,住在北京一家旅馆里！坐标：魏忠路！"

……

"这女的，她爸叫辛明义，是辛氏集团最大的个人股东，现住在京郊尚德豪苑小区七号别墅里。她妈叫楚凝，在她小时候就死了，葬在贝灵江城外的墓园中。"

……

现在的人们，习惯了坐在电脑屏幕前，动动手指、过过嘴瘾。键盘上飞舞的十指，像搅屎棍一般在混沌的网络里倒腾，唯恐天下不乱。

看着满屏辱骂自己的言论，看着家人被曝光的隐私，看着母亲被人骂骂咧咧指名道姓，甚至连她安息的地方也被人肉出来——辛晴待在原地，血流直往头顶冲去。

突然一阵急促的敲门声传来，辛晴正要开门，想到刚在网上看到自己当前住址已被曝光，心里咯噔一下。确认门被锁好后，她轻轻伏在门上，听着外边的动静。

又是一阵敲门声。

"谁？"辛晴丝毫没有意识到，自己的声音开始颤抖。

"我是前台的工作人员，您今天办理续住手续的时候，把身份证落在前台了。"

是一个女生的声音。

辛晴长出一口气，放下防盗链，拧开房门。

门被打开的瞬间，突然从一旁窜出好多人影，一边举着手机猛拍屋内，一边吵吵着要冲进屋里。辛晴反应迅速，手还未离开门把手，便用尽全力拼命将门关上，迅速落锁。

门外嘈杂。辛晴大口喘着粗气，双腿一软，瘫倒在地。

被引爆的话题一事，迟天在浏览量不到一万时便已得知。

那时，他仍在片场，休息间隙，意识到自己早晨着急出门，将手机落在了酒店房间，便拜托助理帮忙回去取手机。助理前脚刚走，艾达便接到公司紧急电话——十几分钟前，网上突然有人爆出迟天昔日恋情的照片。艾达迅速上网查看，明白此事棘手，便立刻与危机公关联系。迟天看着艾达打了一个又一个电话，心里念着的却是辛晴。待助理将手机取回交给他，迟天开机，读到小晴昨晚发来的短信，突然想起了什么，一股火气冲上来。他奔到艾达面前，将手机硬生生伸到她眼前，责问道：

"是你把我手机关机的？小晴这条提醒我的短信，你难道没看到？"

艾达呆住。这短信，定是在她关机后才发送过来，否则，艾达昨晚如若看到，一定会立刻开始着手布置应对计划。她心头悔恨，却并不表现在脸上。强硬地将手机从迟天手中拿来，三言两语安慰他先安心拍戏，接着，自己一边继续和电话里的公关通话，一边一路小跑朝片场外而去。迟天被甩在原地，生气又担心，刚想追过去把手机要回来，好给小晴打电话，身后却突然传来导演的喊声，唤他回去继续工作。迟天看看艾达远去的背影，又扭头望望正向自己招手的导演，气得直跺脚。

艾达离开片场，来到一处僻静的地方，确定四下无人后，轻声叮嘱公关："找好水军准备着，一旦事态严重，立刻引导舆论把矛头对着那个女孩儿。一切，以保护好小天为原则！"

温哥华市中心,寸土寸金,高楼林立。在这繁忙之中,玫瑰圣母大教堂用一派哥特式的尖峭与空灵,守护着一片祥和。

教堂外长椅上,一华裔男孩陪着满头白发的爷爷,正安然享受着夏日阳光。男孩看着一位风度翩翩的男子孤身一人进入教堂,便用一口流利的中文轻声对爷爷说道:"爷爷,看到那位先生了吗?昨天他在 Robson Street 上来来回回走了好久,后来进了爸爸的餐厅,打听一位名叫 Jo Murray 的女士。当时我正好在餐厅帮忙,听到了他和爸爸的对话。据说,他这次来加拿大就是为了找这位女士。一开始我以为这是他家人或爱人,后来才知道,他之所以要找 Murray 女士,是为了帮助他的女朋友。"

"怎么帮?"白发爷爷眯缝着眼睛望向远方的天空。

"当时客人很多,我太忙了没来得及听完他和女朋友的故事,但是看到他和爸爸好像很聊得来。后来我去他们身边,跟那位先生说,如果要找人,可以求助于网络啊,毕竟现在网络信息传播速度那么快,范围又广,一个寻人帖子发出去,要不了多久,热心的网友们就能帮上忙。"

"现在技术发达了,什么都能找得到。可人们因此而丢掉的东西,数也数不清……"

男孩不以为然:"爷爷,咱应该与时俱进,要能坦然接受新事物带来的变化。那位先生就很明白,听了我的建议,连连点头,还感谢我呢!"

爷爷笑着摇摇头,目光始终在远方。

教堂门内，舒桐拿出手机，欲调成静音，看到微信里有来自高扬的未读消息，便又退出门外。

高扬发来的是一个网络链接。舒桐看到了迟天和辛晴的照片，看到了网上清一色对辛晴的辱骂，看到了短时间内便被神通广大的网友们人肉出的隐私信息。他皱紧了眉头，愤怒像一团又一团无法平息的火球，在身体内不断膨胀。这愤怒，既因网络上一片肮脏的言论，也因自己此时无法陪在辛晴身边。

他开始怀疑自己的选择。

可辛晴在汤加时与他的两通电话——那自责中难以掩饰的痛楚，那痛楚中蔓延成灾的绝望——在脑海中不断回响。想起若干年前，自己因一次情伤便放弃一切，从此只贪安稳。舒桐不愿、亦不忍看到，辛晴因恐惧而失了自我。

忍着孤独和思念，他决定选择继续用自己的方式守护辛晴。

他曾在与辛晴聊天的过程中得知，Murray 一家十年前从北爱尔兰移民至加拿大，定居于卑诗省。两人继承了一座酒庄，妻子全权打理，丈夫则满世界航海，圆着自己幼时便有的梦。舒桐明白，Jo 是解开辛晴心结的关键。他从未像现在这样清楚地知道，自己要做什么。

叮嘱高扬几句，又给小萌发去消息，舒桐这才收起手机，走入教堂。

昨日那位热心的中餐厅老板，为自己提供了一条重要线索。在老板的帮助下，舒桐约到教堂里一位牧师。而此刻，牧师正在教堂内等着自己。

半小时后，舒桐心里默念着"Okanagan"一词，走出教堂。阳光中，看到长椅上的男孩，认出他正是餐厅老板的儿子。见男孩望着自己，舒桐微笑着走过去打招呼。

"爷爷，这就是昨天来咱们餐厅的那位先生。"男孩起身，与舒桐握手，将其介绍给爷爷。

"老先生，您好！"舒桐主动问候。

爷爷微微点头，以示礼貌回应。

"先生，您的寻人启事发了吗？我可以帮您转发给我的朋友们，大家一起转，力量会更大。"

听到孙子此话，爷爷将目光转到舒桐脸上。

舒桐谢过男孩，继续道："网络威力太大，我怕我们受不住。何况，这个寻人启事会暴露 Murray 女士的隐私。这是我最不想看到的，我不希望打扰到她的生活，不愿让她再受二次伤害。而且……我想用我自己的力量，向女朋友证明一些事情。"

"好吧，那祝您好运哦！"男孩爽朗答道。爷爷微笑着轻轻点头，继续凝视着远方的天空。

舒桐与爷孙俩道别，离开了教堂。

去公交车站的路上，他正计划着接下来去欧肯纳根的行程，肩膀突然被人从背后轻拍两下。舒桐停下脚步转过身去。

"林熙？"

阳光灿烂的街头，林熙穿着紧身小黑裙，安静地站在那里，望着舒桐，一脸温柔的笑。

十四

辛晴瘫坐在地,门外,一群人骂骂咧咧。

"出来!"

"你以为躲在里边就没事儿了?既然有本事祸祸我们小天,那就别当缩头乌龟!"

"婊子快滚出来!我们要向全世界揭发你的狐狸精真面目!"

"为什么不敢开门?是不是里边还藏着男人?你到底脚踏了几只船?"

……

辛晴大口喘着粗气,流落荒岛时的绝望再一次席卷全身。给前台打电话,请求其帮忙处理这突发事件,可二十分钟过去,门外依旧嘈杂。眼前,整个房间里唯一一扇窗户,似乎也是她唯一的救命稻草。辛晴扶着墙慢慢站起身,朝窗口走去。

二楼,不算高。

辛晴踌躇,心底突然冒出一个声音:"你为什么要逃?保护自己的方式,难道真的只有'逃跑'这一种?"

是啊,自己为什么要逃?

辛晴隐隐觉得,住址曝光,或许跟这家旅馆脱不了干系。于是再次拿起电话,强迫自己平静下来,拨至前台,用强硬的态度表明,由于他们安全工作的疏忽,让一帮并不在这里住宿的人跑来闹事。现在,闹事者已经严重影响到自己,如果旅店方再不派人来处理,她将报警,并在事后投诉，以维护自己消费者的合法权益。

辛晴的猜测没有错。在前台登记了她住宿信息的女孩，疯狂喜欢迟天。受到网络言论的影响，迅速对辛晴生了恨意，将她的个人信息发布在社交网络上，又为闹事者们开放旅店大门。

真是奇怪。同是这世上最强烈的情感，爱，往往来之不易；恨，却总是来得轻而易举。

辛晴一句"投诉"，加之闹事者已然引起其他诸多住客的不满，前台那女孩害怕了，忙找来保安，好一番折腾，才让现场恢复平静。

旅馆外，吴深躲在咖啡厅中，看着门口人群渐散，琢磨起整件事的来龙去脉："一锅蛋炒饭"最先点燃导火索；紧接着，"6376"推波助澜，掀起高潮。吴深仔细研究了网上每一条评论数多、转发率高的言论，分析了发出这些言论的账号，隐隐察觉到，整个事件背后纠缠着三股力量。

他能够确定，"一锅蛋炒饭"就是何娟——用的两张照片是吴深以高价卖给她的，且针锋直指迟天。"6376"一定不是何娟的人——所有言论均把矛头对准辛晴。认真分析了"6376"对网友留言的回复后，吴深预感，此人定是同行。只是，他始终想不通，这位同行为何要跟一个娱乐圈外的姑娘过不去。至于第三股力量，是雇了水军攻击辛晴的人——只有两种可能：或者，辛晴有仇家，要借此机会搞垮她；又或者，事件的另一位当事人不想让自己受影响，又无法立刻抽身，于是选择抢先一步，欲引导舆论把脏水全泼在辛晴身上。

抬头望望辛晴房间的窗户，窗帘紧闭。吴深叹口气，暗暗道："对不住了，老同学。祝好运。"

这家店不再安全，辛晴决定，第二天一早就起身离开。打开电脑，正搜索着下一个住处，突然接到父亲来电。

"小晴！你在宾馆吗？"电话中传来父亲焦急的声音，"家里电话快被陌生人打爆了！后来才知道，是你出事儿了！我看到有人曝光了你的宾馆地址。现在怎么样？有没有受到伤害？"

"爸，我暂时没事儿。地址的确被人扒了，我明天就换地方。"

"老牛已经在去接你的路上了。你马上收拾东西，等他一到，立刻离开！"

"爸，我自己能……"

"小晴！我什么都可以顺着你，唯独这件事，你必须听我的！没有商量的余地！"辛明义说完便挂了电话，丝毫不给女儿任何反驳的机会。

在别人看来最寻常不过的父爱的点点滴滴——关心、宠爱、依靠、保护——于辛晴而言，始终是奢求。她从未见父亲态度这般坚定，一时竟有种无法言喻的感动。不久，老牛赶至旅馆，依照嘱托，迅速带着辛晴离开。旅馆前台几个姑娘，看到辛晴和老牛，忙拿出手机，明目张胆地拍照录像。那位迟天忠粉，拍到辛晴上车的照片，立刻上传网络，配文：

"辛婊果然大有来头！刚刚被一个老男人用豪车接走。那男人肯定是有家室了。这位小姐，你跟有钱老男人勾搭当小三儿，我们迟天知道吗？求各位帮转！让全世界都知道辛晴的真面目！"

辛晴并不知此事。上了车，闭起眼睛，脑子里一团乱麻。老牛打开收音机，想帮助辛晴转移一下注意力，可没想到系统自动搜索的第一个频道里，便在报道关于辛晴和迟天的娱乐新闻。老牛慌忙将其关掉，车内顿时一片安静。

"牛叔叔，麻烦您了。"

"闺女，你千万别客气。"

"我的事情，是不是也对我爸他们造成了很严重的影响？"

"影响肯定有。毕竟，家庭住址都被曝光了。所以现在回家并不安全。咱们去辛总的另一处房产。他已经在那儿等着了。"老牛透过后视镜，看一眼后座上的辛晴，"闺女，牛叔叔想问你个事儿。"

"您说。"

"你……还在怪辛总吗？"

辛晴摇头："都过去了。他是我在这世上唯一的亲人。"

"上次你回来北京，已经是三年前的事了。"老牛见辛晴情绪平静，便放下心来，继续道，"那时，我老母亲病重，辛总给我放了带薪长假，让我回去照顾。等我回来，你已经离开。后来才听辛总说，他太急着修复和你的关系，却适得其反。辛总一直特别后悔。十几年来，他的自责我也都看在眼里。不管曾经发生了什么，他有自己的苦衷，希望你能明白。"

"牛叔叔，有些事情，这么多年过去了，我还是想不明白。可在自己亲身经历了那些……事情后，我已经不想再纠结于过往了。"

"那就好。"老牛叹口气，"你不知道，这几年，辛总身体状况大不如前，心脏出了些问题。下半年要做一个搭桥手术。这些，他叮嘱过我不能告诉你。但我想，你是他大女儿，有权知道自己父亲的情况。另外，我还希望，你不要再怪他了。"

"我爸到底怎么了？"辛晴心痛，终于明白为什么前几天在机场见到父亲那一刻,会突然意识到他身上掩饰不住的沧桑。

"这样吧,我过两天带你去找辛总的私人医生,让他跟你详细说说。毕竟我也不懂医,很多东西我也说不明白。记住,千万别跟辛总说,你知道这事儿。"

辛晴点头。

老牛突然发觉身后一辆出租车已跟了自己许久,琢磨着,除了狗仔和脑残粉,估计也没别人了。开到最近路口,猛一打方向盘,换了路线。

"闺女,坐稳喽!回家之前,咱们得先痛快砍掉一条烂尾巴!"老牛对自己的车技甚是自信,"一帮瞎操闲心的兔崽子们……竟然敢跟你牛爷爷的车……"

北郊一处高档小区的顶层公寓中,辛明义正靠在沙发上,皱紧眉头,焦急等待。看到女儿被老牛领进屋内,忙从沙发上跳起来,一个箭步冲到她面前:"我刚看到新闻,有帮混蛋跑去宾馆找你麻烦了?有没有受伤?"

"我没事儿,爸。"

"路上有人跟踪,被我顺利甩了!放心吧,哥!"老牛憨厚笑道。

"没事儿就好。这几天你先待在这儿,尽量别外出。我已经让助理把每一间卧室都配齐床上用品,冰箱、橱柜塞满了食物,生活用品一应俱全。现在的年轻人,真他妈不是东西……"辛明义怒不可遏,"网络暴力说来就来,什么事儿都没搞清楚就瞎嚷嚷,把别人隐私公之于众……对了,你跟迟天……"

"我俩没在一起。"

"那这帮人就是诽谤！即使你俩在一起，他们也是诽谤！侵犯咱们隐私！闺女，我帮你找律师！咱把这群唯恐天下不乱的混账玩意儿全他妈都给告了！"

"对！告他们！"老牛也气得来回踱步，"丫头，牛叔我虽然没什么文化，但我不是法盲。这种时候，咱们就要硬起来，别示弱，勇敢拿起法律的武器保护自己！"

"除了律师……"辛明义沉思，"还要找保镖保护你的安全……另外，还得需要公关……爸爸给你找最好的公关公司，陪你一起把这个坎儿跨过去。"

"哥，那个李总不是什么传媒大亨吗？要不……"老牛支着。

辛明义一愣——老牛这话提醒了自己——李翘楚扼着当今国内最大娱媒平台的咽喉。辛明义一直坚信，在这个被信息主宰的时代，李翘楚既然能坐到这个位置，背后一定有着十分强大的关系网。辛晴和迟天的事情，如今在各大娱乐媒体被炒得沸沸扬扬，他不可能一无所知。对于这个圈子，李翘楚是专家，而自己却一窍不通。如若能得到李翘楚的帮忙，一切会不会简单到只是他一句话的事儿？但冷静下来细想，他毕竟也是生意人，思考问题时的精明和处理事情时的果断，连下海多年、身经百战的辛明义都自叹不如。李翘楚处处讲求利益，如今，能轻易答应自己，帮这个忙吗？

"不到万不得已，不能去求李翘楚。"辛明义想到，辛氏集团目前正和华鹰处于收购新宁企业的最后一轮竞标中，便暂时否定了老牛的提议。

辛晴呆坐在沙发上，望着对面雪白的墙壁，眼神空洞。辛明义看向女儿，突然意识到，面前这孩子与自己记忆中的模样，完全不同。

那双眸子，曾是他这辈子见过的最澄澈的存在，如今却浑浊不堪，充斥着迷茫和恐惧。想到女儿近几日来接连遭受打击、忍受折磨，辛明义心疼不已。他迅速起身，给秘书打电话，让他联系国内最好的几家公关公司。

半个小时后，秘书回复道，联系了四家公关公司，可他们一听是要处理辛晴和迟天的绯闻，便纷纷婉拒。辛明义正纳闷，家里突然来了电话，是妻子韦雪的。

"明义，你在哪儿呢？家里出事儿了！你赶紧回来！"电话里，传来韦雪的哭声。

辛明义大惊："出什么事儿了？"

"刚才有个快递员送来一个包裹，里边是件沾满血的牛仔外套！衣服里还包着一张黑白照片，被做成了遗照。照片上，好像是辛晴……把咱们桃桃吓坏了，哭得嗓子都哑了！"

辛明义气得浑身发抖，捂着胸口瘫倒在沙发上。老牛忙从包里翻出速效救心丸，将辛明义扶起坐好，把药喂入他口中。

"爸……对不起。"韦雪的话，辛晴听得清清楚楚。想到父亲一家受到了自己的牵连，心里便涌上一股说不出的苦楚。

"哥，要不，让嫂子报警吧？那件血衣……万一真是有人命在……"

辛明义待胸口疼痛缓解后，拿起电话拨回家里，详细询问妻子快递员的穿着长相和血衣的事情。

"快递员戴着帽子和口罩，根本看不到长什么样子。送完就走了，消失得特别快。那件衣服，家里的阿姨看了后说，上边是鸡血。"

"那是什么衣服？"

"一件女士牛仔外套。挺旧的，两个胳膊肘的地方颜色都被磨浅了。"

辛晴闻声，想起什么，忙跑去门口，将行李箱打开细细翻找——果然，箱子里什么都在，唯独少了那件自己穿了五年的牛仔外套。辛晴不禁一身冷汗。

"这事儿不能耽误……"看着女儿的举动，辛明义明白了一切，意识到事态的严重性，"老牛，你帮我给秘书打个电话，让他继续跟公关公司联系。如果实在没人愿意接这个烫手山芋，我……明天就去找李翘楚。"辛明义不糊涂。原本并未多想，可反复琢磨秘书给自己的回话后，心里突然冒出一个可怕的猜测。

夏日山村，日头初上。睡眼惺忪的山林之中，辛晴希望小学里已是朗读声阵阵。学校虽放了暑假，仍有许多孩子每天来这里读书、玩耍。学校里的老师，绝大多数是利用暑期来支教的大学生。常年留在山里的，除了校长、食堂大师傅、小萌与母亲，还有几位分管各年级的老师。一共也不过十人。

面前这条路，两年来小萌走过的次数屈指可数。

这是唯一一条进村、出村的路，最初由村民们靠着双手一点点凿出。虽粗糙，却也算是有了一条与外界相连的通道。迟天的到来让村里的希望小学曝光于世人面前。一波又一波热闹慢慢驱散着村子的宁静，也让这条路换上了新颜。为了借机带动村子发展，当地政府出资将道路升级，并在上周刚刚开通一条大客车线路，每天往返一次，为来希望小学支教的志愿者们提供方便。

小萌背着双肩包，站在客车停靠站牌前等候。施母从屋内匆匆跑出，硬要把一兜热气腾腾的包子塞给女儿。

"谢谢妈妈。"小萌微笑,"我很快就回来。"

"保护好小晴的同时,也一定要注意自己的安全啊!"施母叮嘱,"现在这些网友也真是的,跟自己无关的事儿,还操那么大心,非得把人家隐私全都曝光出来……"

小萌叹口气:"看热闹的不嫌事儿大。"

"注意安全!一定要注意安全!"

"放心吧,舒桐哥已经安排好了。到时候,高扬哥他们都会来帮忙。妈妈,你就安心在这儿陪着孩子们。我一定会带着小晴平安回来的。"

施母点点头。

九点整,客车准时出现在视线中。从车上下来十一位年轻人,看到小萌和施母,纷纷热情地打招呼。这是学校里唯一一批每年固定来支教三个月的志愿者们,早已与母女俩熟识。小萌一一向他们问候,随后与母亲告别,上了车。

第三排座位上,坐着一个瘦瘦的男生,正仰头靠在椅背上,眯着眼,张嘴打着呼噜。小萌见这男孩眼生,心里琢磨,估计是新来的。走过去伸手在他眼前晃两下,男孩吧唧着嘴,将头扭向一旁继续睡。

"嘿!到地儿啦!下车啦!"小萌一拍手,男生猛地向一旁栽去,脑瓜子硬生生撞在玻璃上,小萌倒吸一口气,替他觉得疼。

"哎哟!"男生一声惨叫,揉着脑袋。

"到站了,该下车啦。"看着他一脸晕头转向的表情,小萌忍俊不禁。

男生"哦"一声,迷迷糊糊站起身,朝车门走去。前脚刚要下车,突然想起什么,忙把脚收回:"不对……我不能下车!"说着,便返回小萌身边,"我把给孩子们准备的礼物落在省城宾馆里了。半路才发现。我得回去拿。"

"可这车一天就这么一趟啊！"

"明儿再来呗。"男生重新坐下，打量着眼前这姑娘——肉乎乎的脸上，一双弯弯的眼睛仿佛始终都漾着笑意——他突然对姑娘的笑眼很有好感，"你就是大家说的'萌萌姐'吧？常年住在这里？"

小萌点头，随口问道："你以后会经常来看孩子们吗？"

"不一定。"男生挺诚实，"我明年就大学毕业了，想在毕业前体验一把自己从没做过的事情。要不，等正式工作了，哪还有时间？"

"你不要再回来了。"小萌语气突然变得冰冷，"这里不缺'一次性志愿者'。孩子们也不是体验品。"小萌不知，自己这憋了许久的火气为什么会突然发泄在一个陌生人身上。

"哎？这就是你的不对了！"男生莫名其妙，"什么叫'一次性志愿者'？谁说我把孩子们当'体验品'了？对于那些工作特别忙、但很有爱心的人来说，能抽出时间来当志愿者，哪怕只有一次，也是好的。这种行为该被鼓励才对。"

"你们这些人，以为当一次志愿者、做一次所谓的'支教'，就可以把这段经历拿来挂在嘴边炫耀了？你们知道这里的孩子们真正想要的是什么吗？"

"要希望、要改变啊！你想想，这些孩子们生在大山里、长在大山里，没见过什么世面，生活条件、学习条件都远远不如城里的孩子。我们来了，告诉他们外面的世界多么精彩，靠着自己的奋斗，以后一定能走出大山，去任何自己想去的地方、做任何自己想做的事。这不就给他们带来希望了吗？他们有了希望，有了奋斗的目标，不就有了改变现状的勇气了吗？我们一段支教的经历，很有可能改变孩子们的生活——多么有意义啊！"

"你凭什么认为,自己有权利去改变别人的生活?你凭什么确定,你给他们带来的改变一定是正面的?"

男孩挠挠头:"难不成,我们这些志愿者还能对孩子们有负面影响?"

司机师傅回头看看两人:"没人要下车的话,现在就出发喽!"

"张伯伯,可以开车了。"小萌冲司机挥挥手,扭过头来盯着男孩道,"曾有个二年级的小姑娘,哭着跑来问我,为什么山外边的爸爸妈妈每天都让孩子有玩不完的布娃娃、吃不完的冰激凌,而她的爸妈却只给她弟弟吃剩下的鸡蛋和肉。后来我才知道,有一位自愿来支教的女孩,经常向孩子们描绘外边的世界有多么繁华。她告诉这个二年级的小姑娘,自己的爸爸妈妈从小就给她买了数不清的玩具和好吃的。这位志愿者在学校待了半个月,拿到校长开的志愿证明后,就离开了,从此再也没有回来过。可这二年级的小姑娘,却在接下来好长一段时间内,常独自躲在角落里难过,放学了也不愿回家。当她哭着问我那个问题时,你说我能怎么办?我能告诉她,这世上有个词儿叫'重男轻女'吗?"

"可是……看清了现状后,她才能反抗呀,不是吗?"

"她拿什么反抗?她才七岁!"小萌情绪激动,"还有一个志愿者——一位男大学生,在两周时间里,每天换一双限量版球鞋,还常在一堆孩子们面前讲,自己的鞋多么名贵,打起篮球来甚至能让自己飞起来。他支教结束,带着满满一行李箱的鞋子离开。第二天,六年级的一个男孩儿就不见了。孩子父亲慌慌张张跑来学校,说全家用十年时间攒下的五千块钱没了,一定是孩子偷了钱后离家出走了。那天晚上,全村的村民,还有学校里所有老师们,拿着手电筒满山地找,最后在山林深处找到了孩子。事后，我们才了解到，这孩子酷爱打篮球，受到那位志愿者的影响，也想有一双'会飞的球鞋'。那志愿者曾告诉孩子，自己这一堆鞋子里，最便宜的也得三四千。于是，孩子经不住诱惑，偷拿了家里的钱，想要跑去外边的世界买鞋，不料迷了路。孩子找回来了，钱一分没少。可结果呢？孩子一周没来上学，再回到学校时，满脸瘀青。听同班其他孩子们说，男孩爸爸痛揍了他，从此再也不允许他碰篮球。那位志愿者，的确改变了孩子的生活。男孩原本热情活泼，可从此少言寡语，不敢跟任何人有眼神接触，每次考试，成绩由原来的七八十分变为十几分、二十几分。现在，曾跟他同级的学生们都上了初一，可他还留在六年级……"小萌哽咽。

客车载着两人，行驶在弯弯曲曲的盘山路上。车窗外，是一片郁郁葱葱、干干净净的夏天。男孩张张嘴，想要辩驳，却终究缓和了语气，轻声道："我想，并不是所有的'一次性志愿者'都是这样的吧？"

"没错。"小萌点头，"可是，来待上十几天就走，从此再也不回来的人，他们在支教期间越得到孩子们的喜爱，他们走后，孩子们就越难过。学校里有不少留守儿童，两三年才能见父母一面。他们知道，和自己喜欢的人告别有多痛苦。有些孩子，在喜欢的老师离开后，每天都要到学校门口站一会儿，眼巴巴地望着远方。"

男生终于明白，这位陌生姑娘为什么和自己刚见面不过三分钟，就冲他发一顿脾气。心底里不由得升起一阵感动来。

"那……我不当'一次性志愿者'，我……我要做'循环使用志愿者'！"男生咧嘴笑起来，想缓解车内沉闷的气氛，"还没自我介绍呢。我叫毛一一，'一条毛毛虫'的'一'和'毛'。你可以叫我毛毛。"说着，毛一一向小萌伸过手去。

小萌调整好情绪，与他握手："不好意思……忍了很久，今儿也不知道怎么回事儿，当着你的面儿就发火了……其实，之前，只有很少的人知道这所小学。这些人来学校里帮忙，也都是出于真正的爱心。现在学校里常年驻留的老师，全都出自这拨志愿者。自从媒体把迟天每年都来这里给孩子们上音乐课的事情曝光后，学校一下子出了名，越来越多的人打着志愿者的旗号来这儿。有人是真心为了孩子们，有人只是想来拿什么志愿证明，也有人盼着在这里偶遇迟天……"

"对！我就是因为迟天才知道这里的！"毛一一挠挠后脑勺，"嘿嘿，所以他才是罪魁祸首！"

"胡说！这不是小天的错！"

毛一一不明白，小萌怎么如此护着这位大明星："你……是他粉丝吗？你要是不愿意听他的坏话，以后我不说就是了，嘿嘿……"

小萌不说话，把头扭向窗外。看着小萌的侧颜，毛一一心生好感。

十五

翘楚阁大厦顶层迎来的这位不速之客，却在李翘楚的意料之中。

这一天，阳光明媚一如既往，透过一尘不染的落地窗，洒落在窗前那张手工金丝地毯上。阳光中，镶金丝的小叶紫檀鸟笼里，一只八哥瞪着圆溜溜的小眼珠子，上蹿下跳——时而如麻雀般叽叽喳喳，时而又像乌鸦一样聒噪不停，偶然兴起，甚至会模仿百灵鸟婉转动听的啼鸣。李翘楚坐在办公桌后，望着窗外蓝天中寥寥几朵白云沉思，并不为笼中一番折腾所扰。

见秘书将辛明义带入办公室,他忙起身,笑脸相迎。几句无关紧要的寒暄之后,李翘楚一抬头,望向辛明义:"明义,你是为咱闺女的事儿来的吧?"

辛明义点头:"既然楚哥知道,我也不说什么废话。弟弟我这么多年来从没求过你什么,这一次,我是真的不知道该怎么办了。"

"跟公众打交道,可不比做买卖。"

"是啊……"

李翘楚递过一杯茶去,不紧不慢道:"这舆论,说白了就是一生态系统。在某个既定的时空里,参与者与信息相互作用,保持着动态平衡。知道这种平衡的迷人之处在于什么吗?"

辛明义摇头。

"在于舆论自身强大的调节能力。"

"楚哥的意思,难道是让我们对这事儿不闻不问?任凭人们自个儿去调节?"

李翘楚啜口茶:"这个生态系统新陈代谢的速度奇快。为什么?因为人们已经被爆炸性泛滥的信息麻木了神经。'周一见,周二忘'成了常态——今天网络世界被炒爆了的新闻,明天要么被淡忘、要么被新的热点覆盖——人们就是这么冷漠。毕竟,鱼的记忆只有七秒,网友的记忆不过三天。"

"可这才不到一天,小晴就被曝光了隐私,被人们围在旅馆里谩骂,还被偷衣服,照片被做成遗像!我不敢想象,如果继续这样下去,人们还能做出怎样更过分的事来?再说,我们小晴是被冤枉的!网友们说的那些事——那些肮脏的事,怎么可能是她做的?"

"人们只愿意相信他们想要相信的事。你的解释,只会被当成狡辩。"

"可他们相信的不是事实！不是真相！或许，咱们把真相公之于众，告诉大家，小晴到底是个怎样的女孩子，人们就会被说服吧？大家总是想要听真相的，对吗？"

"真相？舆论里没有真相，只有输赢。真正的是非，永远只有当事人知道。舆论之中的人们想要真相，因为他们需要相信点儿什么。我们提供一个'真相'，他们便欢天喜地，以为自己看到了事实。殊不知，我们给的，正是他们想要的。信息成了满足人们私欲的消费品，舆论成了真相的代名词——多么可悲！"

"一点儿办法都没有吗？"

李翘楚走至窗前，拿起一根小树枝，逗着笼中的八哥："笼下有双叉，嗰啾爱学舌。明义，来，我给你介绍一下这位双叉兄弟。"将辛明义招至笼边，李翘楚继续道，"看到它左翅上那两个十字形伤疤了吗？这就是它叫'双叉'的原因。从三年前我将它领回家开始，我的师鸟扳着指头也数不过来。百灵、麻雀、斑鸠、布谷……你想得到的叫声，它都能模仿得惟妙惟肖。"

"笼下有双叉，嗰啾爱学舌。"辛明义盯着李翘楚的眼睛，重复起这句话，"楚哥，我现在没时间猜字谜。"

"再没时间，不也还是猜出来了？"李翘楚微微一抬眉毛，嘴角浮起一丝微笑，"明义，现在最难被控制的两个东西，你知道是什么吗？"

"不知道。"

"京城的霾，网友的嘴。"李翘楚笑道，"那，现在最容易被控制的，又是什么？"见辛明义不语，便继续道，"还是京城的霾，网友的嘴。

重大日子里，蓝色系总能多出来一些与时俱进的新名字。热点事件中，网络里总会冒出清一色的'正义'使者们。少主见，多学舌——是他们不变的特色。"

"给一个'主见'，让他们'学舌'去？"

李翘楚哈哈大笑，话锋一转："一个'主见'，就是一个标。"暗示起辛氏与华鹰竞标收购新宁一事，轻描淡写的语气中，清清楚楚透着一股子不容讨价还价的狠绝。

辛明义直勾勾盯着李翘楚的眼睛，想到自己面对的并非一个人的力量，心中升起一股绝望——从未有过的绝望："集团虽姓辛，但却并不属于我个人。你这是想把我送进牢里去吗？"

"不至于。"李翘楚迎着辛明义的目光，琢磨着他脸上每一个细微的表情，饶有兴趣地把玩着他每一丝隐隐跳跃的情绪，"一点小手脚而已。我定全力配合，确保兄弟你的安全。"

"你我近二十年的交情，竟还比不过一沓合同纸。"当辛明义将这句话一个字一个字从牙缝中挤出，他明白，这份交情早已被烧成灰烬。面前杯中，茶已凉。

李翘楚微笑，欲起身斟茶。辛明义抬起头，望向窗外深远的天空，道："不必再续了。"

李翘楚自知已握胜券，让辛明义放心："咱闺女的事儿，我一定尽全力相助！只是……人为破坏一个生态系统的平衡，必定要付出不可预估的代价。兄弟，你……想好了吗？"

"不可预估的代价？能有多大？"辛明义像是在自语，"难道，这群人还要去扒我家祖坟不成……"

"你永远想不到网络会在现实中扔下怎样一颗炸弹。"

"那也不能坐着干瞪眼儿,等着被口水淹死。我想好了。你说吧,打算怎么做?"

李翘楚慢悠悠饮一口茶,并未细说,只是撂下一句:"以舆论止舆论。"

话音刚落,秘书敲门进屋,扬着一脸热情的笑,走到辛明义身边。辛明义望一眼李翘楚,知道这是要送客了,便站起身。

李翘楚突然想起什么:"对了,兄弟,我还得向你借个人。"

"谁?"

"老牛。"

"老牛?为什么?"

"因为老牛忠心。"

看着李翘楚一脸云淡风轻,与人斗了几十年的辛明义,第一次意识到,一旦虚拟世界延伸进现实,在喉舌面前,再完整的人也会被这喉舌之上的利齿撕咬得粉碎。而他,在商海浪涛无情的打击下屹立至今,却终究还是敌不过一根舌头。

看到辛明义走出翘楚阁大厦,一脸呆滞,老牛心生疑惑。从秘书口中听到李翘楚要见自己,他更是丈二和尚摸不着头脑。

"去吧。李总有话对你说。"辛明义点头示意。望着老牛和秘书离去的背影,他面色铁青,瘫倒在座椅上。

办公室内,李翘楚向老牛解释请他来的目的,而后伏在他耳边,一番细细讲述。老牛额头渐生冷汗。

"不行不行!万一我失误了怎么办?这哪是救人?这简直就是一场压上了所有赌注的赌博!赌的可是两条活生生的人命啊!"

李翘楚盯着老牛,眼神中透着坚定和决绝,"人为干扰一个生态系统的平衡，本身就是一场赌，肯定会有风险。如今只有这法子能把她从舆论的水深火热中救出来，不至于被网友们恶毒的口水淹死。咱们能做的，只有尽最大可能降低风险。所以，我才找你帮忙。她是你恩人的女儿。你的忠心不会允许你失误。"

老牛一愣：莫非辛明义将往事告诉了李翘楚？

老牛始终认为，自己欠辛明义一条命。八十年代末，两人相识于一场混乱之中。都是二十来岁的年轻小伙儿，火气旺、心性盛，本都生活在穷乡僻壤，受到激进同龄人的鼓吹，连夜跳上火车，一路北上。辛明义惜命，也更清醒，意识到事态严重，念着老乡情分，劝阻老牛，两人成功全身而退，打道回府。

事后，两人约定，永不再提这段过往。

"可是李总，万一这个计划被发现，人们恐怕只会变本加厉地诋毁小晴。"

"你不说，我不说，我的助理也不说——还有谁会知道？"

"辛总也不知道吗？"

"一个对网络舆论根本不了解的人，在有百分之五十生命风险的选项和百分之百被舆论口水淹死的选项之间，根本不会选择前者。你觉得，明义若知道了我们的计划，会答应吗？"

"肯定不会！那是他亲闺女啊！"

"所以，你知道该怎么做了吧？"

"我……"老牛依然犹豫，"我还是不放心。即使我瞒着辛总，即使咱们谁也不说，可实行这计划的时候，也很有可能出岔子啊！一旦被人拍到什么漏洞，放到网上，小晴还得被骂！"

"牛老弟，"李翘楚指着落地窗边的八哥，问道，"你觉得，它飞得出这笼子吗?"

老牛急得满头大汗,不停地搓着双手:"李总,我脑子不灵光,您要有什么想法,请直说,别让我猜。我是真想不明白。"

"有些言论说没就没,消失得彻彻底底;有些人说洗白就洗白,黑历史一概不见。这是为什么?你仔细思考过吗?"李翘楚得意一笑。

迎着李翘楚锐敏的目光,老牛琢磨半天,竟惊出一身冷汗。他终于明白,辛明义走出翘楚阁时,为何一脸呆滞。

老牛心一横,一咬牙,点了头。

傍晚,高扬在火车站拥挤的人流中,踮起脚尖东张西望。为防被人认出,他不顾车站里闷热的空气,戴上口罩、压低帽檐。舒桐昨日来电,拜托自己和小萌照顾好辛晴。即使舒桐不言,高扬也不会坐视不管。可他始终不明白,既然心爱的人如今陷入困境,舒桐为何还不回国?回想过去三年间,这家伙很少提及辛晴二字,也从未主动跟任何人聊起过两人之间的感情。每个工作日,他一定在工作室里泡够九个小时,一半时间用来发呆,一半时间奋笔疾书。周末常窝在家中读书或钻进山里小住,有时被高扬生拉硬拽过一过夜生活——可人坐在夜场中,却总是一个人默默喝酒,而后先于高扬独自离开。一入夏,舒桐向高扬打声招呼,便带着简单的行李离开京城,去辛晴希望小学教书;秋月至,又带着满身浓浓的乡村气息回到京城,继续着在工作室里发呆或写作的日子。

辛晴离开之初,舒桐郁郁寡欢。高扬虽好奇,却始终不曾询问,只因不愿好兄弟难过。一年后,舒母突然给高扬打来电话,苦求他劝说舒桐放弃辛晴、寻一合适姑娘成家。舒母情急,一时疏忽,说漏了嘴。

至此,高扬终于恍然大悟。原来,为了不让辛晴耽误儿子的终身大事,舒母曾偷偷跑去找她,一番苦口婆心,甚至最终以要和儿子断绝母子关系相逼,让她放过舒桐。辛晴答应了舒母,自此再也没有和舒桐联系。舒桐不明原因,一阵落寞后,仍然倔强地等待,默默关注辛晴的动向。舒母自以为成功拆散两人,便能如意,不料,却根本无法将辛晴二字从儿子心中抹去。高扬答应舒母,不会将此事告诉舒桐。但他也态度坚定地告知老太太,自己愿意尝试,可永远不会逼舒桐做任何事。这么多年在世上摸爬滚打,高扬还从未见过有谁像舒桐那样,清楚地知道自己想要什么。他明白,舒桐认定的事情,任何人也无法插手改变。

如今,舒桐和辛晴的感情走向依旧是谜。高扬继续支持着舒桐的每一个决定,默默相助,一如舒桐自这段友情之初便开始不断延伸的仗义。

看到人群里小萌冲自己招手,高扬这才放下心来,眼睛笑得眯成两条细缝。小萌见高扬瞧见了自己,突然一低头,猫进人海中,像条灵活的鱼儿般,三两下便冲到高扬身边。

"高扬哥!快走!"小萌拽起高扬胳膊就要往外跑。高扬正觉莫名其妙,忽听得身后一片嘈杂之中,传来一声:"萌萌姐!等等我!"

小萌万般无奈说不出口,一咬牙,转过身去。只见一个大脑袋从人海中冒出,正仰着下巴朝自己呼喊。毛一一又瘦又高,像根竹竿一般,被人群拥挤着来到小萌身边,冲她"嘿嘿"傻笑:"萌萌姐,你跑得太快了!"

"这位是……"

"哥,这是毛一一,学校的志愿者。"小萌苦笑,"毛一一,这位就是大名鼎鼎的……"

高扬忙打断小萌:"你好,我是小萌的朋友。"说罢,给小萌递去一个眼色。此时,他只想赶紧同小萌一起看望辛晴,而后回家赶稿子,并不愿被陌生人认出——要是碰到狂热书迷,就又得为满足他们而耗费大把时间。

毛一一单纯可爱,一门心思全在小萌身上,并不在意这位全副武装的"朋友"到底是谁,听小萌称呼其为"哥",便也跟着叫起来:"哥,你也是来拯救绯闻女主角的吧?"

高扬瞪大了眼睛。小萌忙解释:"我俩一起坐大巴出山,路上我不小心说漏了嘴,他现在什么都知道了,非得跟过来,嚷嚷要帮忙。我以为现在是暑期,旅游旺季,应该很难买到当天来京的车票,没想到我这趟车还真就剩下最后一张,被他得了。"

"咱俩多有缘!我这票竟然还是你邻座!"毛一一傻笑。

高扬看着毛一一偷乐——他一眼便看出了这小伙子的心思。三人边走边聊出了车站,来到停车场。

"萌妹子,你给辛晴打个电话,问问在哪儿呢。"高扬麻溜将车开上马路。

小萌拿出手机拨号,只听得电话里提示对方已关机。

"估计是被网友们骚扰怕了。"小萌叹口气,"昨晚知道这事儿后,我就给她打电话,根本打不进去。发的短信和微信都没回复。今儿干脆直接关机了。网络时代太可怕……小晴刚回国,换上新号,就能被人扒出来……"

"关机也好。谁遇着这种事儿,肯定都会先跟外界切断联系。"高扬翻出和舒桐的聊天记录,找到辛明义的号码,将手机递给小萌:"给辛晴爸爸打个电话问问。他肯定知道女儿在哪儿。对了,千万别提舒桐。"

"我知道。"小萌接过手机,"舒桐哥跟我说了,不让告诉小晴他跟咱们联系过。"

打通辛明义电话,得知辛晴住处,三人直奔北郊而去。

放下电话,辛明义告诉女儿,小萌要来。辛晴空洞的眼神里,终于闪烁起星星点点的笑意。看着女儿呆滞的面孔,辛明义犹豫半天,终究还是问出了一直以来堵塞于心头的疑惑。

"闺女,自从你在汤加出事儿后,小萌、高扬他们都在关心你,迟天甚至还跑去汤加看你……可那个舒桐……"提到这个名字,辛明义挑起眼睛,小心翼翼观察着女儿的脸色,"我一直都没见过,也从未听你说起过他。你们俩现在……"

辛晴望向父亲,从他脸上读出了如履薄冰般的关心,突然一阵心痛。当一个父亲在女儿面前言行谨慎,连关怀中都写着惧怕——生怕一句话说错便会毁了父女之间的关系——平静平衡的表面之下,一道新的隔阂悄然而生。她不愿欺骗父亲,却也不想让他担心,正犹豫着该如何开口,辛明义突然不好意思地笑笑:"有点儿别扭……"

"嗯?"

"这么平静地跟你聊……感情方面的事情……有点别扭。"辛明义手不知该往哪里放,只能不停地抚着膝盖。就连和劲敌谈判时,自己也从未像现在这般紧张过,"小晴,我知道,在你心中,我不是一个好父亲。这么多年来,我甚至都没能好好尽一个父亲应尽的义务。在你很小的时候,我就退出了你的成长。桃桃现在年龄又小。我从来不知道该如何去跟自己的女儿探讨感情问题。上一次咱们面对面说这

137

个话题，还是三年前。那是我第一次插手你的感情，却搞得一塌糊涂。"

辛晴记得。三年前，自己和舒桐初识，父亲甚至派人调查了舒桐，试图将两人拆散。

"如今，你回来了。"辛明义紧张起来，话也越来越多，生怕安静的空气会将父女之间的尴尬彻底暴露，"爸爸很关心你的情感……希望你能有一个好归宿。可我嘴又笨，不知道该怎么表达，不知道哪些问题会惹你不高兴……爸爸不想让你不高兴……我只希望你能幸福……我……我……"

父亲的语无伦次，让辛晴心疼。她突然有种冲动，想问出那个在心中埋藏了近二十年的问题。可张张嘴，却再一次把话咽进肚里。

"爸，三年前的冬天，我跟网站续约，继续当一位职业行者。离开北京后的第一年里，我和舒桐一直保持联系。那段时间，我想，我们应该是异地恋的关系吧。"辛晴知道，如若不告诉父亲自己当前的感情状况，他定会胡思乱想。她不愿让父亲担心，便决定向他说明一切，"后来有一天，他母亲突然跑来找我。那个月，我待在新加坡，参加一个赞助商的活动。舒桐母亲的出现，让我很是意外。"

"她为什么跑去新加坡找你？她怎么知道你的行程？她去找你干什么？"辛明义着急了。他从不曾想过，舒桐家长竟会插手他闺女的感情。可转念一想，自己难道不也曾如此吗？辛晴低下头，紧紧握住衣角，思绪回到了两年前的狮城。

那天，她刚刚完成一段徒步之旅，正踏着玛朗小径，拾级而下。这条不足一公里的小道，海拔落差近七十米。终点近在咫尺，辛晴满心舒畅，正欲冲到 Vivo City 中好好饱食一顿，犒劳空空如也的胃，顺便庆祝自己刚刚独自完成的人生中第一百条徒步路径。

不料,阶梯底部,一个熟悉的面孔正望着自己。辛晴愣了好半天,才从恍惚之中回过神儿来,轻声道:"阿姨……您好……"

舒桐做手术的那段记忆,瞬间在脑海中完整回放。舒母对自己毫不掩饰的排斥,每一次睥睨、每一份不屑,再次一针针扎上心头。

舒母冲辛晴点头示意:"好久不见。咱们找个地方坐下来,好好叙叙旧?"说完,转身就走。

辛晴乖乖地跟在舒母身后,像个犯错的小学生一般,忐忑不安。

过往生命中,她从未在乎过别人对自己的看法,从未在他人甩来的目光中有所胆怯。自由与独立的生活经历,赋予了她无所畏惧的特质。别人怎么想无所谓,遵从自己最真实的内心才最重要。于是,她从不费心讨好任何人,亦从未违心地乞求融入任何自己不喜欢的圈子。可对于舒桐父母,辛晴第一次有种希望被认可、被接纳的渴望。

舒母带着辛晴,来到 **Vivo City** 里一家咖啡厅中。两人面对面坐下,一阵安静。辛晴犹豫一番,打破了沉寂。

"阿姨,您怎么知道我在这里?"她微笑着问道,努力让语气显得友好。

"你的行程在网站上写得很清楚,只要是读了你游记的人都会知道。我关注你已经有一段日子了。"舒母淡淡地说,"姑娘,这次,我是瞒着儿子来找你的。希望你能替我保守这个秘密。"

辛晴点头答应,心里却大概猜到些许端倪。

舒母看一眼辛晴,直奔主题:"姑娘,我知道你行程紧张,我家里也有一堆事儿。为了不浪费咱俩时间,我就不绕圈子,直说了。有些话可能不太中听,但我希望,你能谅解我作为母亲的一片苦心。"

桌面下，辛晴的双手紧紧握在一起。

"我一直希望，桐桐能找一个有稳定工作、不用到处奔波的姑娘，结婚、生子，平静安稳地度过一生。而你，并不适合他。所以……"舒母盯着辛晴双眼，一字一顿地说，"我希望，你从此再也不要与桐桐联系。"

"您是……想让我和舒桐分手吗……"辛晴从不奢求舒母能理解自己，但却也想不到她会亲自追出国来提这样的要求，"可是，阿姨，感情的事，说不清道不明，根本没法强求。"

这句"根本没法强求"，让舒母有些不耐烦。多年前，儿子一门心思扑在初恋女友施雨宁身上时，正是用这句话，堵回了自己对施雨宁的不满，堵得她这位母亲一口气上不来，差点一病不起。

"你什么都不要说，也不要提分手，就从他的世界中彻底消失就行了。"舒母语气开始强硬，"感情不只是你们两个人的事，还是两个家族的事，尤其对于像我们家桐桐这样的独生子来说，更是我们全家人的大事。你一个人满世界追求你的自由梦想，可你考虑过我们这些老人的感受吗？再或者，你考虑过我们家桐桐的感受吗？为了你，他孤身一人苦苦等候——你还要让他等多久？姑娘，做人不能这么自我，更不能这么自私啊！"

"阿姨，我和舒桐……"辛晴深吸一口气，欲向舒母耐心解释自己和舒桐共同商量的对未来的规划，但舒母已无心听任何解释，打断了她的话。

"我也是从你这个年纪过来的，了解你们年轻人对自由爱情的向往。不管你有什么梦想，有什么追求，我们家桐桐等不起你。他毕竟比你大六岁，早该让我们老两口抱上孙子孙女儿了。"见辛晴不语，舒母继续道，"我知道，让你放弃自己的事业和梦想，回到桐桐身边过稳定的生活，是不可能的。你太独立，太自由，太不合群。跟桐桐根本不是一类人。为了桐桐的幸福，只有一个法子，就是你主动放弃。桐桐是个孝顺的孩子。他知道我们多么渴望能在有生之年亲眼看着他娶妻生子。所以，如果我和他爸爸，有谁抱憾而终，他一定会自责一辈子。姑娘，我本来不想告诉你。但现在，我不得不说，我和桐桐爸爸，近来身体状况都不太乐观……"

舒母并未继续说明，只是细细观察着辛晴的表情，以判断自己该把话说到什么程度。

辛晴愣住。她了解舒桐，知道他为了她，一直在做出牺牲。舒母这番话，像把尖刀狠狠插入辛晴心中。

"所以，你最后还是答应了她？"

辛晴点头："后来，舒桐妈妈说，如果我不答应，她会去找舒桐，让舒桐放弃，否则，就和他断绝母子关系。我不想让舒桐为难。"

辛明义沉默，望着女儿灰暗的眼眸，万千心绪渐渐在胸口堆积。

十六

将小萌送到目的地，见辛晴安然无恙，高扬便匆匆离开。一心惦记着还未动笔的稿子，他愁得一塌糊涂。辛明义紧随高扬离去，将屋子留给孩子们叙旧，临行前不忘叮嘱大家注意安全。

小萌站在辛晴面前，紧紧握住她的双手，始终不愿相信，眼前这神情呆滞、眼眸灰暗的姑娘,是小晴——自己那曾有着这世上最澄澈双眸的闺蜜。

夜幕已至。寥寥数星挣扎着突破幕布,在一片深沉的黑暗中,拼命绽放出绵薄星光。褪去白昼的闷热与喧嚣,京城里,只剩下被霓虹灯渲染的躁动。

刚经历了网友们一系列打着"伸张正义"旗号的骚扰,辛晴初见毛一一,不由自主地打了个冷战。此刻,她最不想看到的,便是陌生面孔。小萌发觉辛晴异常,忙介绍身边这位男生,末了,附在辛晴耳边悄声道:"放心吧。他既不是小天脑残粉,也不是什么狗仔。这傻小子根本就是缺心眼儿。一腔热情憋得难受,非得跟过来帮忙。你现在情况特殊,身边多一个男生护着,比只有我守着你更安全。"

"哎!我就在这儿站着呢!"毛一一甚是不满,"萌萌姐,你说的话我可都听得清清楚楚!我怎么就'缺心眼儿'了?"

"火车上,是谁站在 01F 座位旁,找了半天座儿?是谁手里握着手机还满车厢嚷嚷'谁偷了我的手机'?又是谁丢三落四、钱包都不拿就慌着要下车?"小萌嗔怪,心想:要不是自己于心不忍,喊他拿钱包,她早就趁着人群成功从毛一一视线中消失了——才不会像现在这样走哪儿都得拖着个迟累。

毛一一不好意思,摸摸后脑勺,耳根通红。

"我看,你改名叫'毛二二'得了!"小萌无奈苦笑。

"萌萌姐要是喜欢,叫我'毛二二'也行!"毛一一哈哈大笑。

"毛二毛,本姑娘就雇你给我们辛大小姐当两天贴身保镖。你要是干得好,我定重赏!"

"我怎么又成'毛二毛'了?"

"因为你二,还像根黏人的羽毛一样,怎么甩都甩不掉!"

"那得有静电才行!萌萌姐,你是在暗示咱俩之间挺来电吗?"毛一一脸上漾起他标志性的憨笑。小萌狠狠瞪他一眼,一拳捶在他胸口。

看着两人你一言、我一语拌嘴,辛晴被这笑声感染,渐渐放下了戒备。她细细打量着眼前这率真小伙儿。瘦高的个头,略单薄。一副圆框大眼镜吃力地挂在鼻梁上,挡住了半张脸。小萌仰头看他时,那笑,辛晴觉得似曾相识。

她只见小萌对迟天这般笑过。

悄悄来到客房,辛晴从壁柜中拿出干净的床上用品,细心帮毛一一整理床铺。

久别重逢。这一晚,辛晴和小萌并肩躺在床上,彻夜长谈,像极了曾经的大学时光。

得知舒桐母亲曾飞去新加坡一事,小萌感慨万分,问道:"那么,接下来的两年时间,你和舒桐哥就真的再也没联系过?"

辛晴点头:"海难后,我们之间两次通话,是过去两年里唯一的联系。可其实……在这期间,他用另一个账号评论了我每一篇游记,还常留言给我。"

"他没说自己是谁?"

"没有。但我知道,一定是他。他讲话的方式、语气、口吻……还有他的文字……我一眼就能看出来。"

"你回复过吗?"

辛晴摇头:"没有。我答应过他妈妈……不再联系。"

"那……在汤加时,你为什么又主动给他打电话?"

"我知道他会担心。原本只想报个平安,什么都不多说。可是……"谈起劫后那痛苦挣扎的日子,辛晴哽咽,不知该如何向小萌解释自己对舒桐的依赖。

与死神擦肩而过后,辛晴曾一度蜷缩在黑暗中。身体被恐惧逼迫,灵魂在回忆中抽离。既然死亡是唯一的终点,她何苦要对过程中的点滴念念不忘?生死二字,在一次次真真实实的生离死别后,被放大为这世上最无情的命题。步至深渊边缘,她突然发现,自己已无法控制不停前进的双脚。身体,带着飞蛾扑火般的冲动,朝永无止境的黑暗一步步逼近。可脱离了身体的灵魂,却在生的渴望中嘶喊、挣扎。直到拨通电话,听到舒桐声音的那一刻,被压抑了两年的情感如决堤的洪水般冲出,辛晴突然发现,他只一句简简单单的关心,便稳稳扶住了她在深渊边缘摇摇欲坠的身体。

看着辛晴发呆的侧颜,小萌不忍,便不再追问,将话题转移:"好啦!不说汤加的事情了。跟我讲讲你和舒桐哥的计划吧!"

辛晴扭头望向小萌,一脸迷茫。

"你跟我说过,三年前离开北京时,你和舒桐哥已经对未来有了初步的打算。我想知道你们俩当时是怎么想的。"小萌摆出一副八卦的表情,笑眯眯地说,"我猜……你们的计划是:舒桐哥留在北京打理工作室,你呢,继续当职业旅行者环游世界。等你绕着地球走完一圈,就回到北京,跟舒桐哥结婚、生宝宝,平淡幸福地度过一生!对了,你们是不是连宝宝名字都想好啦?不许瞒我哦!我可是孩子干妈的不二人选!"

小萌语气调皮轻快,努力想逗辛晴开心,可她的双眸却始终空洞无神。

"临走前，我们没有立下任何明确的承诺和誓言。只是以三年为期，许了约定。如果三年后，我们仍坚守初心，不论最终选择是什么，从此再不分离。可如果，在这三年里，他遇到了更合适的姑娘，我会从他的世界中默默消失，从此再不打扰。"

小萌突然收起欢笑，沉默良久，而后问道："第一个如果，是舒桐哥说的，第二个如果，是你提的。对吗？"

辛晴点头。

想起昨日舒桐拜托自己帮小晴渡过难关时那一番肺腑之言，小萌愈发好奇：他到底在做什么？为何一边努力找朋友们保护辛晴，一边又千叮咛万嘱咐，向她彻底隐瞒自己的行踪？

小萌相信舒桐为人，明白他这么做自有他的道理。于是，即使清清楚楚体会到辛晴对舒桐强烈的思念，却依然守口如瓶。

"大晴子，我这次来，就是为了带你走。城里到处都是眼睛，你不如跟我一起去山里，暂时躲避一下，等这事儿热度削减，再回来。"小萌提议，"我跟你爸说过，他也觉得这是最好的办法。"

一向独立的灵魂，最怕因自己而打扰他人。习惯了自救，便不愿让爱的人们因为自己而受累。看着父亲的家庭受到牵连，闺蜜为自己牵肠挂肚，辛晴内心越发不安。

小萌了解辛晴，知道她不想麻烦自己："晴儿，我们大家都知道，你是一个特别独立的女生。可再独立，也会有自个儿扛不住的时候。要记得，身边还有我们这群人！现在这特殊时期里，我们是真心想要帮你一把。所以，暂时丢弃你的独立，别再因为大家对你的帮助而心生不安了，好吗？"

辛晴将泪水咽回肚里，闭紧双眼。

曾在电话里对舒桐说的话，她绝不会对任何人再讲第二遍。实际上，挂断电话的瞬间，她已后悔——后悔向他诉说自己的迷茫、无助与绝望。辛晴知道，她一丝一毫的负面情绪都会在他心中激起波澜。然而，在爱情面前，理智往往一触即溃。

夜深人静。

高扬趴在桌子上，面对电脑屏幕上空空如也的文档，想写点儿什么，却像便秘似的连一个字儿也憋不出来。脑子里，两个数字如幽灵一般游荡：一是巨额违约金，一是近在眼前的交稿日期。恍惚半天，突然想起傍晚见到辛晴时，她已与曾经那目光澄澈的姑娘判若两人，高扬不禁感慨万千——舆论竟能如此轻而易举地毁掉一个无辜人儿的声誉。当思绪再次回到欠下的稿子上，他突然暴躁不安。这种灵感尽失的感觉，真他妈难受！若期限至时，自己仍交不出稿子，舆论的毒舌会如何议论？

台灯打出柔和的光线，是黑暗中唯一的光明。灯光里，李翘楚的名片静静地躺在桌上。高扬看着名片，想起李翘楚的承诺：一旦高扬加入翘楚阁旗下文楚原创工作室，定会被纳入一线创作团队中，拥有大量约稿资源。

想起桐叶原创当前的团队创作计划，高扬心中那长久以来折磨着自己的不平衡愈发强烈——即使自己是工作室里的"元老级"人物，舒桐也并未让他参与剧本创作。

"说来说去，不就是一个'写'字吗？谁写不是写？舒桐怎么就如此在意特色和文风？"高扬愤然，"再说，好多资源都已经设定好了主题,根本不用我自己凭空去找什么灵感。如果我能接到这些约稿,就不会像现在这样发愁了……"

沉重的声誉压力之下,高扬呆望着李翘楚名片,动了心。

可即使接受李翘楚抛来的橄榄枝,他也无法从当前这图圄中走出。被担忧和焦虑折磨得头昏脑涨,高扬一把狠狠将笔记本拍合,拿起手机漫无目的地翻看。一众美女的联系方式中,"黑裙橙汁"留下的电话号码恍然间跃入眼帘。

高扬愣住。

这一晚,有了小萌的陪伴,她便再也不见旅途中那样的戒备与紧张。她明白,小萌的建议或许是当下她保全自己最好的选择。一番沉思后,点头答应。

第二天一早,辛晴悄悄起床,将面部全副武装,欲前往相机专卖点购置远摄镜头。临出门时,不小心掉落了手中的零钱包。硬币"哗啦啦"洒落一地,惊醒了熟睡中的小萌和毛一一。

"大晴子……这么早,你要干吗去啊?"小萌揉着睡眼惺忪的双眼,走出卧室。

"对不起!吵醒你了。"辛晴自责不已,忙蹲下身捡硬币,"我还缺一个镜头,想在咱们离开之前买好。"

"你现在不能出现在公共场合!"小萌顿时睡意全无。

"我会小心谨慎,不会被认出的。放心吧。"收拾好钱包,辛晴起身冲小萌微微一笑,"生活总不能因为这个插曲而停滞不前。"

"小晴姐,事情都发展到这个程度了,你竟然还这么乐观。"毛一一扒在卧室门框,露出大脑袋来。

"我陪你去。"小萌转身便要回卧室换衣服。

"不用麻烦了!我自己没问题的!你昨天坐了一天火车,半夜咱们又一直在聊天。现在快去睡个回笼觉,好好休息吧。"辛晴忙开门跑出。

看到辛晴离开,小萌望一眼毛一一,心生一计,冲他亮出微笑。

毛一一打个冷战,道:"萌萌姐,你不要这样子对我笑,瘆得慌……"

"二毛,你不是想和我一起保护辛晴吗?现在机会来了。你在身后悄悄跟着,一旦看到有人发现了辛晴,赶紧把她平安带回来。"

"小晴姐不是不让咱们跟她一起吗?"

"她只说不让我去,压根儿没提你。怎么?嫌任务艰巨,不敢接?"

"才不是!"毛一一把胸脯子挺得老高,"我这就去保护小晴姐!"说着便冲出门外,一溜烟儿没了踪影。

小萌笑着摇摇头:真是个傻小子……

相机专卖店中,那位名叫大强子的小伙儿,正坐在电脑前"噼里啪啦"敲着键盘,与一个狗仔讨价还价。不久前,网络上爆发了一场对辛晴的讨伐。大强子一眼便认出,事件女主角正是自己关注已久,且刚来店里买了相机的旅行达人,心中悄悄打起小算盘。他调出监控,将辛晴入镜的那段录像下载,拷进U盘,又托朋友找到一位狗仔,告诉他,自己手中有迟天绯闻女友近期的影像。

屏幕上,狗仔发来一句疑问:"视频什么内容?"

大强子回复:"辛晴搁我这儿买相机的过程。"

狗仔又问:"有正脸吗?"

大强子忙敲键盘:"有!高清!"

对方沉默,大强子盯着屏幕,手指不停地在桌面上敲打,急不可耐。

三分钟后,狗仔回话:"有什么料吗?"

大强子皱起眉头,开始不耐烦:"我说这位兄弟,我是诚心实意想跟您做这个买卖,陪您在这儿唠嗑得有个把小时了吧?可您非但不开价儿,还一点儿一点儿套细节。您要再这么问下去,我干脆直接把视频发给您得了!"

狗仔平静回复:"影像价格要根据曝光价值的多少来确定。越有料,价越高。"

大强子歪起脑瓜子,细细琢磨半天——的确是这么个理儿,便继续敲起键盘来:"那天,这姑娘来我店里,气色不好、恍恍惚惚的,监控里都能瞧得出来。她上衣宽松,好像故意要遮着肚子。你想啊,迟天刚刚在百忙之中专门抽空跑到国外陪她,还能有什么原因?她一定是怀了迟天的孩子!"

钱从来不会撒谎,却总能让人撒谎。

消息刚一发出,狗仔便立刻毫不犹豫地回复:"兄弟,约个时间,带上视频,咱们见面详谈!"

大强子一看,有戏,心里顿时乐开了花。与狗仔商定好见面时间,他往椅背上一靠,一时得意忘形,哼起小曲儿来。正幻想着数钞票时,余光瞥见有顾客入店。

辛晴刚一摘下墨镜,大强子便一眼将其认出。他忙起身相迎,走至辛晴背后,只为让她转过身来,好被监控摄像头拍到正脸。

辛晴转身,跟他友好地打招呼。

"姑娘,网上的事儿我都知道了。现在这些网友们嘴真恶毒!您这么面善,一看就知道是那种踏踏实实的好姑娘!我真想不明白,那些恶心人的谣言都是怎么传出来的。"大强子一边阿谀奉承，一边悄悄从裤兜里掏出录音笔，伸到背后，打开开关，"我看您气色很不好，是不是最近不舒服啊？"

辛晴不愿多说什么，谢过他的关心，说明来意，只想赶紧买好镜头离开。

大强子堵在辛晴面前，问东问西，巴不得能套出点儿话来，好把自己胡编乱造的猜测坐实。

此时，跟着辛晴悄悄追来的毛一一，看到大强子手中的录音笔，明白辛晴被困。

"我答应过萌萌姐，要好好保护小晴姐！"毛一一咬牙，冲进店中，以迅雷不及掩耳之势，一把抢过录音笔，狠狠摔在地上，随后拉住辛晴胳膊跑出门外。

看到录音笔的瞬间，辛晴意识到这位店员别有用心，便跟着毛一一迅速逃离现场，只听得身后大强子破口大骂：

"孙子！你丫有本事别跑！跑了你的人我骂你丫灵魂！"

这座城市，当真是待不下去了。

十七

对于大多数来加拿大旅行的人来说，在欧肯纳根这片被阳光眷顾的土地上，让他们流连忘返的，是神秘的 Ogopogo 水怪传说，是从十九世纪绵延至今的酒香，是那一座座连空气中都溢满香甜的果园。

舒桐却绕过这一切惬意，独自驾驶租来的车子，穿行于落基山脉瑰丽旖旎的湖光山色之中。山川平缓，树木耸天。山顶，或云雾缥缈，或积雪皑皑。纵使已是旅游旺季，辽阔视野中，寂寥依旧。公路空旷，起起伏伏，偶见载满游客的大巴或三三两两的私家车。舒桐放下车窗，吹着淡凉的风，感受着辛晴曾在游记中细细描述的空灵感。

后视镜中，突然闯入一辆帕拉梅拉，车身被改色为镜面电镀蓝，阳光下甚是耀眼夺目。车子飞快开至舒桐身后，隔了约两百米的距离，紧紧跟着。舒桐正好奇，帕拉梅拉突然用远光灯晃了自己两下，而后追至舒桐车子旁，放下车窗。

司机摘掉墨镜，冲舒桐莞尔一笑。

是林熙。

"舒桐哥！你要去哪儿啊？"

舒桐叹气。

昨日在温哥华街头遇到林熙，他有些诧异。闲聊时，林熙直言此行目的，毫无隐瞒。这位林大小姐的深情，舒桐心知肚明。起初，担心伤害她的感情，他多次暗示自己心中除了辛晴，再也不可能有第二个名字。不想，林熙竟愈发大胆，锲而不舍。于是舒桐直言，她与自己之间没有可能性。过去三年里，林熙不再明目张胆地追求，却仍常以各种方式闯入舒桐的生活。

此时，这姑娘竟跟着跑来加拿大，紧追舒桐行程。他只有无奈。

"我得先去前边的小镇上加油。"舒桐道。

"我也去！"林熙说着，便关上车窗，继续跟在舒桐车后。

半小时后，两人驶入沿途镇子。加油站十分显眼，舒桐驱车直奔而去。林熙并未跟来，而是将车停到镇上停车场，从后备厢拿出一罐啤酒，这才走回加油站，来到舒桐面前。

"舒桐哥，你到底要去哪儿啊？"

"阿派克斯山。"

"Apex Mountain？那不是欧肯纳根峡谷的一部分吗？去那里度假啊？"

舒桐摇头："去找人。"

林熙并不在乎舒桐行程的目的，一心只想成为与他同行的人："我不想开车了，太累。能坐你的车吗？"

舒桐一惊。

"你不同意？"林熙见状，打开啤酒往肚里猛灌。

"现在呢？"她用指尖轻轻擦掉嘴角一滴酒液，"你不会想看我酒驾被抓吧？"

舒桐苦笑："林熙，我这次来加拿大不是旅游。我有很重要的事要做。那里有家旅馆，你可以先去住一晚，第二天再开车离开。"

"你舍得让我自己孤零零一个人待在这里吗？"林熙噘起粉嫩小嘴，将娇滴滴的眼神抛向舒桐。而后一拉副驾车门，迅速侧身上车，"舒桐哥，我不会下车的。难不成你要把我生拉硬拽拖下去？你可是出了名儿的绅士，才不会对一个柔弱的姑娘做这种事。对吧？"

林熙一颦一笑间满含深情，一言一语中只有撒娇。

念及林熙是好兄弟高扬的青梅竹马，林父又与桐叶原创有着多年的合作关系，舒桐无可奈何。

加油完毕，回到车上，舒桐习惯性地叮嘱道："系好安全带。"

"舒桐哥，你这么关心我啊！"林熙笑言。

舒桐不语，发动车子驶离小镇。

一阵沉默后，林熙觉得无聊，打开车载音响。

旋律响起,林熙眼前一亮:"这是什么歌?真好听!"

"Matt Dusk 的 Love Don't Let Me Go。"

"原来舒桐哥喜欢这么柔情满满的音乐。"林熙发觉,车里播放的是舒桐行前准备好的歌单。

"辛晴推荐的。她每去一个国家,一定要听本土歌手的音乐。也常在游记中向读者们推荐好听的歌。"

林熙冲窗外翻了个白眼,看着沿途郁郁葱葱的森林,转移话题:"前段时间阿省的森林大火太可怕了。舒桐哥,我听说,在加拿大,并不是所有的森林大火都会被人为扑灭。以前来旅游时,还听导游说过,有时候人们还会故意烧林。"

舒桐点头:"是这样的。一九九三年,这里有一个区域就被人为烧了一把火。"

"为什么要这么做?"

"为了让森林不那么密集,给矮小植物以足够的生存空间。同时也能保障一些野生动物的生存条件。比如,熊最主要的食物是一种浆果,而这种浆果植株矮小,若这里被参天大树遮蔽了阳光,植株无法生存,熊就会缺少食物。"

"没想到我们还可以从这个角度看待森林大火。好神奇!"

"曾经,加拿大人对待林火的态度基本是以扑灭为目标。但是后来,经过深入研究,人们意识到,森林大火有其存在的意义和价值。非人为因素造成的林火,实际上对生态系统有调节作用,是大自然发展与选择的正常现象。所以,一般来说,如果一场林火靠近居民区,会对人们产生生命威胁或造成经济损失,政府和主管机构会采取措施灭火。可加拿大森林面积巨大,绝大部分地区都是人迹罕至。如果在十分偏远的林区发生野火,大多数情况下,人们不会干预。"

"话说,这里的熊也太幸福了!人类这么关心它们。"林熙发觉舒桐话多了起来,高兴极了,便想方设法将话题延续下去,"听说,人们还特别注重对野生动物的保护?"

"加拿大人对野生动物的保护的确值得我们学习。"舒桐点头,"在这里,穿越了国家公园的公路都会修 overpass 和 tunnel,专供动物们使用。"

"你是指在公路上方为动物们修建的土坡天桥,还有从公路下方穿过的小隧道?我见过!一直挺好奇为什么要修这东西。"

"人类在野生动物栖息地修了这么长的公路,将区域一分为二,本身就是对自然的一种破坏,使得动物们无法在这个大区域内自由穿梭。若横穿公路,很容易被车撞。修建 overpass 和 tunnel,目的之一就是要减少伤亡发生。"

林熙接过话来:"可即使如此,也还是会有一些动物跑上公路来。还好,这里限速严格,人们如果看到前方路面有野生动物活动,大多数也都会减速缓慢绕行,或者停车等它们过马路。以前,我总是听说这个国家的人们与自然之间有多么和谐,却从没想过在这和谐背后,人们竟做出了如此体贴入微的努力。"林熙恍然大悟,望向舒桐侧颜,水汪汪的大眼睛里流露出敬佩之情来,"舒桐哥,你懂的真多!"

舒桐微微一笑,稳稳把着方向盘,视线始终在远方:"我对这里所了解的一切,都是从辛晴的游记中读来的。她的旅行,早已超出单纯的玩乐范围。她细腻的文字里,有眼见为实的风景,也有风景背后的文化和人情,有街谈巷议的故事,也有她自己对故事的探索和思考。这就是她之所以能够从一众旅行达人中脱颖而出的原因之一。"

林熙将头转向窗外。再次听到"辛晴"二字,她心里着实不爽。本以为舒桐讲了这么多,终于对自己敞开心扉,此刻才明白,他说过的每一句话,都透着对辛晴的思念。

"她的游记我看过几篇。拿着赞助商和网站的钱,只会吹捧一个地方多好多好……没劲!"

"你错了。她从不写违心的文字。就拿这个国家来说,辛晴看到了人们在保护生态环境上做出的努力,也看到了人与人之间不和谐的存在。她曾跑去一些部落拜访,了解加拿大原住民在这片土地上的生存现状。可她从不会偏激,一番如实描述之后,也提到了人们为多元文化的和谐正做出的努力。比如,不列颠哥伦比亚大学会向学生们强调,温哥华校区所在地正是原住民 Musqueam 民族的家园。人类学博物馆里也展示着原住民族丰富的历史文化。感兴趣的话,你可以读一读辛晴关于温哥华的那几篇游记。她在其中一篇里聊到'多元'这个词,分别用彩绘玻璃和水彩画来比喻两种不同的'多元'。一开始我并不理解,直到后来才想明白她为什么要这么说。"舒桐脸上洋溢着自豪的笑,眼眸里漾起满满的爱意,丝毫没有发觉林熙早已没了兴趣,将白眼翻上了天。提起辛晴,他仿佛被触动了某个开关,一改往日沉默安静的形象,滔滔不绝起来,"所谓多元,若把握不好,被推崇到没有融合的极端,便是分裂。就像教堂里的彩色玻璃:乍一看,多姿多彩,但其实,每一块儿不同颜色、不同形状的格子,都有自己的轮廓,有与别的格子隔开来的界线——就好比横亘在不同群体之间的裂痕。对于一个社会来说,这种彩色玻璃式的多元是畸形的。水彩画就不同了。采用湿画时,不同色彩碰撞之后,或重叠、或流渗,色彩交界处或圆润、或模糊。最奇妙的是,这交界会由于下笔时间、画纸质感、空气湿度等的不同，呈现出不一样的状态。或许，这种水彩画式的多元，才是这个社会最需要的——既保留了不同群体各自的特色，又能融合出新的色彩。"

林熙头一歪，闭上双眼，故意打一声呼噜，响亮极了。

舒桐这才从自己的世界中走出，看一眼林熙。

"舒桐哥，咱能聊点儿别的吗？只要跟她无关就行。"此刻，林熙脸上除了精致的妆容，还写满"不开心"三个字。

"好吧……"舒桐答应。

于是，两人一路沉默。

临近傍晚，车子终于抵达 Murray 酒庄。舒桐刚把车停稳，便抑制不住内心的激动，冲下车去。

在这片夏季日照时间超过十二小时的土地上，即使是傍晚时分，日头依旧毒辣。远处，一汪湖水泛着粼粼波光，同湖边散落的座座乡野民居一起，如同一幅安宁祥和的风景画，跃然眼前。近身旁，大片葡萄园为舒缓的山坡披上一层条纹外衣，葱翠欲滴，甚是喜人。葡萄园之中，一座城堡似的建筑赫然而立。

舒桐不顾林熙在身后呼喊，大步走进"城堡"中。

这是酒庄的自营酒店。大堂内，两个姑娘正在闲聊，看到有人走入，忙热情打招呼。舒桐走上前去，礼貌地介绍自己，说明来意，提出希望能见到 Jo Murray 女士。

"很抱歉，先生。"姑娘们道歉，"Murray 女士现在不在酒庄。"

"我去哪里能找到她？"

"对不起，先生。我们不能告诉您她现在何处。这是 Murray 女士的隐私。"两位姑娘态度坚定,言语中满是歉意。

舒桐虽着急,却仍耐心解释:"我女朋友和 Murray 先生是好友。海难时,Murray 先生把 Murrau 女士的照片给了她……"

"Jo 正在山中木屋里休假。这是地址。"不等舒桐把话说完,其中一位姑娘便立刻拿起手边的便条和铅笔,边写边说,"她现在非常伤心。希望您和您的女友能帮助她早日走出阴霾。"

正说着,林熙跌跌跄跄冲了进来。

"舒桐哥!你怎么不等我补好妆就跑过来了?还跑得那么快……"

"这位……就是您的女朋友吗?"另一位姑娘问道。

舒桐忙摇头,林熙却笑了起来,连连道:"Yes!Yes!"

"我女朋友刚离开汤加回到中国,还在休整当中。"舒桐只做了简单解释,接过便条,连连致谢后,转身离开。

十八

刚从一番荒唐闹剧里逃出,辛晴在小萌和毛一一的陪伴下,终于来到了这所以自己名字命名的希望小学。小萌母亲早已在学校门口等候,看到大客车出现在转角,眼前一亮。

"阿姨……"辛晴走下车,朝这位多年来待自己如亲生女儿一般的女人走去。

施母一把将辛晴紧紧搂入怀中,轻轻抚着她的后背,心疼不已:"好闺女,平安就好……平安就好……"

小萌直奔宿舍楼,收拾 104 房间给辛晴暂住。

157

"二毛！快把行李拿过来！"小萌冲毛一一呼喊。

"来啦！"毛一一拖着辛晴硕大的行李箱，"吭哧吭哧"朝小萌走去。

"我来吧！"辛晴见状，忙要跑去拉行李。

毛一一潇洒地朝背后一挥手："小晴姐，你快去休息吧！一切都交给我这个大老爷们儿，你只管放心！"说着，便已来到宿舍楼前。

"这个男孩子是谁？"施母这才注意到，除女儿和辛晴外，竟还有一个男生。

"他叫毛一一，我们的朋友。阿姨，我先去收拾东西了。"辛晴冲施母微笑，朝小萌二人走去。

"收拾好了，快来食堂吃饭！大师傅今天上午专门跑去县城里买的肉，我们包了一下午饺子呢！"看着孩子们的背影，施母笑容满面。

104屋内，小萌望一眼辛晴，神秘兮兮道："你猜，这是谁的房间？"

辛晴一愣，盯着小萌的眼睛："你这么问我，难不成是……"

小萌笑着点头："这就是舒桐哥每年来教书时住的屋子。"

辛晴四下望去，屋内干干净净，陈设极其简单：一桌一椅，一柜一床，外加窗台上一排郁郁葱葱的薄荷。

"那是舒桐哥带着孩子们一起种的。他回京后，我和妈妈就常来这里帮忙浇水。"小萌捕捉到了辛晴的目光。

"是他最喜欢的植物……"辛晴自语，走到窗前。

"其实……每年夏天，舒桐哥待在这里的时候，我们就像一家人一样，只是……少了一个人，并不算团圆。"小萌看着辛晴。夕阳余晖透过窗户洒在她身上。或许是因这阳光过于柔弱，辛晴脸上的阴霾依旧不肯散去。

"少了我吧！"毛一一在一旁嘿嘿傻笑。

小萌不予理会，继续道："大晴子，一会儿吃完饭，我带你去陈列室逛逛。那个陈列室，是专门为你改造的。你那些书籍、玩具，还有各种新奇古怪的小玩意儿全被收藏在那里。孩子们都特别喜欢这陈列室，常常跑去那里看书、玩玩具。"

"哎？我听说，小晴姐从没来过这儿？"毛一一好奇，忍不住插嘴问道，"陈列室的东西……"

"这的确是大晴子第一次来学校。但她一直都在关注这里。每到一个地方，就会买一些当地特色的小玩意儿，还有适合孩子们读的书、好玩的玩具，一起寄到学校。三年来，她寄回来的东西已经攒了满满一屋子。"小萌耐心解释，"二毛，我知道，在一些志愿者之间，有传言说，辛晴对这所学校的贡献，只有一个名字罢了，还有人甚至很不屑地诋毁她。可实际上，我们家大晴子始终在远方陪着孩子们。"

"哇……"毛一一眼中闪烁起敬佩。小萌见状，很是得意，以为自己的话感动了这傻小子，成功为辛晴正名。不料，他接下来一句感叹却让小萌大跌眼镜："小晴姐，你真有钱呐！"

一声怒吼从 104 房间冲出："毛二毛！你怎么就抓不到重点呢！"

看着身旁这对儿欢喜冤家，辛晴突然意识到，原来，世上依然存在着点点滴滴的幸福，虽微不足道，却能让一潭死水般的生活荡漾起亮闪闪的温暖。长久以来，她只是沉浸在对生死命题的绝望中，在一片黑暗里，始终仰头望着夜空，焦急地寻找星光，却忘记了，脚下便是璀璨的星海。

这天晚上，辛晴同大家一起在食堂吃饺子，听小萌介绍每一位孩子，看毛一一和小萌斗嘴，饭后又同众人一起刷盘子洗碗、打扫食堂的卫生。孩子们围着这位给他们寄了好多宝贝的大姐姐，一个个仰起好奇的小脸儿，问东问西，兴奋极了。

三年来，辛晴第一次感受到家的温暖。

海难后，她终于找回了久违的安全感。

夜深了。辛晴与大家道过晚安，回到104宿舍，躺在床上，深呼吸，渴望能嗅到舒桐的气息。

睁开眼，忽然想起这两天自己被网络暴力扰乱了思绪，压根儿不敢上网，更不曾登录邮箱，看一看 Coole 是否已经回信。

辛晴立刻跳下床，从行李箱里拿出电脑，连上网络，登陆了邮箱。

邮箱里已挤满了网友们的谩骂。她静下心来，慢慢翻找，终于在最底下那封未读邮件中，看到了 Coole 的名字：

  辛晴，你好。
  我是 Coole。

  近日来，
  温哥华的夜空并不平静。
  每晚绚丽璀璨的主题烟花
  照亮了整个 English Bay，
  也让这座城市原本安逸的夏天
  平添一份热闹与喧嚣。

  前天晚上的烟火

是今夏最后一个主题

——迪士尼。

被"最后"二字点缀的事物，

总能恰到好处地提醒人们，

皎皎白驹不等人，

匆匆时光只待惜。

于是，这一晚，

仿佛整座城市都前来海湾

用始于傍晚的漫长等待

换来一份转瞬即逝的童趣。

当 Celebration of Light

在太平洋东岸完美谢幕，

这座城市却依然欢腾。

人群开始从海湾撤离，

我夹在人流中放眼望去，

密密麻麻的人们

蔓延了好几个街区。

路过人头攒动的酒吧，

不知是谁率先一声呼喊，

人群竟自发玩起了声浪游戏，

欢声笑语响彻 downtown 的夜空。

Skytrain 车站入口，

渐渐排起长龙般的队伍，
沿人行道一圈圈伸展。
人们归心似箭，
却也井然有序。
没有插队，没有争吵，
看到坐着轮椅的残疾人士
和推着婴儿车的妈妈们，
又纷纷友好避让。

你看，
秩序永远存在，
善意从不廉价。

我知道，
八千多公里之外，
近日来也不平静。
不知从何时开始，
敲敲键盘，
对着屏幕诋毁一个素不相识的人，
已成为最低成本的宣泄方式。
网络上的高尚，
并非真的高尚；
网友们的道德讨伐，
从来只是在趾高气扬中

换一个"爽"字。

人言可憎，人心可畏。

但，

我只是我，

你就是你。

守住自己那片晴天，

所有无关紧要的风雨，

总会消失殆尽。

再美的烟火，

绽放与湮灭，

都是转瞬即逝。

绚烂绽放只是一时，

灰飞烟灭也是一时。

一切令你念念不忘的瞬间，

发生只在刹那，

并无时空的延展。

欢欣愉悦从不长久，

萎靡伤痛总会消失。

所有让你牵肠挂肚的回忆，

被主观情感渲染，

才有时空的纵深。

这被灌注了杂乱情绪的时空，

常常挥舞着拳头，

想要击垮那些迷茫的灵魂。

但

不要忘记，

这世上最不容小觑的

是灵魂的坚韧。

在烈日下暴晒的薄荷，

即使已奄奄一息，

也可以因一碗爽冽的清水，

再次仰起倔强的叶子。

被生活折磨的灵魂，

即使已体无完肤，

也能够借内心不屈的力量，

重新抬起高傲的头颅。

纵使绝望，

也要记得，

那无拘无束的灵魂里

有着多么强大的

生命力。

另，

Wreck Beach 至公路的台阶，

是四百八十二，

还是四百七十九？

若不远的未来

能与你同游这座城市，

我们不妨再访 Wreck Beach，

用脚步写下关于这里的

共同的回忆。

念，

Coole.

看着电脑屏幕上温暖的文字，辛晴终于崩溃，号啕大哭。这是她回国后第一次卸下在他人面前伪装的坚强面具。

窗外，乡村夏夜被点缀了漫天星光，在彻彻底底的黑暗中，将一切负面情绪——孤独、恐惧、无助，放大为最残酷的利刃，狠狠插进心里。

辛晴合起电脑，伏在桌上，呆望着舒桐亲手栽下的薄荷。

前方，长夜漫漫。

第二天清晨，太阳照常升起，阳光依旧灿烂。早饭后，一位一年级的小姑娘来到辛晴面前，怯生生道："小晴姐姐……我想听你讲环游世界的故事……"

辛晴蹲下身，微笑着问："我记得你。昨晚小萌老师介绍过，你叫二丫，对吗？"

小姑娘轻轻点头。

辛晴起身，拉起二丫小手，朝不远处的大榕树走去："来，姐姐给你讲故事听。"

两人刚在树下石头上坐好，一群孩子便纷纷跑来，将辛晴团团围住。大家席地而坐，安安静静等着听故事。看着孩子们单纯的眼睛，辛晴突然有了一种说不清道不明的感动，堵在胸口。她调整好情绪，开始讲述自己一路上的所见所闻。孩子们听得入神，有的张大了嘴巴，半天才想起来吞一口口水；有的脸上挂着鼻涕牛，好一会儿才回过神儿来吸溜一下。

教室里，毛一一和小萌并排坐在窗前，被窗外的一片和谐感染，脸上漾着暖暖的笑。

"萌萌姐，"毛一一突然想到什么，扭头冲小萌道，"在北京的时候，那天晚上我半夜起来上厕所，路过你和小晴姐的房间，无意间听到你们聊天。小晴姐说，她和舒桐哥有一个'三年之约'。我不懂。既然两个人都这么爱对方，为什么要分开？还要立一个对未来的誓言……搞这么复杂干吗？喜欢就在一起啊！怎么就非得弄得这么悲情兮兮……"

"辛晴和舒桐的爱情，你不懂。他们从没有立下任何的誓言。"小萌依然望着窗外，"对于舒桐哥来说，辛晴是过去的自己，是他曾在现实面前不得不妥协的理想。而对于大晴子来讲，舒桐是这世上最理解自己的人，是她可以毫不犹豫地托付自己那颗流浪的心的人。其实一开始我也不懂。可看着他们一路走来，尤其在过去这三年，我明白了。虽然他们从未见面，虽然两人之间受到了外力的阻碍，舒桐和辛晴也一直惦记着对方，心与心之间的距离从未疏远。"

"我……我还是不懂……"毛一一着急时，便会搔起后脑勺，眉毛皱得仿佛跟眼睛拧巴在一起似的。

"这么说吧，在这个世界上，辛晴是唯一能够承载舒桐那颗无处安放的心的理想的人，舒桐则是最能理解辛晴、给她最大安全感的人。这么说明白了吗？"

毛一一摇摇头，脸涨得通红。

"心有灵犀！心有灵犀总该懂吧！"小萌发现，自己每次和这臭小子聊天，说不了几句话铁定得发火，"他俩是我见过的最心有灵犀的情侣！明白了吗？"

毛一一抿着嘴唇，连连点头，小鸡叨米似的。

"你自己在这儿琢磨吧。我要去跟孩子们一起听大晴子讲故事了。"小萌转身就走。不料，前脚刚踏出教室，她就听到身后毛一一突然扯着嗓子一阵尖叫，声音十分惨烈。

教学楼外，辛晴和孩子们也听到这叫声，忙跑进来查看。

"小萌，你怎么了！"辛晴冲到闺蜜面前。

"不是我，是毛一一。"小萌站在教室门口，呆呆地看着屋内。

"可我听到的明明是女生的声音啊……"说着，辛晴扭头向教室里望去。

只见这一米八多的大男孩儿，正站在桌子上，双手环抱胸前，瑟瑟发抖，两眼在地面上不停地搜寻着什么。

"哥哥，你咋了？"一片安静中，一个小男孩儿慢吞吞问道。

毛一一咽口唾沫，用颤抖的声音回答："刚……才……有只耗子……踩了我的脚……太恐怖了，太恐怖了……吓得我都要嗝儿屁了……"

孩子们哄堂大笑。

上午刚刚发生"耗子事件",午饭时,孩子们中间便传开了一首打油诗:

大老爷们儿毛一一,啊呀啊呀娇滴滴。

耗子踩了我的脚,恐怖恐怖要嗝儿屁!

大家一遍遍齐声念着,嘻嘻哈哈,有的孩子还用手中的勺子敲起盘子,打着节奏。

饭桌边,毛一一低头往嘴里塞米饭,不言不语,羞得脸红脖子粗。小萌在一旁强忍住笑,渐渐受到影响,不由自主地跟孩子们一起念起来:"……耗子踩了我的脚……"

小萌这一开口,彻底将毛一一击溃。他一拍桌子站起身,大吼:"闭嘴!这事儿不许再提!不许再提!"

整个食堂顿时鸦雀无声,三秒之后,打油诗再次响起,孩子们喊得愈发起劲儿。

"完了完了,二毛,你在孩子们心中的形象再也不可能变得威严了。"小萌幸灾乐祸,和辛晴两人捂着肚子笑弯了腰。

午后,大师傅骑上电动三轮,带着辛晴和小萌出山,去镇子上采购食材。小萌担心辛晴被人认出,本不愿让她离开学校。但辛晴执意同去。她需要感受到自己那被埋藏的生命力,需要找回内心不屈的力量,重新抬起高傲的头颅。

回归正常生活,是她必须要走的第一步。

"小镇本身就偏远,我又是口罩、又是墨镜的,不会被认出的。"辛晴让小萌放心,"学校里其他志愿者,看到我之后不也没做出什么过分的举动吗?他们都是来自城市的年轻人,对网络上发生的事情十分了解,却还待我像普通人一样。更何况小镇上那些淳朴的本地居民呢?"

小萌叹口气:"你还跟从前一个样儿,愿意相信陌生人。"

三轮"突突"地奔向远方,学校渐渐从视线中隐退。三人来到镇上菜市场里,大师傅拿出采购单,给小萌和辛晴分配了任务,又叮嘱辛晴注意安全,这才离开。

"你在这里买豆腐和番茄,我去路对面买鱼。"辛晴回忆着采购条目,与小萌商量。

"还是让我去路对面吧。"小萌一心念着辛晴的安全问题。

"别太紧张啦!"辛晴给闺蜜送去暖暖的微笑,一眨眼便没了踪影。小萌心中莫名其妙地"咯噔"一下。

辛晴来到街边,左右观望。视线内暂无行驶中的机动车,只有人行道上稀稀落落几位行人,和一位正慢悠悠过马路、刚步至路中间的白发老人。辛晴见老人拄着拐杖,一点点向前挪动步子,颤颤巍巍,几步也走不出一米。担心老人安危,她什么也没多想,朝他走去。

正在这时,不远处的路口拐角突然冲出一辆未挂牌的汽车,朝两人呼啸而来。或许因受到过度惊吓,老人待在原地不敢动弹。眼看车子疾驰而来,离两人越来越近,辛晴下意识将老人一把推开,自己却已没了躲避的时间。汽车冲到辛晴面前,猛然一个急刹车,车胎与路面之间划出刺耳的摩擦声,响彻整座小镇。

车头狠狠地将辛晴撞出两米开外,所幸司机刹车及时,才使她免于碾轧之灾。周围迅速围起一圈群众，却只是看热闹，没人敢去扶倒在地上的两人。老人竟自己爬起，又来扶辛晴，道谢。恍惚之中，辛晴似乎看到这老先生的胡子掉了一半，挂在嘴唇前晃悠。辛晴使劲儿晃晃脑袋，揉揉眼睛，以为自己一时肾上腺素飙升，出现了幻觉。司机走下车，戴着墨镜和口罩，压低帽檐，匆匆来到辛晴面前，只问了一句"没事儿吧"，见她并无大碍，又慌忙回到车里，迅速掉头，一溜烟逃离现场。辛晴只觉这嗓音特别熟悉，却根本想不起来到底像谁。看来，自己当真是出现幻觉了。扭头欲查看老人身体是否受伤，却意外地发现，人群中，早已不见老人踪影。

见被撞姑娘安然无恙，人群这才朝她围近，情绪激动地责备肇事司机。几位大妈走上前来，询问辛晴有没有哪里不舒服。

只有确认自己不会摊上责任，人们才舍得亮出宝贵的热心。

"让一让！请让一让！"人群外围，传来小萌焦急的声音。好不容易挤到人群正中，小萌一把抱住辛晴，"怎么就被撞了？受伤了吗？司机呢？逃逸了？"

"我没事儿，没事儿……"辛晴本就因一时的幻觉而晕头转向，此时被小萌紧紧抱着追问，更是头昏脑胀。

"我就不该让你出来！"小萌自责不已。

不一会儿，大师傅拎着满满一兜的菜，气喘吁吁地赶到现场。自己带着两个孩子出门，却出了这样的事儿，大师傅的自责并不比小萌少。不容辛晴争辩，他立刻同小萌一起将她强行架去小镇医院，从大夫口中得到"只是受了点儿惊吓，并无大碍"的答案后，这才放下心来，带着两人回到山中。

傍晚，网络上突然炸开了锅。辛晴在街头舍身救人的过程，不知被谁拍下，事发后便上传网络。网友眼尖，认出救人的姑娘正是迟天那处于风口浪尖的绯闻女友——辛晴。一时间，赞美之声铺天盖地，如洪水一般席卷国内整个网络。

"辛晴好样的！只有像她这么善良的姑娘才配得上我们小天！"
……
"最美旅游达人！棒棒哒！"
……
"路转粉！表白晴姑娘！"
……
"明明人美心善，却遭受那么多侮辱……抱抱我晴！"
……
"据说，辛晴的太玄祖父是清朝一大将军，热心为民，深受百姓爱戴！她家族里就流着热心肠的血！"
……

104宿舍里，辛晴和小萌、毛一一三人坐在电脑屏幕前，看着网络舆论戏剧化的转向，惊得瞪大了眼睛。

"我……太玄祖父是清朝大将军？我怎么不知道！"辛晴满脑子问号，"什么是太玄祖父？要往上数几辈？太荒唐了！"

"真能胡扯！"小萌哭笑不得，"即使要编故事，也得先去了解历史才行，怎么能如此信口开河？的确荒唐！荒唐至极！"

毛一一最是乐观，忙不迭地恭喜辛晴道："小晴姐，恭喜你啊！

不仅摆脱了网友们的骚扰,现在还成了人人喜爱、人人点赞的网络红人!"

"你不觉得,这种'人人点赞'是另一种骚扰吗?"小萌却根本高兴不起来。

辛晴皱紧了眉头,双腿直发软:"太可怕了……"此刻,她心中充满疑惑:自己救人时所见到底是真是幻?当时现场混乱,如若这视频是路人用手机所拍,画面不可能如此稳定,毫无抖动感。拍摄者到底是谁?会是职业狗仔吗?难道自己的行踪又被人掌握了?

不管事发前是否有人掌握自己的行踪,此时,她已被这视频暴露了所在地,这里不再安全。

可若选择离开,她又能去哪里?

深夜,辛晴独坐桌前,慢慢敲着给 Coole 的回信:

你好,Coole。

最近发生的一切,
像一场极不真实的梦。
我什么都没有,
只有独立带给我的尊严。
可在这场梦里,
尊严被撕得粉碎,
我努力过,
拼命找寻过,

却依然不见曾经的高傲。

饱受生死命题折磨时,

网络世界又给了我当头一棒。

我像一个被扒光衣服的提线木偶,

被无形的手操纵,

赤裸裸暴露在无数双眼睛面前。

他们……

他们用犀利的目光

将我抽丝剥茧,

用毒辣的言语

改编我的生活。

当剧情突然反转,

一切愈发荒唐,

我的身体里

突然充斥了强烈的恐惧感。

我看不到操纵这场闹剧的手,

甚至根本不知,

头顶这手

究竟有几双……

暴晒后的薄荷,

依然倔强,

拼命想维持生命力,

却发现一切已是徒劳。

我到底该怎么办……

速回。

晴。

十九

数千里之外,京城的夜热闹依旧。

吴深躲在家中,守着面前两台电脑屏幕,黑豆般的小眼睛紧紧盯着舆论风向,绝不放过任何蛛丝马迹。自从几天前,被那位将辛晴从宾馆接走的司机甩掉后,他便再也没了辛晴的消息。亲自验证了多种猜测——堵迟天在北京的家、守辛明义的郊区别墅、打听京城里大大小小的酒店旅馆……吴深终于下定结论:辛晴已不在这座城市。否则,即使靠他吴深个人的力量寻不到踪迹,好事儿的网友们也一定会人肉到她。

此时,看着网络上辛晴救人的视频播放量瞬间飙升,吴深终于知道了她的下落。与此同时,职业的敏锐和警觉也让他嗅出了深藏在视频背后那难以捉摸的细节。脑海中,蹦出一个问号来:以辛晴当前的知名度,即使身处偏远小镇,事发时,围观群众中必定不止一人留下了影像。可为何当前流传网络的却只有这一个视频?

视频本身画面稳定、画质清晰,定是专业工具所拍。加之在当时嘈杂混乱的人群环境下,视频拍摄角度极佳,该有的细节全被捕捉。

吴深断定，视频拍摄者绝非普通看客。再看视频上传后的舆论情况：整个事件剧情反转迅速、群众反应出奇一致。一众传播率高的评论文皆由推手把控并造势，字字恳切、句句有理，极具感染力。

莫非……有人在故意为辛晴洗白？

若事实真如自己所猜测那般，这场事故便是人为导演的一场戏，为改变舆论风向提供了足够强大的力量。先靠视频点起火把，再找几副伶牙俐齿猛烈扇风，不消一会儿工夫，火便越烧越旺，引来众多围观人群鼓掌叫好，篝火派对一般借当事人之名掀起一场网络狂欢。

吴深反复思量，恍然顿悟：这位"导演"点燃的，是道德火把。

如今，网友们习惯了站在道德制高点，高举正义大旗，逮着机会便捕风捉影，用自以为是的高尚，指责并不尽然的卑鄙。

辛晴事件中，幕后推手紧紧把握住了网友们的心理，深知——当绝大多数人在突发事件面前只会兴奋举起手机时，当人们面对需要帮助的陌生人，第一反应却是想方设法免责时，一位被舆论骂得体无完肤的弱小姑娘，竟毫不犹豫冲上前去舍身救人，这在一众伪善中脱颖而出的真善，必定会对旁观者带来巨大的道德冲击。加之此前不久，在辛晴与迟天的绯闻中闹腾最凶的，正是早已引发大众反感的"脑残粉"，舆论也一定会向辛晴抛去加倍泛滥的同情，为她伸张正义。

吴深不禁感叹：妙！

然而，细细想来，点火风险不容忽视，整个计划亦有致命漏洞。一旦失误，将极大可能弄巧成拙，造成伤亡。且行动能否成功，完全由女主角在刹那间做出的反应来决定——万一辛晴选择自保，并未舍身救人，怎么办？

如此说来，这洗白方式未免过于拙劣。可幕后"导演"在事故之后又尽思极心，步步谨慎、招招巧妙，不像是会采取这般笨拙方式之人。其中定大有文章。

吴深抽丝剥茧，越挖越深。

先说这点火风险。即使司机车技再高超，在人命关天时，也很难保证手不打滑。这个计划，显然是一场以辛晴生命为赌注的赌博。可见，隐藏在事件背后之人有着他人难以企及的狠绝和果断。之所以断定辛晴能舍身救人，他必定对这位姑娘极其了解，但绝非辛晴唯一的亲人——父亲辛明义，也不可能是她仅有的几位交心好友。试想，哪位正常的父亲会把亲生女儿往致命的火坑里推？又有哪个心思单纯的年轻人能狠毒到等着亲眼看好友被车撞？既深知辛晴品性，又不是她所熟知的人——由此推断，这幕后推手一定有极其可靠的消息获取渠道。通过挖出当事人过往的点点滴滴，对她进行解剖式的分析，从上到下、由外及里，连一根儿头发丝儿都不放过。而后，带着一份敢于拿命下赌注的狠绝和果断，导演了这么一场荒唐与合理并存的戏。

更安全、更巧妙、把握更大的洗白方式并非没有。可这位"导演"却弃简从繁，费尽心思折腾一大圈，莫非是想掩饰自己的真实身份？

思考至此，吴深脑海中已然画出一个可能的范围。他强烈感觉到，自己离真相越来越近。可接下来，该如何将这范围缩小到其中某个具体的名字上呢？

吴深没了头绪。

救人后的第二天，辛晴一早起床，便听到小萌在屋外"砰砰"敲门，边敲边喊："大晴子！快开门！不好了！"

辛晴吓了一跳，打开房门："又怎么了？"

小萌径直冲到桌前,打开辛晴笔记本电脑,上网搜索:"过来自己看!"

辛晴凑上前去,目光飞快地扫着屏幕上的文字,眉头越皱越紧。网络舆论这张千变万化的脸,总是变得莫名其妙。这一次,所有针锋突然指向辛明义,个个毒辣、来势汹汹。辛晴身世被网友们扒得彻彻底底,辛明义多年前出轨之事也被传得沸沸扬扬。

近几年,"出轨"二字早已成了让网友们义愤填膺最正当的理由,是街头巷尾人们最津津乐道的话题。而在当下戾气文横行的自媒体时代,常有人紧追实事,操着满嘴脏话大谈道德标准,一边煽动网友们高昂的情绪,一边看着自己那有噱头无营养的文章流量飙升,偷偷乐呵。于是,家丑尽被外扬,人人都能成为正义使者。

婚姻神圣,真爱纯洁。"出轨"永远是这世上最应被唾弃的词语。可当人们以低俗迎合低俗,不道德地歌颂道德,一切便变了性质。

"辛晴妈妈就是被她爸辛明义和那个小三儿给害死的!可怜我晴从小就没了母爱。明明有那么好的妻子和那么善良的女儿,却不知道珍惜,硬要去搞破鞋,这辛明义到底还有没有点儿良心?"

……

"那小三儿简直就是公共厕所的马桶,辛明义也不干净,就好这口儿!别让我碰见这丫儿的!否则一定棍棒伺候!"

……

"如此善良的姑娘怎么能有这么混蛋的爹?谁有这负心汉的信息?私信我!组团人肉他!"

……

177

网友们越是喜爱辛晴,对辛明义的痛恨便越强烈。

辛晴不忍再看一贯肮脏的言论,心急如焚,忙给父亲打电话,却被提示对方已关机。

"现在怎么办?人们会不会去找你爸爸麻烦?"小萌没了主意。

辛晴不语,翻出通讯录,给老牛打去电话。所幸,电话接通。

"牛叔叔!您现在跟我爸在一块儿吗?"

"没有啊。"电话中,甚是嘈杂,老牛犹豫片刻,道,"我……我临时出差了,这会儿正在机场等着过安检,中午就能到北京。"

"我爸手机为什么关机了?"

"辛总这两天在天津谈生意,今天好像有一个挺重要的会。怎么了?"

"牛叔叔,人们开始在网上攻击我爸。我先不说了。您要是联系到他,一定让他给我回电话!"

老牛答应着,放下手机。上网翻看网友的言论,他目瞪口呆:"怎么会这样……"

"我得回去了。"辛晴合上电脑,起身去柜子里拿双肩包,"行李箱先搁这儿,拿太多东西不方便。"

"不行!"小萌一个箭步挡在辛晴面前,"你现在更出名了,去了只会给你爸火上浇油!"

"一切都因我而起,他是我唯一的亲人。短短几天时间里,我已经见识了网友们能疯狂到何种程度。我不能再躲了!我必须要去陪着他,跟他一起想办法!"辛晴直勾勾地盯着小萌不愿妥协的双眼,"现在就出发,去镇上打车进城,再去机场,幸运的话,应该能赶上今天之内的飞机。"

小萌见状，转身离开，不一会儿便拎着背包再次出现在辛晴面前："我跟你一起去。"

京城夏季，天气最是善变。上一秒阳光灿烂，下一秒便狂风大作，天空阴沉着脸，瞬间抛出暴雨，"噼里啪啦"狠狠砸向地面。暴风雨中，一道闪电划亮整个世界，照出世间万象，虽只一瞬，却总能被有心人捕捉。

老牛刚从外地回京，便立刻驱车赶去天津。抵达时，夜幕已落，辛明义正欲回京。看到老牛，他心里直打战，憋着一肚子问题要问。

返京途中，暴雨倾盆而下。正值深夜，车窗外漆黑的世界，不时被电闪雷鸣搅了安宁。

"你到底去哪儿了？李翘楚给你安排了什么任务？"辛明义迫切追问。

老牛透过车内后视镜，望一眼辛明义，深吸一口气，道出实情。

"混蛋！"辛明义一拳狠狠捶在座椅上，"一旦失误……"

"他明白，如果你知道具体计划，一定不会答应，所以才要瞒着你。"

"有人认出你了吗？"

"应该没有。当时我把脸全给武装上了，只露出眼睛来。"老牛说，"只是……哥，网友们的矛头的确不再对着小晴了，可现在大家都在扒你的隐私啊！万一他们把手中的弓箭对准你了，怎么办？"

"网络里最狂妄的叫嚣者们，在现实中十有八九都是怂包。放心吧兄弟，我不是小姑娘，他们不敢对我怎么样。只要能保证小晴的安全，我受点儿箭伤也无所谓。"辛明义强迫自己平静下来，一番细细思考，

"万幸，小晴并未受伤。真想不到，李翘楚会出这么个主意。不过认真想想，也对。毕竟小晴已经因为迟天火了起来，想要一夜之间堵住网友们的嘴，让小晴从他们视线中彻底消失，根本不可能。但他李翘楚却有能力让舆论一夜之间转变对小晴的态度……我终于明白，当初他说的那句'以舆论止舆论'是什么意思了……"

"哥，依我对李翘楚的了解，他不太可能这么轻易就答应帮助咱们……你可要防着点儿，万一他是想借此事卖你人情，怎么办？"

辛明义犹豫，并未向老牛说出真相——他不想连累自己的兄弟："兵来将挡，水来土掩。好好开车吧。"

老牛不再应声。

雨刷拼命地在风挡玻璃上来回奔跑，努力在瓢泼大雨中扫出一片清晰视野。可此时在老牛眼中，面前两根雨刷却像催眠师手中的单调的节拍器一般。他不由自主打了个哈欠。

辛明义见状，嘱咐道："老牛，在下一个服务区停车。"

老牛点点头："好。"

二十分钟后，车子在服务区停下。

"我来开。天气恶劣，咱可不能疲劳驾驶。"说着，辛明义便开了车门。老牛忙下车，为他撑伞。

"哥，能行吗？"

"你别忘了，我可比你多了整整五年的驾龄啊！"坐上驾驶席，辛明义笑言，"好好休息吧。这两天，你心理压力巨大，肯定没睡好。"

老牛的确扛不住了，系好安全带，头一歪，昏睡过去。

辛明义小心翼翼地把着方向盘，不顾车外电闪雷鸣，一心只想赶回北京，而后动身去找女儿。后视镜中，突然有光线晃过。他眯起眼睛。

晃远光灯的那辆车,似乎一直跟在自己车后。辛明义打开双闪,缓缓并道至应急车道,停车。身后的黑色轿车跟了过来,停在五十米开外的地方。

辛明义好奇。看一眼身旁副驾上熟睡的老牛,悄悄拿起雨伞,下车朝黑色轿车走去。

暴雨"哗啦啦"砸着伞面,辛明义刚一出车,两条裤脚便被雨水淋透。黑色轿车开着远光灯,在黑暗中打出一片冰冷的光亮。辛明义迎着光亮大步走来,看不到车子里坐着的是谁。他来到车旁,敲敲司机一侧的窗玻璃,大声问道:"您有什么事儿吗?为什么一直跟着我?"并示意司机摇下车窗。

雨刷飞速擦着前窗玻璃,四周除了偶尔驶过的车辆,再无旁人,只听得到狂躁的暴雨和从远处传来的滚滚惊雷。

见车内没动静,辛明义凑近车窗。玻璃上没有贴膜,透亮。他看到里边有人影,正要再敲,只见车窗内测突然被人用手按上一张雪白的纸,纸上,用鲜血一般的红色写着三行字:

出轨渣男!

害死晴妈的凶手!

害人偿命,天经地义!

"混账东西!"辛明义暴跳如雷,狠砸车窗。突然想到妻子韦雪和小女儿桃桃还在自己那已被曝光地址的家中,一时间心急火燎——这帮爱管闲事儿的兔崽子们,会不会也骚扰到家里去了?

念着妻儿安全,他狠狠给了车门一脚,转身飞奔回自己车上。

"老子要让你们知道什么是望尘莫及!"辛明义暗暗发狠,一脚油门,猛一打方向盘,迅速将黑色轿车甩出视线。

不一会儿，车子竟又跟了上来，得意扬扬地冲他晃远光灯。

辛明义被愤怒冲昏了头脑，不顾自己久未开车，早已手生，也不畏道路上恶劣的暴雨环境，不断加速、超车，一心只为将其彻底甩掉。

一道闪电横空劈来，辛明义的车在这亮如白昼的一瞬，突然打滑，撞断高速路的防护栏，飞向路旁空旷寂寥的田野。

一片黑暗的世界里，雷声滚滚，暴雨依旧。

二十

京城闷热的夏天，暴雨过后，阳光炽烈，蝉声聒噪。对于这场发生在京沪高速进京方向的雨夜车祸，交通新闻只用简单一句"司机超速驾驶，致一死一伤"描述。世界一如既往地运转，雨后，天空甚蓝。

辛晴再也看不到她那唯一的天空。

这场梦，太过漫长。长到每一秒的痛苦都在拉伸的时空中不断加剧、蔓延、纠缠；长到回忆中屈指可数的欢笑被一点点放大、延伸、刺破。辛晴蜷缩在黑暗中，没了眼泪。过去这浑浑噩噩的二十四小时在被无助充斥的大脑中不断回放。每个细节，都让她痛不欲生。

医院里混乱的场面依旧历历在目。

韦雪哭喊着朝自己冲过来，突如其来的一巴掌在脸上留下了血红的手印。可她并不觉得疼。迷茫地看着众人上前拖住韦雪，看着小萌一个箭步冲到自己面前，将她护在身后，看着重伤的老牛不顾医生阻拦，发疯一般满医院乱跑，嘴里不停哭喊着一个字："哥……"一切如梦。直到看到众人推来蒙了白布的尸体，梦境突然坍塌，她倒在冰冷的地面，再也不愿醒来。

许久。当辛晴睁开双眼，向身旁望去——小萌在，施母在，迟天在，高扬在，就连刚认识不久的毛——，也同施母一起赶来北京，陪在辛晴身边。

她感觉不到自己的身体，只是紧紧抱着一颗空荡荡的心，看着表面千疮百孔，再也不知痛为何物。

当律师拿着辛明义立下的遗嘱，将所有受益人召集在一起，辛晴只是呆滞地坐着，恍恍惚惚，律师所言她什么也没听进去。

场外，小萌伏在高扬耳边，悄声道："辛晴现在这个样子，咱必须得让舒桐哥赶紧回来了……"

高扬叹口气："我刚刚给舒桐发过消息，他没回复。我打他电话，也一直关机，根本找不到人。"

"有没有其他人也知道舒桐行程？人多力量大，咱们可以一起找！"

高扬眼前一亮，猛一拍后脑勺："对了！林熙！"说着，忙朝室外走去。小萌紧跟而来。高扬找出林熙号码拨打过去。不一会儿电话接通。林熙一番话后，他的神情突然凝重。

放下电话，高扬皱紧眉头，看向小萌："林熙和舒桐在一起。只是……舒桐外出时出了车祸，现在在医院疗养。暂无大碍。"

"怎么会这样……"小萌惊愕。

"还得继续瞒着辛晴……她不能再受打击了。"高扬沉思，"萌妹子，哥哥最近要赶稿，得麻烦你多操心了。"

小萌点点头，心疼不已。

辛明义葬礼时，又见暴雨中的京城。

今年夏天，雨水似乎格外多。

面前，依旧是漫长的黑夜。

这是自车祸发生后的第八个夜晚。

迟天匆匆看过辛晴，又被艾达抓回上海继续拍戏。高扬在葬礼后便回到家中，再未现身。施母反复叮嘱，亦离京，回到学校。人们的生活迅速回归正轨。只有小萌和毛一一，此时依旧陪在辛晴身边。

夜深人静，辛晴睁开眼，看一眼身旁正打呼噜的小萌，悄悄起身，来到客厅。

父亲曾坐在这沙发上，为自己出谋划策，急红了脸。他对自己如履薄冰般的关心，他问及感情状况时不好意思地笑，他紧张起来结结巴巴、语无伦次……辛晴知道，父亲一直以为：女儿终于回来了，他今后还有大把机会和女儿商讨人生大事，像其他父亲一样，对女儿的男朋友挑挑拣拣，怎么都看不顺眼。辛晴也知道，父亲对过去始终心怀愧疚，一直努力想办法弥补，希望用自己下半生，补回辛晴人生中残缺的父爱。

可是，再也没有以后了。

再也没有爸爸了。

辛晴打开落地灯，呆坐在沙发上，四下环顾。茶几上一把水果刀闯入视线。她拿起水果刀，凝思。

多年前，母亲躺在血泊里，那片耀眼的红色，始终是她醒不来的梦魇。多年后，父亲车祸，她不敢去现场，生怕旧景重现，自己已没了睁眼的勇气。

辛晴抬起拿刀的右手,在左腕上划下去,看着刀尖在皮肉上行走,并未感到任何疼痛。她放下水果刀,呆望着手腕。血,供养生命的液体,带着温度,从这伤口处流出。血流光的时候,也会带走所有温暖,让自己的身体变得冰冷吧?

可是,没关系啊。这流动的红色,真美……

空气中,突然有了白茶蜡烛燃烧的味道。辛晴恍惚听到,一句熟悉的:"傻丫头……"

她惊起,瞪大了眼睛四下搜寻。思绪像被人横空截断,她突然意识到,这句呼唤,只是自己记忆中仅留的一丝温存。

她在做什么?

清醒后,辛晴忙找出急救药箱,为自己包扎伤口。

从包里拿出电脑,登录邮箱——没有她迫切渴望看到的未读邮件。

辛晴回到沙发山坐下,敲起键盘。

一夜过去,屏幕上,只有两行字:

亲爱的,

回来好吗?

已近夏末。

凌晨4点56分,窗外传来第一声鸟叫。又是崭新的一天。小萌和毛一一还在睡梦中。辛晴合上电脑,从兜里摸出两把车钥匙来。这才记起,父亲留给自己的巨额遗产中,有一辆未上牌的阿斯顿·马丁。

辛晴第一次听说这个名字,不知道韦雪为何拼了命地要争这辆车。可辛晴并不在乎。听到律师解释车的价值,她依旧面无表情。所幸律师受了辛明义生前的委托，处处维护辛晴的权益，韦雪即使急红了眼，也无半点招数。

此时，看着手中的钥匙，辛晴突然想起了三年前，坝上草原凛冽的风。

窗外，天已亮。她走出家门，打车直奔舒桐家而去。

司机大叔一眼便认出辛晴："哟！你不是那个明星的女朋友吗？舍身救人的那位姑娘？"

辛晴不语，只是呆望着窗外。

"姑娘，你真了不起！现在这个社会，可不是谁都有你那样的善心，什么都不想就敢冲上去救人。网上人们都在夸你！叫你什么来着……"司机思索片刻，"想起来了，'最美旅行达人'！对！就是'最美旅行达人'！大家都说你人美心善，担得起这称号！姑娘，一会儿下车，咱俩合个影呗？"

辛晴一个字儿也没听进去。

见这姑娘丝毫不言语，司机莫名其妙。热脸贴了个冷屁股，他心里生起不爽，直犯嘀咕："一出名就耍大牌……什么'人美心善'，空有其名而已！真以为自个儿现在是大名人了？有什么了不起……"

接下来，一路安静。

当车子在舒桐家楼下停稳，辛晴机械地付了钱，道声"感谢"，走下车去。

来到家门口，拿出钥匙，她不再犹豫，缓缓打开房门。

屋内，一切一如三年前那般，简单、干净、清新。茶几上，两瓶崭新的白茶蜡烛安静诉说着一千多的日夜的思念。她驻足在这充满回忆的空间里，目之所及皆是温馨。

拿起舒桐留下的车钥匙，辛晴沉思片刻，走出家门，独自一人开车直奔坝上草原。三个多小时车程，她被舒桐在车内留下的温存紧紧包围，吹着沿途暖烘烘的风，第一次心无杂念。

直至驶入广袤的草原上，看到不远处孤零零的一棵大树，在空旷寂寥的天地间独守一份峥嵘，在毒辣骄烈的日头下独辟一片浓荫。

望见这树的第一眼，她泪如泉涌。

它太孤独了。

辛晴寻着深刻的记忆，开进路旁小道，沿着公路上了一座常在梦中巍峨绵延的山，直奔山顶观景平台，熄火。

视野辽远一如从前。不同的是，夏日苍郁取代了冬日肃杀，不知何时增加的一圈围栏将观景台与山下深渊阻挡开来。云雾缭绕，遍布山间的风车若隐若现。而云雾之下一切纷繁思绪都已与此时无言。

辛晴突然有股冲动，想冲出围栏，想飞进云雾中，想让整个世界在此刻结束所有的痛苦。

她红着眼眶，打火，发动机轰响。松开刹车，右脚轻轻放在油门上，浑身颤抖。

正要踩下去的瞬间，遥远天际再次传来那熟悉的声音："傻丫头……"

辛晴猛地踩下刹车。车身刚要冲出，剧烈一抖，停在原地。

时空戛然而止。

她号啕大哭，推开车门奔到围栏前，冲着远方缥缈的云海嘶吼。

身后不远处的草丛，传来一阵窸窣，夹杂着"哼哼唧唧"的声音。辛晴渐渐安静下来，大口喘着粗气，朝身后走去。

杂乱无章的草丛中，冒出一个毛茸茸的小脑袋。

是只脏兮兮的小奶狗，正趴在土堆里，浑身哆哆嗦嗦。两只水汪汪的大眼睛，充满恐惧，不敢直视辛晴，只是不停扭头朝她瞄去一眼。

辛晴四下望去，空荡荡的平台，只有她和眼前这弱小的生灵。

"你也没了爸爸妈妈吗……"她蹲下身，轻轻抚摸小狗的脑袋。

山顶，风呼啸而过，小狗哆嗦得越来越厉害。辛晴将其轻轻抱入怀中，回到车上，拿起外套盖在它身上。小生灵感受到了善意，蜷缩在辛晴怀中，渐渐不再发抖，把脑袋枕在她胳膊上，眯着眼睛，竟打起了呼噜。

辛晴的手心恰好托在小狗胸前。她清清楚楚地感受到，这小小的身体里，一阵又一阵连续不断的欢快而急促的心跳，正带着生命的温度，慢慢包围着她那颗千疮百孔的心脏。

苍茫天地间，生命诞生抑或消殒，都是最自然的存在。一生与一瞬，在宏大的时空背景下，同样短暂。每个旅行终点，不过是时间早晚的问题，结束便意味着消亡，但消亡的从来不是回忆。

"我陪你等着，如果你爸爸妈妈，或者主人，没有来找你……"辛晴犹豫片刻，听着窗外呼呼而过的风，"那你就……跟我走吧。"

她抱着小奶狗，头轻轻靠在椅背上，望向缥缈的远方。不一会儿，视线开始模糊，她闭上疲惫的眼睛，沉沉睡去。

混沌中，手心突然觉得一阵湿乎乎的痒痒。辛晴睁开眼，看到小奶狗正伏在自己膝上，一边用暖暖的小舌头舔着自己的手，一边欢快地摇起尾巴。

窗外，天色已暗。

二十一

多事之夏。

一整夜,高扬将自己关在屋里,搜肠刮肚,却依旧毫无进展。脑海中,辛晴萎靡不振的模样挥之不去。这姑娘,曾经多么阳光!可如今,却被生活打压成这般模样。看着那张呆滞无助的脸,高扬仿佛看到了不久之后的自己——因文思枯竭而违约,被舆论骂得狗血喷头,从此一蹶不振……

晨光渐现,面前电脑屏幕上,早就建好的新文档依旧空空如也,崭新如初。

没多少日子了。

他拿出手机,看着黑裙橙汁的电话号码发呆。过去几天里,这十一个数字如幽魂一般,不停地出现在高扬面前,绽放出满脑子能带来灵感的罂粟花,诱惑极了。他一遍遍地告诉自己,还有时间,还有时间……可时至今日,时钟的嘀嗒声被无情放大,高扬再没有退路。

他犹豫许久,还是拨出了这个号码。

晚霞夺目。

李翘楚站在办公室落地窗前,俯瞰脚下忙碌的城市,红了眼圈。晚霞中,世界一片祥和,被厚厚的玻璃隔开来,安静得可怕。他深谙脚下这生态系统的发展规律,却终究琢磨不透它变化间诡异多端的方寸。李翘楚明白人为干扰其平衡的代价,却从不曾想过,这代价会是自己多年好友的性命。

除了李翘楚的团队和在雨夜跟踪辛明义那辆车里的"正义使者",再无人知道真相。辛明义的死因,从此便被盖上刻了"违规驾驶致死"的棺盖,在时光的洪流中,慢慢淡出人们的记忆,直至消失殆尽。

办公桌上,从海南发来的急件还未拆封。控诉桐叶原创工作室剧本创意抄袭的文案也已准备就绪,安静地躺在他电子邮箱里。一切,只等他一声令下。

李翘楚的狠,不允许他从有限的人生中抽取片刻时光去悼念任何人。他迅速收回伤感,转身回到办公桌后。

电话铃突然想起,秘书打进来,道:"李总,楼下保安拦住了一个疯子,嚷嚷着非要见您,还说是您亲手给了他名片,让他想好了就来找您!"

李翘楚早已不记得此人,问:"叫什么名字?"

"他说自己叫'知名畅销书作家'……"电话中,秘书甚是无语。

李翘楚听到话筒里传来一个兴奋的声音:"告诉他!我是高扬!桐叶原创的高扬!"

李翘楚恍然大悟,对秘书道:"让他进来。"

五分钟后,高扬推门而入,激动地冲到李翘楚面前,大声喊叫着:"对不起李总!我来晚了!我有好多好多灵感!写出来都是巨著!咱们合作!一起赚他个天翻地覆!"说着,便扑上来,要揪李翘楚的领带,"到处都是大象!粉嘟嘟的大象!李总,你脖子上怎么也长象鼻子了!李总,我好多灵感!脑子要炸了!要炸了!快救救我!救救我!"

一股熟悉的味道扑鼻而来——禁不住诱惑,入了毒品陷阱的味道。李翘楚不禁皱紧了眉头。母亲曾深受毒品之害,过早离开人世,只留自己和家里的李老爷子两人相依为命。于是，他恨极了毒品。多年来，李翘楚以自己的名义做过的公益不计其数，但多委托助理操作，唯有在禁毒事业上，他事事亲力亲为。

此时，看到面前这个年轻人一脸空虚的兴奋，他恶心透了。忙叫来保安，将高扬按倒在沙发上。高扬拼了命地对着保安们拳打脚踢，闹腾好一会儿，才终于安静下来，沉沉睡去。

"李总，要把他拖出去吗？"

"不用。你们先出去吧。今天的事情，谁也不许说出去。"

保安们频频点头，退出办公室。

夜深人静时，高扬终于醒来，从沙发上坐起身，迷茫地看着四周这陌生的屋子。

发现李翘楚正坐在不远处望着自己，高扬想起了什么，忙站起身。

"李总……我……"

"什么都不要说了。"李翘楚一向讨厌跟瘾君子打交道，"我们之间不会有任何合作机会。"

沉睡之前发生的一切，在脑海中突然苏醒。高扬想起自己的所作所为，霎时变了脸色。他欲跟李翘楚解释，却被强硬打断。

"我之所以留你在这儿休息，是不想看到你出去发疯，丢了全天下作者们的脸！回去后抓紧时间去戒毒所吧。"看高扬此时已经清醒，李翘楚不想再多留他一分。想起自己曾给过高扬名片一事，便决定把话挑明，让他死了这条心，以后不要再来翘楚阁闹事，"实话跟你说了吧。当初我给你名片，只是想通过拉拢你，借机把舒桐挖来翘楚阁。而你，对我而言，没有任何价值！"

李翘楚说着狠话，却也有所保留，并未提小赵。

高扬本还心存希望，现在却被抛来当头一棒。半年多来，自己那因一张名片而自以为被巨头认可的满心欢喜，竟是一场空。原来，在李翘楚心中，他高扬的名字从来都不曾入过眼。

"为什么……"高扬胸中扭打着愤怒和委屈，"难道因为……你觉得，舒桐比我写得好吗……"

李翘楚摇头："风格不一样，没有可比性，更何况对于文字而言，从没有绝对的好与坏，只有读者喜欢或不喜欢。"

"那你为何踩着我去挖舒桐！"高扬无法控制在脑海中熊熊燃烧的怒火，吼了出来。

"你俩最大的区别就在于，你过于在乎舆论对你的看法。"见高扬在情绪崩溃的边缘徘徊，李翘楚静下心来，决定好好跟这位"知名畅销书作家"谈一谈。

高扬不予理会，连连念叨："为什么……为什么……"

李翘楚突然一改往日沉稳的脾气，冲高扬一声怒吼："高扬！你冷静点儿！我现在是在救你！即使现在不掉我的坑，以后你还会摔进别人挖的坑里！到底要不要从虚幻中清醒过来，你自己做选择！"

高扬被这声怒吼吓住，好一会儿才缓过神儿来，调整好自己的情绪。

见他平静下来，李翘楚深吸一口气，问道："你知道秦风吗？"

高扬看着他："知道。曾经活跃文坛的作家。五年前江郎才尽，从此销声匿迹。"

"错。他不是江郎才尽，是被人们骂怵了，躲了起来。处女作一炮打响，叱咤江湖八年，好不得意。后来却突然淡出人们的视线，一切皆只因他一句'薛定谔的猫已死'。"

高扬沉思："我有点印象……五年前，有个叫金灿的八岁小女孩儿，被一位中年妇女在饭店里当众泼了开水。金灿父母将女人告上法庭，还跑去论坛里发文谩骂，贴出女人照片。人们开始人肉这名妇女，欲替孩子讨伐伤人者，可秦风却突然站出来替她说话。"

李翘楚摇摇头，继续道："秦风并没有替泼水的女人说话。他只是站出来说出了事实。那时，'金灿事件'刚刚被发酵到全社会大讨论的高潮。当大环境中，舆论针锋直指这位伤害金灿的女人时，秦风却逆流而上，爆出受伤的孩子金灿家教缺失，在饭店里三番两次招惹这妇女——翻她钱包，遭到阻止后，向她碗里吐口水；女人走到在场的孩子父母身边，让他们好好管教，可父母却埋怨说，一个大人不该跟小孩子瞎计较。当孩子再次走到女人桌边，把擤过鼻涕的纸抹在她裙摆上时，女人终于忍无可忍，端起手边刚倒满开水的水壶，扔在孩子身上。秦风说，当时他也在饭店里用餐，正巧目睹了这一幕。可是，随大流的网友们，高傲地守护着自以为是的正义感，听信了被所谓的'弱势群体'煽动起的愤怒，却对目击者描述的事实不管不顾，骂完泼水的女人，开始骂秦风。秦风满腔悲愤无以发泄，在博客中撂下一句：薛定谔的猫已死。公众纷纷猜测秦风的话到底是什么意思，各执己见，争论不休，直到有家报社刊登了一篇评论。"

"我只知道秦风说了这话之后便淡出公众视野，因为自己当时对这事没太关注。"高扬回忆着，"这评论里说什么了？"

"评论详细分析了秦风的话，在一番充斥着各种大道理的长篇大论后，得出一个结论：秦风这话，是对公众极大的讽刺。评论一经刊出，迅速被上传网络，充满正义感的人们一看自己被"极大地"讽刺了，甚是不满。'金灿事件'立刻被舆论遗忘,人们转而开始人肉秦风及其家人,抵制他的作品。从此,秦风彻底消失在公众面前。直到前不久,因为迟天转发了他的抄袭文,他才暂时在公众面前重现,而后又消失不见。"

"所谓言论自由,不就是这样吗?大家有权发表自己的观点。"

"错。这不是言论自由,这是导向。更何况,绝对的自由,会带来绝对的伤害。实际上,这场风波,影响了当时所有人。"

"不包括我。我只是知道个皮毛,并不关注这事儿,更别说受它影响了。"高扬不屑一顾。

"公众说,秦风退出文坛是因为江郎才尽,于是你也这么认为——你看,不知不觉中,你便被舆论导向影响了。这就是舆论的力量。"

"就算如此,这跟我和舒桐之间的区别又有什么关系?"

"你很可能成为下一个秦风,但舒桐永远不会。"见高扬依旧一脸迷茫,李翘楚不禁在心里感叹:朽木不可雕也。

"我还有工作要做。没太多时间陪你荒废。"李翘楚起身,一个电话便招来值夜班的秘书,"你走吧,以后不要再来翘楚阁了。"

高扬的最后一丝尊严被撕得粉碎。他转身,头也不回地离开了李翘楚办公室。

与此同时,在辛明义留下的房子里,小萌和毛一一正急得满屋子乱转。

"萌萌姐,怎么办……一整天了,还不见小晴姐回来……手机又一直关机……"毛一一心急如焚,开始碎碎念,"会不会又被网友们堵了?或者出了名被坏人绑架了?天哪!这么久还没消息,该不会撕票了吧？最近经常有女孩子失联的报道……要是小晴姐也摊上了这个悲剧，咱们该怎么办啊……"

"闭嘴！"小萌本就是热锅上的蚂蚁了，被毛一一围着念经似的不停叨叨，着急突然化作愤怒，通通撒在了他身上，"就是没事儿也得被你这张破嘴给说道出事儿来！"

毛一一吓得突然闭紧嘴巴，不敢再吱声。

小萌冷静下来，一咬牙："这么久了还不回来……走！二毛，跟我去报警！"

"得令！"毛一一如离弦之箭一般，冲到门口。

他正要开门，密码锁突然响起，辛晴抱着一只小狗出现在两人面前。

六目相望，小萌看一眼辛晴怀里那圆溜溜的小脑袋，突然崩溃，一把抱住辛晴号啕大哭："大晴子，我都快担心死了！你还有心情出去买宠物！你走之前怎么都不知道打声招呼呢？"

辛晴迷茫。

毛一一偷偷抹着眼泪，啜泣起来。小萌听到身后有动静，扭头边哭边骂："大晴子是我在这世上最好的闺蜜，我才忍不住哭的，你一毫不相干的人，咧咧啥？给老娘憋回去！"

毛一一抖了两下鼻子，泪水没忍住，倒是硬生生地把鼻涕憋了回去："我也担心小晴姐嘛……我知道，万一小晴姐出事儿了，你肯定会难受死的……"

"闭嘴！"

看着面前两人嘴巴不停地在动，说着什么，辛晴却什么也听不到。她只沉浸在自己的世界中，默默从两人身边走开，回到卧室，将小奶狗轻轻放在地毯上。

"喂！"小萌追了过来，"我为你担心得半死，你却一心只在这家伙身上……"说着，小萌朝地毯上的奶狗望去，去只见它正仰着脑瓜子，一双黑漆漆的眼睛又圆又大，巴巴瞅着自己，嘴里还不停地发出奶声奶气的哼唧。小萌的心在这一刻融化，原本愤怒的语调也突然温柔下来。她趴在地上，盯着奶狗的眼睛，爱极了这软萌的小毛球。

"我从坝上的山顶把它捡回来的。"

"不过，大晴子，以后你可真不能再玩儿失踪了！"

小狗突然一屁股坐下，蹬着一条后腿儿，挠起了脖子。

辛晴带着笑意，轻声道："以后你就叫小痒痒吧。"

小萌愣住。几天来，她第一次看到辛晴脸上浮现出无比真实的笑容。

凌晨，辛晴独坐在电脑前，查看邮箱——依旧没有来自 Coole 的未读邮件。膝头，小痒痒乖乖趴着，早已睡熟，平稳的呼吸中，呼噜一个接着一个。辛晴从没听过这么可爱的呼噜声，也从没见过这么爱打呼噜的狗。

桌面洒落一片柔和的橙光。她静下心来，慢慢写道：

亲爱的 Coole，

我曾读伊壁鸠鲁，
一番艰涩之后却也相信：
痛苦是快乐的源泉；

被分解的死亡对我们而言
无足轻重。
于是,
曾经所有艰难的取舍
和理性的快乐,
竟都有了最合理的解释。

可如今,
当疑问被浸泡在情绪里,
答案也失了理性的氧气,
渐渐窒息。
在一切痛彻骨髓的苦楚面前,
所有曾令我释然的言论,
竟在一瞬间不攻自破,
灰飞烟灭。
我那
曾习以为常的勇气,
曾引以为傲的倔强,
曾拼命维护的尊严,
曾誓死追寻的自由,
也在现实面前
溃不成军。

为什么会有死亡?

为什么会有生活？

为什么即使头破血流，

却还要将一切继续？

张枣先生笔下常见来世，

而今斯人已逝，

唯愿安息。

所惜，

"灯的普照"的来世未必光明；

所疑，

"必死的、矛盾的"的肉体无法逃远。

没有意义的路，

走不下去了。

想寻一灯塔，

却毫无头绪。

我又能怎么办？

速回。

晴。

二十二

这，已是林熙独自在酒店里苦苦等待的第十个日子。她站在窗前，望向远方——远山起伏，绵延不断。十天前，她曾对着远方赌气："舒桐，本姑娘只给你十天时间。十天后你若还不回这鬼地方接我来，我就打911让警察把你抓回来！"

如今，期限已到，她所有的埋怨通通化作担忧：舒桐已经入山十天，莫非……真出了什么意外？

桌上，笔记本电脑突然亮起屏幕，语音提示收到新邮件。林熙走上前去，点开邮件，一句"亲爱的Coole"跃入眼帘。

林熙已无心再细看，匆匆扫过一眼，便点了删除——一如三天前她删掉一封只有两行字的邮件时那般痛快。

合上电脑，闭起眼睛。过去这漫长的十天，再次在脑海中回放。

十天前，接到高扬的电话，林熙倍感意外——这小子打小就学老葛朗台一毛不拔，现在放着免费的网络不用，竟打来国际长途，一定是有什么急事儿。听到"辛晴"二字，了解了辛父车祸，林熙明白，高扬这通电话是为了找舒桐。一瞬的抉择中，她选择放任私欲，隐瞒了舒桐的行踪，对高扬撒谎，一心只想阻止舒桐回到辛晴身边。

放下电话，林熙独自坐在酒店房间里生闷气。舒桐一大早便悄悄离开。临行前，托酒店前台留给林熙一张纸条，只有寥寥数语：

林熙，

你先在这里休息，

我争取十天内办完事情，

回来接你去镇上取车。

舒桐。

"我还需要你接？"此时，林熙手里紧握纸条，委屈至极，心想，"我一好友就在镇上住，不然怎会放心把车留在那里？一个电话，他就立刻屁颠儿屁颠儿跑来接我，根本用不着你舒桐！"委屈过后，又开始责怪自己，"林熙啊林熙！你什么时候熬夜不行？偏偏昨天晚上熬！一熬就到凌晨，一睡就是一天，一睁眼就已经傍晚了……手机里定八个闹钟都叫不醒！你活该被人甩！"

正骂着，突然想起舒桐有行李寄存在酒店，林熙脑子里冒出一个想法，兴奋不已。她迅速来到前台，提出要取舒桐寄存的行李。

当值工作人员是一位风度翩翩的男生。听闻林熙请求，礼貌地请她拿出行李寄存卡单。林熙一愣，随机反应过来，笑嘻嘻地说："先生，行李卡被我未婚夫带走了。他现在外出有任务，急需我帮他念一份行李箱里的文件。拜托您帮帮忙，好吗？"

男生依然礼貌拒绝："对不起，女士，我们有规定，只能本人携寄存卡单来取行李，如果有特殊情况，被委托人携卡单来取也是可以的。您不是舒桐先生本人，手中也没有寄存卡。所以……"

"可我是他未婚妻啊！"林熙急了。

"无意冒犯您，女士，可是我们的记录显示……"男生从电脑里调出住宿资料，"您和舒桐先生住在不同的房间……"

"那个……"林熙随机应变,"我爸妈特传统,不允许我在结婚前跟未婚夫住一起。在中国,很多父母都有这个观念。"林熙突然想起不久前自己闯入舒桐房间,正碰上他收拾行李的场面,细细回忆,"而且,我非常清楚行李箱里有什么!笔记本电脑、一件羽绒服、一件夹克、三条长裤、两件T恤——其中一件白色的画了两只天鹅……哦,对了!我还知道里面有几条内裤哦!"林熙故意压低嗓音,笑道,"你看,这些能证明我们的关系吗?"

男生瞪大了眼睛,哭笑不得。

正说着,酒店经理突然出现,批评道:"Sam,请你立刻像这位女士道歉!我们不能打探顾客隐私,这是规定!"音量不大,但语气严厉,每个单词都坚定有力。

男生忙微微低头,毕恭毕敬地向林熙道歉。

她连连摆手道:"没关系!没关系!"琢磨着,或许这位替顾客着想的经理比较好说话,能通融通融,正要凑上去,经理竟主动摆上一副热情的笑容,对林熙开了口。

"实在抱歉,女士。这是我们酒店的新员工,工作上还有很多不足之处,望您谅解。但是,顾客寄存在酒店的物品,我们真的只能按照规定处理。如果您现在没有行李卡,也可以跟您未婚夫打电话,麻烦他跟我们沟通,并告知行李卡上的号码。这样也能取行李。"

林熙自知眼前这两位都是只知道"规矩"一词的主儿,一时没了主意:"他现在所在区域没有信号,手机关机。我等他开机后再跟他联系吧。"

说着,便跟两人道别,重回自己房间。

可她并未放弃。从小到大,林熙早已习惯愿望被无条件满足,不达目的绝不罢休。

读一年级时，看到高扬书包上挂着一个猫咪布偶，林熙一眼便爱上，天天跟在高扬屁股后头，问他能不能把猫咪布偶卖给她——她知道高扬总羡慕自己有花不完的零花钱。高扬死活不卖，说这是妈妈亲手做的，做了整整一个晚上，眼睛都熬红了。

小林熙是个机灵鬼，第二天便往书包里塞了一堆好东西，放学后跟着高扬回家，跑到高扬母亲面前，把书包里的宝贝一件件往外拿，边拿边解释："阿姨，这是眼药水，我爸爸从国外带回来的，眼睛累红了就滴一滴，可舒服了！这些是我最爱吃的零食，熬夜的时候可以补充能量哦！这几瓶，是我最爱喝的果汁，超级有营养！我还给您带了我家阿姨炒的菠菜，这样您就会像大力水手一样，有用不完的力气啦！"

高扬母亲吓了一跳："妞妞，你这是要干吗呀？"

小林熙趴在高母膝头撒娇，嬉笑道，"阿姨，妞妞也想要高扬哥哥书包上那个猫咪布偶，可爱极了！"

同高扬在一起时，她从不叫"哥哥"。

"傻丫头……"高母哭笑不得，"阿姨今天忙完活计就给你做！这些东西，阿姨不喜欢，妞妞留着自己吃吧！谢谢你哦！"

小林熙得到应允，把眼药水和自己最讨厌吃的菠菜留下，零食果汁一股脑全塞回包里："阿姨，那我明天早上过来拿布偶哟！"说着，便蹦蹦跳跳地跑出高扬家，开心极了。

拿到布偶后不久，林熙便随父母搬离了这座小城，来到首都。可逢着假日，仍常回小城，陪青梅竹马的伙伴玩耍，让心灵手巧的高母给自己做各种各样好玩的东西。小林熙不缺玩具,可每次看到高扬有什么,自己也想拥有,因为她知道,高母手工做出的,是这世上独一无二的。

此时,林熙最想得到的独一无二,是舒桐的行李箱。

发觉舒桐离开后,她便去了电话,不料,已经关机。想起自己曾从 Murray 酒庄那前台姑娘口中,偶然听到一座山,明白舒桐此刻定已入山,没了信号。通过联系舒桐骗来寄存卡卡号,这种方式显然行不通。林熙深思——高扬曾提及,舒桐有个习惯:所有重要证件、单据等资料,他拿到手后,一定会在第一时间里将其拍照备份。曾经用 U 盘,现在用网盘。

网盘!林熙灵机一动,拿出电脑来到网盘主页,输入舒桐的账号——她曾给舒桐共享过文件,记住他账号不是问题。可密码呢?

林熙知道,一旦密码输错三次,系统便会要求提供手机验证码。她只有三次机会。到底是舒桐生日、身份证号,或医疗卡号?还是舒父舒母的生日?或是这些数据之间某一种独特的排列组合?

林熙突然意识到,和这个男人有关的一切数据,她竟都能倒背如流,甚至连他女朋友的生日,她都记得清清楚楚。

辛晴生日?

林熙不由得感伤起来。明知道脑海里这几个数字极有可能就是答案,却偏偏害怕自己真的猜对密码。她叹口气,输入辛晴生日——系统提示密码错误。

林熙皱起眉头,思索片刻:"不是年月日……倒过来试试日月年。"

密码正确。

林熙迅速找出行李寄存卡照片，传至手机，下楼，顺利将舒桐的行李箱带回自己房间。

"既然你舍得把我自个儿丢在这人生地不熟的地儿，我一定要让你后悔！"她再次用辛晴生日解开行李箱密码，一脸得意的笑。

林熙的目标，是那台笔记本电脑。

昨天下午从 Murray 酒庄出来，两人继续上路，入夜时赶来这家酒店过夜。临睡前，林熙跑去舒桐房间闲聊，不料正碰上他收拾行李，挑出最有用的物品装进双肩包中。

"听说那座山里人烟稀少，车只能从山脚往上走一小段。剩下大部分路必须徒步。"当林熙问起，舒桐如是回答，"一些贵重物品，或者用不到的东西，就暂时先装进行李箱，寄存在这儿。"

"你可以放车里呀！"

"车停在山脚的开放式停车场，不安全。"

林熙若有所思，看到桌上笔记本电脑亮着屏幕，便走过去。舒桐见状，忙冲上前合上电脑。那一瞬，林熙无意中瞄到邮箱界面里的三个字：速回，晴。

此时此刻——颇费一番周折从寄存处取回舒桐行李箱后——她迫切想要看到的东西，就在面前这台薄薄的电脑中。

林熙深吸一口气，打开电脑，用辛晴生日作密码，成功登陆了舒桐的邮箱。细细读着每一声"辛晴，你好"和每一句"你好，Coole"，林熙心中波澜四起。她从未想到，舒桐竟一直在以这种方式同辛晴保持联系，字字句句情真意切。昨晚自己无意间看到的那封邮件，落款处不再是"祝好"，而换作了"速回"——速回信？还是速回国？辛晴知道这 Coole 是谁吗？这封邮件，舒桐却并未来得及回复。那座不知名的山里，到底有着什么魅力，竟能令他放下辛晴一句恳切的"速回"，着急前往？

那时，林熙看不懂两人之间密语一般的文字，满脑子都是疑问和猜测。直到一周后，收到来自辛晴的那封简短邮件，林熙终于意识到，原来，辛晴从一开始便知道 Coole 就是舒桐。

她曾可怜辛晴近来的遭遇，可看到那句"亲爱的，回来好吗"，却突然觉得，自己才最该是被可怜的人。

这是舒桐弃自己而去的第十天，也是他留下的那张字条里约定的最后期限。林熙愁容满面，全然已将辛晴抛在脑后，一心只盼舒桐平安而归。盯着挂钟又读了一个小时的秒数。当分针再次回归数字十二，舒桐仍未现身。林熙坐不住了。

她飞奔出门，来到酒店前台。Sam 和一位名叫 Alex 的女生正在电脑前忙碌。看到林熙跑来，Sam 微笑："您好，林小姐！请问，有什么需要我帮助的吗？"

"有！"林熙突然红了眼眶，"舒桐……"

正在这时，Alex 冲酒店门口打招呼，一脸温暖的笑："欢迎回来，舒先生！"

林熙一愣，转过身去，看到舒桐缓缓走进酒店，风尘仆仆，面容憔悴。眼泪终于止不住地掉落，她冲上去一把紧紧抱住舒桐。

舒桐欲奋力挣脱，林熙却怎么也不肯撒手。

Sam 和 Alex 相视一笑，低下头去继续忙起手边的工作。

二十三

儿时，舒桐曾坐在家里第一台十四寸彩色电视前——那是爸妈省吃俭用，终于狠下心搬回家的"大块头"——看着屏幕里憨态可掬的卡通熊形象，喜欢得不得了。进入初中，爱上了看纪录片，舒桐才知道，卡通里隐去了多少现实中的凶残与粗暴，而真实的熊也并非一个个只知道吃蜂蜜的小可爱。只是，他从不曾想过，自己有一天会在野外环境中直面这庞然大物。

一百米开外，那棵高耸的云杉旁，一个晃动的黑影引起了舒桐的注意。体毛浓密黑亮，裹着粗壮肥大的身躯，看起来十分笨重。它正直立站着，背靠树干不停地摩擦。

舒桐的心立刻提到了嗓子眼儿。他想起辛晴曾在游记中对 Black Bear 和 Grizzly Bear 所做的详细描述，一边庆幸自己今天遇到的不是体型更为庞大的后者，一边迅速从背包侧袋中抽出一瓶 bear spray——辛晴曾提及这种防身工具，强调若在北美有野外出行计划，务必随身携带。他将其抱在胸前，腾出双手，正欲拍手呼喝，突然听到身后传来有节奏的击掌声。扭头望去，只见一个女人正边拍手边冲自己使眼色。舒桐会意，同她一起击掌，大声呼喝。

不远处的黑熊听到动静，迅速离开。

"这个，"女人指指舒桐手中的 bear spray，怕他听不懂，便用英文慢慢地说，"这么远是喷不到它的。"她一身淡蓝色牛仔服，背着一个鼓囊囊的双肩包，一头红发被细心编成辫子盘在脑后。

舒桐点点头:"我本来是想击掌呼喝让它离开,如果没有成功,当它靠近时再用。"

听到面前这男士的英文虽带有口音,但甚是流利,女人便恢复正常语速:"并不是所有来加拿大的游客都了解遇见熊时正确的处理方式。这里暂时仍不安全,你先跟我去我的房子里待一会儿吧。就在前面。"说着,她转身便要上路,"黑熊对自己的地盘了如指掌,很少会在有人类居住的地区活动。不知道这次它为什么来我木屋周围晃悠。可能是因为我的房子已经空了整整两季吧。"

"多谢您的好意!但我今天来有要事在身,就不去打扰了。"舒桐婉拒。

"你为什么来这儿?这里可不是什么旅游景点。"

"我来是为了找一位叫 Jo Murray 的女士。"

女人扭过头来,定定地望着舒桐:"我就是 Jo Murray。"

半山腰上一座独栋木屋,守住了这里不多的烟火气。Murray 女士端着泡好的红茶来到三楼露台,放在舒桐面前。听闻他来自中国,她指着藤桌上的茶具道:"这些是十年前我和丈夫一起从中国带回来的。"说着,脸上浮现出阴郁。

"Murray 女士,我的女朋友辛晴……曾和您丈夫同在汤加,出海。"舒桐小心翼翼。

"你可以叫我 Jo。"她红着眼眶,给了舒桐一个微笑,"我听 George 说起过辛晴。非常可爱的女孩子。他曾说,她有着别人没有的勇气和强烈的好奇心,像一只自由自在的鸟儿,不断探索这个世界。George 还说,他邀请了辛晴来我们的酒庄。他知道,我一定会在见到她的第一眼就喜欢上这个女孩子，因为辛晴身上有着 George 年轻时的影子。"

"在汤加的日子里，Murray 先生是小晴唯一的朋友。"

"她也是他在汤加唯一的朋友。"Jo 强忍泪水，"在他人生的最后一段日子里，我忙着和一批新酒商谈合作，我们之间唯一一次联系，是在他出事的两周之前。我竟然对 George 生命中最后的时光一无所知——我非常后悔……"

舒桐从背包里掏出几张纸，这是自己临行前从辛晴游记中摘录的关于 George 的内容。他一句一句翻译，念给 Jo 听，用温暖慢慢填补着她心中被悔意侵蚀的残缺。念完最后一句话，舒桐抬起头。

Jo 已泪流满面。

"能把这些……送给我吗……"

舒桐点头。Jo 用颤抖的双手接过记录了丈夫最后一段旅程的文字，发现上边每一句中文下都工工整整写着一行对应的英文翻译。

"谢谢你们……为我所做的一切……"Jo 泣不成声。

挺拔的云杉高耸入天际。一片郁郁葱葱的树影之中，沁人心脾的风不时抖落下一地斑驳阳光。当 Jo 慢慢平复了情绪，她站起身，将舒桐邀入屋内，带他来到露台旁的房间。

空空荡荡。从窗口透进来的光束，让空气里一切浑浊飞舞得更加肆无忌惮。

Jo 走进屋内，驻足在窗户右侧那面墙边。舒桐这才发现，整整一面墙全被一块巨大的灰色幕布遮挡起来。Jo 深吸一口气，慢慢拉下墙角控制幕布开关的绳子。

一副巨大的油画在舒桐面前缓缓铺陈开来。

"这是蓝色的海洋。"Jo 退回舒桐身边，望着油画，敞开了心扉，"也是 George 航行过的海洋。曾经，他是一个只能被欺负的受气包，跟我一样，被同学们歧视、羞辱。当我们相遇，他为了保护我，终于放下恐惧，勇敢地站起来反抗校园暴力。George 自小就喜欢大海，人生中唯一的梦想就是成为一名水手。我也有梦想。我喜欢画油画。认识他后，我的画里便全是 George。当我们长大成人，他成了一名优秀的水手，在未知的世界中勇敢航行。而我，继续用我手中的色彩，涂抹着他走过的轨迹。所以，他亲眼看到过的每一片蓝色，都成了这幅画的一部分。"

舒桐一点点望去，果然，整个画面看似是一副完整的海洋图，实则被分成了许多小块儿，每一块儿都代表着不同的海域，而每一片海域中，都有 George 的身影。唯独右下角部分，是一片空白。

"汤加的海，是他这辈子亲自航行过的整整第一百片海域。我答应过，会把他人生中前一百次航海画成一幅画。所以，每当他看到新的蓝色，就会在电话里或者网络上详细地描述给我听，还会发来许多照片。我们约定，当他从第一百片海域归来，我们要共同见证这幅画被涂上最后一抹色彩的时刻。可是……"讲到这里，Jo 突然停下，开始哽咽，"我却接到通知，George 已不在人世……料理完后事，这段日子，我独自一人待在这里——待在这座充满了回忆的木屋里。我想为了他，完成这幅画。可是，站在这儿，我什么也画不出来。在他生命最后的时光中，我却一心扑在酒庄生意上，根本没有给他机会，去亲口描述汤加的海。虽然……虽然后来我在邮箱里看到了他拍的照片，但我仍无从得知，他为那片蓝色倾注了怎样的情感。我依然画不出来。最后这块空白，成了我从未有过的遗憾。我以为，这幅画只能一直残缺下去。直到你来找我……直到我看到辛晴为 George 记录下的最后的时光。"

"有些东西……"舒桐叹口气,"辛晴还未来得及写下来。海难发生后,她回国休养,再也没有继续行走的计划,也不再更新任何文字了。她曾在电话里告诉我……"舒桐转过身,看着 Jo,"当船员们看到火山岛,George 指向远方,对你的照片大声说着什么。当辛晴和 George 两人流落荒岛,在生命最后的时刻,他把你的照片塞给辛晴,说了一番话。可是,她什么也没听到。海难后,辛晴本就因为自己是唯一的幸存者而临近崩溃边缘。亲眼看到 George 闭上眼睛,手里拿着他用尽最后力气递过来的照片,却没有听到他的遗言里到底说了些什么——她非常痛苦,也因此始终对你心怀愧疚。辛晴虽不知遗言内容,却清楚,George 希望照片能回到他挚爱的妻子身边。但是,她不知该如何面对你。他生前曾对辛晴说过,你的照片陪他一起,看过这世间最美的蓝色,他要在航行结束后,把照片带回家,填补最后的空白。辛晴说,她不知道 George 口中'最后的空白'是什么意思。我也不知道,直到你带我来看这幅画,我才明白……"

Jo 潸然泪下。

舒桐动容。

当她平静下来,带着舒桐回到露台,他继续娓娓道来。

"其实,在海难后那两通电话之前,辛晴已经两年没有和我联系了。我知道,是因为我母亲从中作梗。她们一直瞒着我。我明白,她不希望我为难。所以,我选择默默等待。两年来,我始终关注着她走过的每一步、写下的每一个字。当我终于接到辛晴主动打来的电话,我的心,前所未有的震惊——我从没有听到过她这般无助、迷茫、痛苦到不知所措的声音。电话里，辛晴说，她一步也不敢再往前走了。她丢失了所有的勇气，再也找不回来，也不想再找回来了。我明白，她是一个独立到不论发生何事都要自己一扛到底的姑娘。她曾独自克服了无数困难，跨越了许多心理障碍。可如今……当她主动提出放弃梦想和远方，我开始担心、害怕。担心在将来，她会后悔自己现在所做的决定，害怕她因为这决定而丢了最真实的自己。因为……因为我知道，这种后悔的感觉、这种发现自己丢失了最单纯的灵魂的感觉有多么痛苦……"

"所以，你来找我，希望我能和你一起，帮辛晴振作起来？"

"所幸，我原本就有来这边采风的计划，要为新书做准备，所以刚刚办好签证。一放下电话，我就立刻动身来加拿大了。辛晴曾遭遇过的所有痛苦，都在这次海难之后被突然放大，因此，因没有听到 George 遗言而对你产生的愧疚，也加倍地折磨着她。"

"她不必有愧疚。我没有怪她。我怎么可能会怪她呢？"

"她已经陷进情绪的漩涡中，难以自拔。我很清楚她对我的依赖，知道此时她希望我陪在她的身边。可同时，我也明白她对我母亲的畏惧，一旦她听从内心，来找我，又必定会自责、会纠结、会因给我带来麻烦而愧疚。我不想让她陷入两难的境地。所以……来加拿大之后，我便用化名与她通过电子邮件保持联系。我希望用我的文字，慢慢化解她心中的恐惧，帮她找回丢失的勇气。我看得出，她一直在努力。但这些并不够。"

"我想给辛晴写封信，你能帮我带给她吗？"Jo 诚恳地问道，"我会尽我最大的努力，帮助你们。"

舒桐眼中泛起泪光。

"你是从酒庄赶来的吗?"Jo 微笑着,开始闲聊。

"是的。在我说明来意之后,酒庄里的工作人员给了我地址。"舒桐如实回答。

"从酒庄到这里,我一般要开五天的车。因为道路限速,中途又经常会碰到野生动物,尤其是现在这个季节。你这次来,用了多久?"

"我为这趟来回的行程预留了十天时间。来的路上,白天赶路,还没到晚上就得开始找小镇准备过夜,毕竟对这里不熟悉,担心错过住宿的地方。所以基本上也走了五个白天。"

"今晚就在这里休息吧。我写东西很慢,也需要时间。"

"打扰了,谢谢。"

Jo 微笑起身,走下楼去为舒桐收拾客房。

第二天一早,当舒桐从 Jo 手中接过一封长长的信,他感激万分。

临行前,Jo 给了他一个温暖友好的拥抱,告诉他,这里永远欢迎他们,自己也会一直等待着有一天能见到辛晴,和她一起吹着林中凉爽的风,看阳光驱散世间的阴霾。

舒桐连连道谢,带着一封装满诚意的信离开了这座大山。

二十四

心心念念的人儿终于回到自己身边,林熙毫无顾忌地扑上去,双手挂在舒桐脖子上,娇滴滴地责备。

舒桐无力挣脱:"林熙,我现在非常累。"

林熙识趣，听出了他嗓音中的疲惫和些许愤怒，便乖乖撒手。突然想起自己已瞒着舒桐将行李取出，林熙着了急。知道此时主动承认错误是唯一选择，她挡在舒桐面前，低着头，道出了一切。舒桐眉头微皱，努力压制着情绪，一言不发地朝电梯走去。林熙跟在身后，不停地道歉。在房间门口，舒桐站定，冷冷地向她看去。她咬着嘴唇，纵使万般不情愿，却只能拿出房卡，打开房门。

　　舒桐一眼便看到桌上的笔记本电脑，对林熙那点儿小心思早已洞若观火。

　　"有新邮件吗？"

　　林熙自知瞒不住了："你是说辛晴给 Coole 的邮件吧。你也够深情的，用一个这么古怪的假名字跟她书信传情……但你难道从来就没想过，辛晴还能跟一个不认识的男人你一言我一语地谈心，每封信都写得那么情真意切……你不吃醋吗？不嫉妒、不愤怒吗？"她以为，自己删掉了那封两行短信，舒桐便不可能知道辛晴已发现 Coole 的真相。

　　舒桐不言语，看一眼收件箱后，调出已删除邮件。林熙见状，大惊失色，心里念叨："完了！只顾着担心舒桐安危，压根儿就没想到邮箱还有临时储存已删除邮件的功能。林熙啊林熙，在这个男人面前，你怎么就这么糊涂呢？"

　　恢复邮件后，舒桐这才转身望向林熙："我的手机呢？"

　　"手机？"林熙愣住，"我不知道啊！我还想问你呢！这么久了，你的手机为什么一直关机？在山里没信号我能理解，可你出山后往回走的路上为什么也不知道给我打电话报个平安？我都快担心死了！"说着，便要掉出眼泪来，以为这样舒桐便不再生气。

舒桐走到行李箱旁,在箱子底部翻出了手机:"收拾行李的时候把手机忘在箱子里了。"充上电,开机,跳过来自林熙的无数个未接来电,他看到了高扬和小萌发来的消息。心像被人猛地揪了一把,疼。

"林熙,"舒桐放下手机,走到她面前,"Coole 这个名字,取自辛晴和我最爱的英文诗——叶芝的那首 The Wild Swans at Coole。我喜欢数台阶,我习惯在落款最后点上一个点,只要在给她的信中,我总会留一个'念'字于信尾。这些细节,她都知道。"

一字深情,千言万语尽在其中。

从一开始,他就毫无隐瞒。

从一开始,她便心知肚明。

林熙做了多年的梦,顷刻间灰飞烟灭。她终于明白,器官间的生理反应,终究抵不过灵魂间的相知相守。自己或许能够得到舒桐的人,但辛晴和舒桐的默契——那种让她疯狂嫉妒的、这世上独一无二的心有灵犀,于她,却永远只是痴心妄想。

傍晚,舒桐静静地坐在窗前,在 Coole 给辛晴的最后一封信中,用温暖回应着她孤独的灵魂,一如既往:

　　辛晴,你好。
　　我是 Coole。

　　曾经的希腊,
　　需要一种来自不同声音的解答。
　　伊壁鸠鲁的答案纵然有限,

却是另一种振聋发聩的觉醒。

当时是,

现在依然是。

你问我,

这世上为什么有死亡,

为什么又有生活。

因为死亡就在那里,

生活也在那里。

你问我,

为什么要继续。

因为你还活着。

活着很辛苦,

也很值得。

自由不是身无束缚,

而是身在束缚之中,

却始终坦荡。

不失初心,

不忘本真。

我们都曾为了自由,

那么努力地活着。

如今,

我们还要为了自由,

不遗余力地
向死而生。

于你,
若尊严与自由永不泯灭,
纵使他人恶意揣度,
恶语中伤,
灵魂亦饱满如初。
而于我,
若得偿所愿,
一生专注爱一个人,
一世笃定守一颗心,
便已足够。

归程在即,
牵挂依旧。

念,
Coole.

  邮件发送成功。
  窗外,夜色深沉。舒桐算好时间,预订了后天回国的机票,正欲关上电脑,突然听到一阵敲门声。
  起身开门,门口空无一人。脚下,安安静静地躺着一张信纸。纸上,只有四个潇洒的大字：

再也不见。

京城，一场抹黑桐叶原创工作室的阴谋已拉开了序幕。

当制片方拿着出自桐叶原创之手的剧本创意，怒气冲冲地走进工作室，剧本创作团队的领头人之一——一位名叫双篱的姑娘，忙迎上来，将其带入会议室。制片人将稿子狠狠摔在桌上，拿出电脑调出文档。

"这本叫《风暖如初》的网络小说，和你们给出的创意，从故事立意到人物设定，甚至连里边每一个角色的名字都一模一样！"制片人暴跳如雷，"你们好好跟我解释解释！这到底是怎么回事儿？"

双篱一惊，忙接过电脑，细细翻看。果然如制片人所言——这简直就是桐叶原创团队创意的小说版，只不过文字拙劣、细节粗陋，倒像是赶工出来的劣质品。昨晚刚刚上线，到现在点击率便已过十万——新人作者的新作品，没有任何宣传，可阅读量却如此之大，着实不合常理。

"您先别急，这事儿蹊跷，我们需要好好调查。"

"我管你蹊跷不蹊跷！我们这边各种审查急等着剧本，现在却发现整个创意都是剽窃来的！你们的本子还能用吗？你去把舒桐给我叫来！现在就去！"

"舒桐出国了，还没回来。我是团队的负责人之一，您跟我说是一样的。"双篱耐着性子解释道，"我可以保证，这是我们工作室的原创，是团队成员们无数次头脑风暴做出来的创意，绝对没有剽窃！这件事情我们一定会尽快调查清楚，给您一个解释！请您放心！"

"二十四小时之内让我看到你们的答复！否则我们有权单方面解

除合同，并且告你们违约！"

双篱一路好言好语将制片人送出工作室，回过头来便立刻一脸严肃，一边拿出手机给舒桐去电话，一边吩咐剧本团队召开紧急会议。

高扬原本在自己电脑前赶稿，听闻这么大的动静，忙凑到双篱身旁。

"老高，舒桐怎么一直关机？"双篱心急如焚。

高扬淡然："不知道。"他无意帮忙，只想看看自己这位让李翘楚心心念念而不得的好兄弟，该如何度过这次难关。

也正因如此，看到小赵一脸慌张地偷偷跑出工作室后，他却并未言语。

高扬对小赵的怀疑，始于自己从翘楚阁离开之时。当他在翘楚阁门口发现，小赵正让保安帮忙续今年的门禁卡，高扬突然明白，一直以来将他奉为偶像、极尽溜须拍马之能的赵粉丝，竟是李翘楚的手下。那时，高扬并不清楚李翘楚将小赵安插在桐叶原创目的何在。直到今日，工作室发现创意被窃，小赵趁乱而逃，高扬对发生的一切便了然于胸。

临近夏末，上海渐渐现出了宜人的一面。当迟天戏份杀青，工作人员纷纷上前祝贺——通过这段日子的相处，大家给了这位谦逊好学的大明星极高的赞赏。迟天长出一口气，正因终于打了场胜仗而欢欣，却见艾达匆匆忙忙朝自己跑来。

"小天，我现在就安排助理订机票，咱们尽快回北京。接下来你还有好几个公益活动需要出席，两个品牌的代言要做。"艾达翻看着手机中的日程表，"还有……"

"Ada,"迟天轻声打断了艾达,"咱们晚一天离开,好吗?我想回家陪爸妈吃顿饭。"

艾达抬起头,看着迟天一脸倦容,这才意识到,自来上海那天起,迟天始终在工作,根本没有机会与同在上海的父母见一面。她看一眼行程,时间毫无空余,虽心疼迟天,却也只能拒绝。

"小天,这个月行程实在太过紧张。我看了一下时间安排,下月中旬有两天小短假,到那时我陪你一起去看叔叔阿姨,好吗?"

迟天苦笑,只能给父母去通电话,同剧组挥手告别,回酒店休息片刻,随即又在艾达的陪同下赶往虹桥机场。

这一次,只有低调行事的两人和一位保镖。机场一切平静,除了几位受艾达掌控的职业粉丝悄悄跟在三人身后送机之外,再无他人。但谨慎的艾达仍不忘提醒迟天,注意一言一行,以防狗仔。

排队取票时,迟天透过墨镜,看到自己面前正站着一个熟悉的身影——许赛。

"赛赛!"迟天开心极了。在剧组的日子里,许赛常给自己耐心讲解表演技巧,迟天心存感激。

"小天哥!"许赛转过身,认出迟天,眉开眼笑,意识到什么,又忙捂住嘴,怕因自己而让迟天被认出,惹来麻烦。

"你怎么也是今天离开剧组?不留下来参加庆功宴吗?"迟天好奇。

许赛笑言:"我还要赶去下一个剧组接戏。虽然不是什么重要角色,但我毕竟没什么名气,需要这样的机会锻炼,多多益善。所以……"

"坚持梦想是好的。"艾达闲着无聊,插上一嘴,"总会有梦想成真的那一天。"虽然明知面前这小伙子与迟天长相太过相似,除了在迟天的光环下发展，很难有开阔的戏路，艾达依然不吝鼓励，祝他好运。

"谢谢艾达姐！"许赛天真又乐观。

三人一边聊天、一边规规矩矩地排队等候，保镖则尽职地守在一旁。正在这时，一对老夫妻推着行李车朝队伍走来。车上坐着一个四五岁的小女孩，正兴奋地不停挥舞着手中的洋娃娃，两条小腿儿在空中胡乱踢腾。老夫妻不理会排队等候的人们，径直朝迟天三人插队而来。眼看着行李车就要撞到迟天，保镖忙下意识地上前用身体挡住车子。

推车的老先生见状，立刻变了脸色，质问："干吗呢？"

老太太随即在一旁帮腔："没看到我们是老人吗？没看到我们推着孩子吗？老人优先，孩子优先，懂不懂？"

保镖忙道歉。

老先生看出了保镖身份，把目光转向迟天，打量着他全副武装的面部，骂道："装什么明星？装什么大牌？还有没有点儿尊老爱幼的意识了？"

保镖继续道歉，可老夫妻却不依不饶，依旧骂骂咧咧，绕过迟天一行人，直接插到了队伍最前端。

艾达警惕地四下张望，看到不远处几个镜头正对着队伍——果然不出自己所料，狗仔们一直悄悄跟着呢。

许赛实在看不惯老夫妻的做法，欲上前和他们理论。迟天忙将其一把紧紧拉住。许赛憋着火气，替迟天委屈，见迟天和艾达均默不作声，也只能作罢。

取完票，离开队伍，许赛这才伏在迟天耳边，道："哥，他们倚老卖老！你不生气吗？"

"当然生气。"迟天无奈，只有微笑，"但已经习惯了。公共场合，一言一行都要注意。稍不留神就会被抓到，惹一身莫须有的罪名更是家常便饭。所以啊，遇到这种事情，一定要忍，不要起冲突。"

许赛叹口气："唉，如果是我，早就给丫骂回去了……"

"小天刚出道的时候，也是这个性子。"艾达笑言，"过了三年，愣是被逼出现在这副好脾气。"

"可这种事情遇到一次就很窝火了，要是经常发生，岂不是早晚都要被憋死！"许赛依旧愤愤不平。

艾达看着他，仿佛看到了三年前的迟天："你换个角度想想。一时忍耐换来的是接下来好几天的痛快，也就不会憋火了。"

"艾达姐，这话是什么意思啊？"许赛迷惑不解。

艾达笑笑："就拿今天这事儿来说吧。你觉得谁是谁非？"

"肯定是那对老夫妻的错啊！他们倚老卖老，平白无故把小天哥骂一通，还插队！"

"这些，明眼人都看得出来。现场有狗仔拿着设备拍照录像，也有几个同在排队的群众也举起了手机。一旦上传网络，你说说，网友们会偏袒哪一方？"

许赛若有所思。

"小天这边越是隐忍，就越能凸显出另一边无理取闹。如今，为老不尊的现象被曝光太多，所谓'弱势群体'不再弱势，而是气焰嚣张地对他人进行道德捆绑——对此，人们早已厌烦，一旦看到，必定群起而攻之。再说，小天这方并非什么都没有做。保镖用身体护了一下，大众会觉得，就是动手了。"

"可保镖大哥是在尽职尽责地工作啊！他的任务不就是保护小天

哥不受伤害吗？推车快要撞到小天哥的时候，保镖用身体挡了一下，也没再多做什么其他举动。"

"普通人谁会雇保镖？在很多人看来，一旦你比别人多拥有了什么，名气也好，财势也罢，你就是强势群体中的一员，你一个小小的举动，会被无限放大。如果今天小天上去跟老夫妻理论，这件事的性质就会变成小天仗势欺人。即使咱们有理，即使老夫妻有错在先，在声势浩大的网络暴力之下，小天也都会是跳进黄河都洗不清了。所以，小天的隐忍，换来事发时现场的风平浪静和事件被曝光后舆论为他打抱不平——无论怎么分析，这都是最好的结果。"

艾达一番详细解释，让许赛恍然大悟。

迟天听着艾达的话，突然觉得，如果没有她，自己根本走不到今天。

二十五

迟天乘坐的航班还未降落，网络上便炸开了。

一段打了马赛克的采访视频上传后，在一个小时内便已被疯狂传播。采访者是一家娱乐媒体，受访人是一位化名小 N 的姑娘。

姑娘称，自己在巴黎一家酒店偶遇迟天，不料却被偶像臭骂，还挨了保镖一顿打。视频最后，小 N 哽咽道："他们骂我……打我……不过是因为我说了迟天女朋友辛晴一句坏话……"

"你说什么了？"采访人关切地问。

"我看到迟天后，对他说：别让辛晴影响你的事业……"

"就这一句？"

"就这一句……"

"这也不算是什么'坏话'呀!"采访人颇为小 N 愤愤不平。

"可能在小天眼中,女朋友比粉丝要重要得多吧……"小 N 掩面而泣,"我曾那么喜欢他、支持他……"

姑娘的面孔虽然被打了马赛克,她一番声泪俱下的描述依然引起了无数网友们的同情——不明真相的人们总会对"弱者"的眼泪信以为真。

一时间,网友们纷纷落井下石。每一块石头上,都贴满了莫须有的罪名:

"成了大明星,就开始耍大牌。前不久,他接了一个什么破网剧,在剧组里一遇到不顺心的事儿就摔道具、冲替身发火、给其他演员甩脸子瞧。演技不咋地还天天骄傲得不得了,容不得别人说一句不好听的……现在这些个小鲜肉们啊,道德修养真的是低到了极限!"

……

"迟天但凡参加活动,一定得迟到!让主办方和观众苦苦等待,自己却在化妆间补觉,这可是常有的事儿!听说,大明星们都是这破德行!人前光鲜亮丽,讲礼貌、讲道德,人后就暴露了伪君子的真面目……"

……

"你们知道吗?迟天在台下,只要有女舞伴一起练舞,他肯定对舞伴揩油!咸猪手那个不老实哟!啧啧!老子就想不明白了,像迟天这种靠一副没用的皮囊出名的人,怎么就那么多年轻小姑娘臭不要脸地往上贴呢?"

……

隔着屏幕的嘴，一向吐不出真正的仁义道德。

迟天声誉危在旦夕。

粉丝们立刻成了热锅上的蚂蚁，纷纷在不同地区粉丝团的官方带领下，跳出来为偶像开脱罪名。可这场原本以为偶像正名为目的的正义之战，却渐渐演变成了一场拿辛晴当挡箭牌的口水战。很快，粉丝们竟统一了战线，一致认为，罪魁祸首就是辛晴——她要借迟天蹭热度，提高自己的知名度。

而此时，辛晴对此一无所知。

一早起床，第一件事便是查看邮箱。看到 Coole 的邮件，辛晴身上每一个细胞仿佛都在瞬间苏醒。遍布心田的欢愉啊，像那快要干枯的薄荷一般，狂饮甘霖，而后向着越发明媚的阳光，仰起了倔强的头颅。

小痒痒守在一旁，仿佛感受到了辛晴此刻的欢欣，摇起尾巴，不停地用小舌头舔她的脚腕。

辛晴合上电脑，将小痒痒轻轻从地上抱起。

"小丫头，今天，我要带你去医院打疫苗哦！"在这柔软的小生命面前，辛晴眼里心里溢满了温柔，"你要健健康康地活着。等你长大了，我会给你找一个'小老伴儿'，咱们就叫他'小挠挠'，好不好？"

"大晴子！起来了吗？"门口，小萌一边刷牙一边把脑袋探进来，"说好的今儿带痒痒宝儿去打疫苗，你快点儿啊！趁毛二毛还在睡懒觉，咱俩赶紧走！"

这么多天来，小萌第一次起得比辛晴还早。

"知道啦！"辛晴应着，将小痒痒轻轻放下，走出了卧室。她摇着尾巴跟了过来，不想跑得太快，竟连翻好几个跟头，像小毛球似的在地上直打滚儿，惹得两人哈哈大笑。

看着小家伙笨拙又可爱的模样，辛晴在心中暗暗发誓：小丫头，在我快要选择放弃的时候，你带着炽热的心跳，出现在我岌岌可危的生命中——谢谢你！而今后，我一定会尽最大努力、用最多的爱，来守护你有限的生命……

从宠物医院出来，辛晴小心翼翼地抱着小痒痒，既担心天热导致小狗中暑，又害怕时不时迎面而来的风会把刚打完疫苗的痒痒吹病。小萌跟在一旁，手中的遮阳伞倾向辛晴的怀抱，把阴凉全给了小痒痒。

两人着急往家赶，根本没有意识到已被人跟踪。

当一群陌生人突然从拐角冒出，将辛晴和小萌团团围住，两人愣在原地，不明白到底发生了什么。

几个女生指着辛晴破口大骂。其中一人觉得不过瘾，便要上前动手。不料，手刚伸到辛晴面前，小痒痒便龇牙咧嘴地从她怀中跳出，一口咬住那女生的指头。

女生一声尖叫，猛地一甩手，只见痒痒小小的身体像一只网球般被狠狠砸在地上。那一刻，时间仿佛在瞬间静止，辛晴感觉不到自己的心跳，一把推开女生，朝痒痒扑过去。

只有两个巴掌大小的小痒痒，直愣愣躺在被太阳烤得炽热的地面上，瞪大了惊恐的双眼，一动不动。辛晴跪在痒痒身边，浑身颤抖，眼泪止不住地流。她双手捧起那小小的、僵硬的身体，不停地呼唤。

痒痒依旧一动不动，舌头耷拉在嘴边，曾经因好奇而时不时抖动的小鼻头再也没了生机。

一旁，一位大妈凑上来道："姑娘，这狗怕是不行了。还好不是什么名贵品种，就是一杂种串串儿，不值钱！你就别伤心了。"

"串串儿怎么了？"小萌冲大妈一声怒吼，"串串儿也是条生命！"

辛晴一把将痒痒搂进怀里，起身朝医院飞奔而去，小萌紧跟其后。一群闹事者见闹出了性命，一个个悄悄退场，消失在了人群中。

车水马龙的街头，没人在乎这个不起眼儿的小生命。

宠物医院里，辛晴哭喊着救命，医生忙跑来将痒痒接过去。小萌心急火燎，跟医生讲述事发时的状况。不一会儿，几个医生纷纷摇着头看向辛晴。

"这么小一点儿，年龄还不到两个月，那么狠地摔上一下子，是致命的……"其中一位医生遗憾地说。

辛晴的世界，刚刚闪烁起亮闪闪的温暖，却在顷刻间再次陷入一片突如其来的黑暗。她抱起小痒痒的尸体，一言不发，冲出门外。

小萌同医生打过招呼，忙跟了出去，却已不见辛晴踪影。

近十一个小时的飞行，舒桐捧着 Jo 写给辛晴的信，反反复复看了无数遍，直至每一个单词都在心中打下深深的烙印。

当飞机顺利降落，开始滑行，舒桐收好信，放进随身携带的文件夹中。飞机停稳，他拿出手机，刚一开机，便有电话打了进来。

"舒桐！剧本出问题了,你快回来！"电话中传来双篱焦急的声音。

听她简单介绍完情况，舒桐放下手机，看着手边的文件夹，暗暗道："小晴，再等等我……"

马不停蹄赶至工作室，舒桐刚一出现在剧本团队面前，便立刻被团团围住。

"舒桐哥!你快来看!就是这个叫《风暖如初》的小说,跟咱们《南之南》的创意一模一样!"大家既愤怒又委屈。

舒桐接过双篱递来的电脑,翻看《风暖如初》和作者资料:"怎么没听说过这个名字……新人作者的新作品?"

双篱点头:"阅读量大得不合常理。"接着,她伏在舒桐耳边悄声道,"事发后,小赵就消失不见。大家都发现了,工作室里已经起了谣言。"

"他不是高扬带进来的吗?高扬呢?"舒桐这才发觉,自己打一进门就没看到高扬的身影。

双篱将他拉至一旁:"老高最近情绪不太正常。有时兴奋得跟打了鸡血似的,二十四小时待在工作室里,噼里啪啦敲键盘。有时又突然两眼空洞无神,呆坐在椅子上,一坐就是一整天,什么也不干。"

舒桐沉思。

"舒桐哥,我们该怎么办啊?"桐叶 er[①] 们着急,冲舒桐嚷嚷。

"《南之南》的创意肯定无法再用。我手头有一个构思完整的故事,还没有以任何形式公开过。"说着,舒桐朝办公室走去,从抽屉里拿出一个厚厚的文件夹来,"这里,是《故事奶茶店》的创意。立意、梗概、人设等等,在这份文件中都有非常详细的说明。双篱,你现在马上去找制片人,把这些拿给他看。合同中约定的初稿交稿时间是下月底。如果《故事奶茶店》的创意被采用,接下来这段时间,大家辛苦下,以这个创意为基础重新写稿。如果制片方不同意……咱们再想办法。"

---

① 舒桐工作室成员的昵称。

"这是……你自己的原创,团队拿来用,可以吗?"双篪略有迟疑。

"这个创意不在我未来的个人出版计划中。本身就是我为这次剧本准备的 Plan B。所以,整个故事设定全部是按照制片方合同里的要求来做的。拿这个替换掉《南之南》,应该不会有什么太大问题。"

"太好了!"双篪接过文件夹,夺门而出。

"谁知道高扬去哪儿了?"舒桐问。

大家纷纷摇头。

舒桐给高扬打去电话,无人接听。他走出工作室,拦下出租车,直奔高扬家而去。

高扬正在家中吞云吐雾,被舒桐撞了个正着。

舒桐无法相信眼前所见的一切,更无法相信,自己那一向嘻嘻哈哈的好兄弟,竟突然变成眼前这副模样,如同行尸走肉一般。

高扬呆望着舒桐,不知所措,空洞的目光躲躲闪闪。

"你……怎么回来了……"

"不请我进去坐坐?"舒桐扫一眼凌乱的客厅。

高扬退后一步,将舒桐让进屋里。

"多久了?"随处可见杂物,舒桐无处落座,只能像棵树似的立在客厅中。

"你别管。"高扬甚是不耐烦。

"有什么困难吗?为什么不跟我说?"

"我说了,你别管!"高扬狠狠一脚踢翻面前的椅子。

"你不是这样的……"

"少他妈多管闲事!你怎么知道我是什么样儿?我现在这个样子,

不正是你想要的吗?你发光发热,盖过我所有的光芒,而我只能待在阴影之中无出头之日!"

舒桐听不懂高扬的话,却明白此时无论自己说什么他也听不进去。便只是盯着他的眼睛,任凭他怒骂,并不还口。

"我那么努力……那么努力地想让别人看得起我……看得起我的梦想……我上采访、做签售、巡回演讲……你呢?你天天就窝在自己的小天地里,不跟任何人互动。可是,为什么他们却依然只看得到你的光!你他妈到底哪儿来的光!"高扬失了理智,冲上前猛推舒桐肩膀——出国前,在酒吧后的小胡同里,舒桐左肩被小混混一棍子闷下,此刻在高扬的冲撞中,肩膀一阵钻心的疼。可舒桐仍然不还口,也不还手。

"你是光……你身上全是光……我他妈就是一废物!一个毫无价值的废物!"

因这自暴自弃的言语,舒桐突然出手,一拳打在高扬脸上。高扬那大鼻头立刻挂了彩。他闭上了嘴,连连后退,瘫坐在塞满脏衣物的沙发上。

屋内一阵安静。

这一拳,让高扬彻底冷静了下来。

舒桐从卫生间拿来湿毛巾,扔给高扬,又从地上扶起椅子,坐在他面前,一言不发。

高扬擦拭掉脸上的血迹,低下头。许久,他盯着地板,哽咽道:

"你知道吗……小时候,爸妈给我的零花钱特别少。我常看到林熙大手大脚地花着父母给的钱买零食,而我,只有眼馋的份儿……于是,我开始盼望长大,盼望着将来有一天,自己能赚足够多的钱,买走商店里所有的零食吃个够,再也不用向任何人伸手——童年里,这就是我唯一的梦想。如今,当我真的有能力扫空商店的零食柜时,却突然发现,买得了、吃不了。零食可以无限地买,可肚子里这点儿空间却依然有限。还是小时候好……童年真好……梦做得再大,也不用担心自己实现不了……做错了什么,从书包里掏出一块橡皮,擦一擦、改一改,从头再来……可现在……我想重新开始、想拿出橡皮的时候,却发现,自己连书包都没有了……全丢了……丢了……"

"我陪你去戒毒所。我陪你重新开始。"舒桐轻声道。

"上学时,爸妈不认可我的文字,不允许我写小说……我顺着他们的心意,烧了全部心血……可后来,依然活得一塌糊涂……直到……"高扬流着泪望向舒桐,"直到我得到机会……我开始拼命努力,就为了争一口气……就为了让我爸妈看看,我高扬的文字,可以养活我、养活他们,可以让我出人头地、扬眉吐气……"

"你的确做到了啊。"

"我不满足……不满足啊……我想要更多……到最后却是……一场空……我玩儿大了……玩儿完了……"

"看着我!"舒桐一把扶住高扬的肩膀,双手死死捧住他的脸,硬生生地把目光扳到自己脸上,"你!高扬!还能从头再来!你可以颓废,可以犯错,哪怕一败涂地也没关系!但是,你不可以自暴自弃,不可以一蹶不振!我会陪着你,陪着你重新站起来,重新拾起笔,重新做回那个在任何打击面前都能嬉皮笑脸的高扬!"

"你陪我?"高扬失魂落魄。

"我陪你!"舒桐态度坚定。

"明天……明天我就去戒毒所……"高扬靠在沙发上,闭上了眼睛。

"有件事儿,我想问问你。工作室剧本创意被窃,大家怀疑跟小赵有关。"

"他是李翘楚的人……"

"李翘楚?"舒桐自然知道这个名字,"那位传媒大亨?"

屋外一阵突如其来的敲门声。

"谁?"高扬如同受了惊的兔子一般,竖起耳朵仔细听着门外的动静。

"您好!我是楼下的!你们家卫生间漏水,漏到我家去了!我上来瞧瞧!"

高扬忙拽起沙发上的毯子,把茶几盖得严严实实,这才对舒桐说:"让他进来吧。"

舒桐起身开门。

缉毒警察拿着搜查证出现在门口。

屋内,高扬面部扭曲,惊恐在那一瞬化为愤怒,冲向舒桐:"老子都他妈答应你去戒毒所了!你竟然还把警察叫过来!"

舒桐迷茫——他并没有报警。身后两位警察忙挡在舒桐面前,将高扬死死按住。一番搜查后,警察带着高扬,连同查出的毒品一起离开。临走前对舒桐说:"同志,麻烦你也跟我们走一趟。检查结果没问题,你就可以走了。"

舒桐点点头,乖乖地跟在后面。在楼下大爷大妈们指指点点的目光中,两人上了警车。

所幸,高扬所持毒品数量极少,且主动配合警察调查,在警局里也并未多招惹什么麻烦。舒桐毒品尿检呈阴性,被顺利放出警局。

警局门口，一辆黑色商务车在树荫下静静等候。见舒桐走出，车内下来一位西装革履的男士，堵在他面前。

"舒先生，您好！李总已恭候多时，请跟我来。"

言语间丝毫没有选择的余地。舒桐略迟疑，站在原地。

车门突然打开，李翘楚下了车，带着一脸热情的微笑，径直走到舒桐面前。

"久仰大名！"他伸出双手，紧紧握住舒桐的手，而后又有力地拍拍舒桐的肩膀，仿佛在问候一位多年未见的老友。

舒桐正欲开口，手机铃声突然响起。

"不好意思。"他忙道歉，走至一旁接通电话。

电话里传来小萌的哭声："舒桐哥！大晴子不见了！"

二十六

入行多年，吴深紧守底线，绝不害人。

即使视频中小 N 面部打了马赛克，吴深依旧看得出来，她就是小宁——那个跟他一起去巴黎追星，并想方设法躲进迟天房间的姑娘。只是，他不明白，这姑娘视迟天如性命，为何会在媒体面前拿泪水博眼球，用谎言诋毁偶像。

他翻出通讯录，找到小宁，提出见面约谈。电话另一端，她再三犹豫，终于点头答应。

咖啡馆里，小宁一身干干净净的学生装扮，再也没有浓妆艳抹，反而多了分清秀。她向吴深坦言，一个叫"一锅蛋炒饭"的网友找到自己，给了她一大笔钱，让她借巴黎之行做文章。吴深自然知道，这锅蛋炒饭由谁掌勺。

"你不是富二代吗？还会缺钱？"他抬抬眉毛，一脸难以捉摸的微笑。

"我爸妈因为我沉迷追星，已经断了我所有的经济来源。"

"所以你就答应'蛋炒饭'，拿她的钱，毁迟天声誉？"

"有了钱，我才能去小天的演唱会，继续应援，用行动支持他。"

"你爸妈都断了你的经济来源了，你不想着吃饭问题，竟然还要继续追星？"

"你不懂！"小宁急了，"我是小天全国应援团一个分社的社长，当初花了好大的工夫才坐到这个位置。底下有多少姑娘都虎视眈眈地盯着呢！我需要用钱来守住这宝座，这样才能一步步往上走，最终成为小天的左膀右臂！另外，'蛋炒饭'说，这样做会帮小天炒作，毁声誉只是暂时的。她说，所有的大明星都有黑历史，以后又都会被洗白。"

"她这么说，你就信了？你难道从来没考虑过她有没有自己的目的？"吴深觉得面前的这姑娘可笑至极。

"难道不是吗？"小宁理直气壮地反问。

"你这次肯答应来见我，又是为什么？"吴深明白，小宁另有目的，也猜出了八九分。

她立刻换了副表情，凑近吴深道："吴哥，我知道，你们狗仔需要'料'。我这里还有一个跟小天有关的消息，你要不要？我还没跟任何人说过，你放心，肯定独家！"

小宁的一脸严肃，在吴深眼中却显得无比幼稚。

"'蛋炒饭'给你的钱,花完了?"他对小宁嘴里的"料"没有丝毫兴趣。

"这你就不用管了。"

"既然你叫我一声'吴哥',我就跟你说点儿掏心窝子的话。"吴深突然认真起来,"抓紧时间站出来澄清,既是为了迟天,也是为了被这件事拖累的无辜的人。"

他并不关心迟天,但却不想伤及无辜。更何况,辛晴是吴深所有大学同学中,唯一一个对他没有偏见的人。

见吴深无意买消息,小宁脸上流露出些许失望。或许,她仍会像从前一样,以爱之名,毁人之誉。吴深唯有叹息。

京郊,深潭工作室里一派热火朝天的景象——众人正为迟天和辛晴吵得不可开交。

"辛晴根本就没有任何价值!咱们千万不能被她带跑偏了!"

"我同意!我们的关注点必须时刻放在迟天身上,从他那里继续挖掘!"

"我不同意!以辛晴为诱饵,钓出的是迟天身后那个庞大的粉丝集团,这里头大有文章可做!"

谭西四仰八叉地躺在椅子上,静静地看着手下你一言我一语地争辩,却不发表任何评论。他望一眼走廊尽头紧闭的木门,看看腕表——吴深和他的团队已经在里边待了整整两个小时。

谭西一直在等吴深的准确消息,电脑屏幕上已经开好了新文档。消息一到,谭西便可接过接力棒,撰出一篇"重磅炸弹"来。他深谙民众心理,知道哪些字眼儿能挑逗起舆论的痒痒肉儿,哪些词语能直击要害，引发唇枪舌剑。

吴深曾说，谭西是他见过的最"会"说话的人。

而此时，吴深正和自己手下最会办事的团队一起，顺藤摸瓜，找寻幕后之手。

团队里外号叫"箭头"的小伙子，刚刚结束一趟差事，将U盘递给吴深。

"吴哥，金易修我已经调查清楚了。"箭头平时说话结结巴巴，一遇到正事，舌头却比谁都利索，"辛晴在小镇舍身救人的前一天，金易修就离开北京，到了镇上，住进招待所里再也没出来过。我想办法委托关系，拿到了事发时的街头监控。那个被辛晴救下的'老头儿'，一早从金易修住进的宾馆里出来，走路利索得跟年轻人似的。被辛晴救下后，他趁着人群逃跑，回到宾馆。一个小时后，金易修拎着行李办了退宿手续，离开了小镇。老头儿走路姿势像极了金易修。吴哥，你的猜测果然没错。"

"还记得最开始的'6376'吗？"吴深问。

"就是跟在'一锅蛋炒饭'的帖子后，把舆论目光引向辛晴的那个同行？"

"对。"吴深点点头，"我的直觉告诉我，'6376'就是金易修。现在，通过小镇救人事件的线索，可以断定，金易修受雇于背后的大佬。整件事都和这位大佬脱不了关系。"

"可是，吴哥，咱们干吗非要一刨到底？跟其他媒体一样，凑凑热闹爆爆料，赚一波流量，不就够了吗？"

"这次的事情根本没那么简单。刨清楚了，咱们才能知道，到底还要不要继续分这块儿蛋糕。"

"什么意思？难不成我们还能放着这么大块蛋糕不要？"

"水太深。自保为主。"

"别介！兄弟们为了迟天、辛晴的新闻，一个个没日没夜地忙活，如果到头来竹篮打水一场空，兄弟们不服啊！"

吴深闭口不言，脑子飞快运转。

见吴深不语，大家明白，头儿正琢磨事儿呢，便开始小声嘀咕闲聊。他们了解吴深，知道他一旦开启沉思模式，必定要在自己的世界里沉浸个把小时才肯罢休。

"哎，周末一起去三里屯那家新开的面馆瞧瞧呗？"箭头戳戳一旁小伙子的胳膊肘。

"我没时间。我跟兄弟约好了，周末要狠狠宰他一顿。他们华鹰刚成功收购了新宁企业，我这兄弟是收购组成员，老板奖励了他们好大一笔奖金。平时他抠门儿得要死，这次可让我逮着一个机会！"

"瞧你那点儿出息！"箭头一脸鄙视的笑。

吴深眼前一亮，突然把目光转向小伙子，大声问道："你刚说什么？华鹰把新宁收购了？"

小伙子被头儿突如其来的质问吓了一跳："啊？是……是啊……"

吴深一挺身，从椅子上跳起来，冲进资料室。翻箱倒柜后，找出一个沉重的文件盒来。他捧着盒子回到桌边，打开台灯，拿出文件，一份一份细细翻找。

不久，吴深抬起头，额上青筋微微颤抖。脑海里冒出的那个"李"字，让一切推测都开始顺理成章。

吴深走出资料室，扫一眼纷纷望向自己的目光，缓缓说道："这件事到此为止。从现在起，有关迟天和辛晴的一切新闻，深潭工作室不再参与。"

从律师事务所出来,辛晴反复思量着王律师的叮嘱,心里从未有过的平静。

律师说:"这是一场硬仗。"

辛晴说:"我准备好了。"

她即将面对的,是无数张隐藏在阴影中的恶毒的嘴,是一个被自由娇纵、却从未自由的时代。这一次,她不要逃。

小痒痒的尸体,被辛晴埋在了京城最不起眼的角落中。那里,没有恶意揣度,没有污蔑诋毁。小丫头,你终于可以安心地睡一觉了。

夜幕下的世界,真美。

辛晴将一切伪装通通卸下,丢进路旁的垃圾桶中。没有口罩遮掩,她大口呼吸着浑浊的夜色气息,无视内心痛苦的挣扎,沿着被灯光彰显了黑暗的路,大步向前。

身旁,突然传来一句男声,低沉极了。

"姑娘,听故事吗?"

辛晴站住脚步,扭头望去。道沿边坐着一位披头散发的男子,灰色T恤上沾满污渍,发白的牛仔裤卷起裤边,松松垮垮地挂在骨瘦如柴的腿上。男子手中握着一罐啤酒,一边啜饮、发出极其享受的声音,一边不时地抬头打量着辛晴。脚边,散落着一堆空啤酒罐。

"什么故事?"

"想听我的故事,你得出个合理的价钱。"男子撩起上衣,搔搔后腰。

辛晴翻遍口袋,拼拼凑凑拿出八十六块五毛钱。

"我身上只些钱。"

男子一把将钱抢过去。辛晴无奈苦笑。她早已不在乎这些，即使上当，于她而言又能如何？

"人们都说我疯了，没人相信我的故事。"男子把钱装进裤兜，喝干手中的啤酒。

辛晴在他身旁坐下，望向他写满了沧桑的侧颜。

"我生活在一座孤岛上。岛南为高山，岛北是平原。山脚一条平静的河流，将孤岛硬生生地分出两个世界来。山下世界的人们，一心盼着挤进山顶的上流世界中。山顶那些高高在上的"金缕"，却根本瞧不上脚下的"粗衣"。两个世界的人们，就这么互不干扰，平静生活。可是，有一天，山顶世界不知出于何种目的，修出一条起于山脚的路。接着，每隔一个月，路便开放一天。山顶权贵们，从山下一众眼巴巴仰望天空的人群中，选拔出一部分，向他们敞开山顶世界的大门。这些被选拔出的人，并非才智出众或品质超群，他们唯一的共同点，就是一心想要去往上边的世界。他们从不知道山顶的一砖一瓦、一草一木是何模样，却带着满腔荒唐的忠诚，心甘情愿臣服为奴。

"山下的人们啊，站在山脚，看到高高在上的、金碧辉煌的入口，心里念叨：山顶世界一扇大门都修成了一座宫殿，那里的人们自然个个儿都像皇帝吧。可他们只会瞎琢磨，并不敢相互袒露心声。在山脚明目张胆地关心山顶世界是件令人羞耻的事情。你若谈论它，哪怕并无恶意或试图给予现实丝毫负面的评价，也立即会招来听众的讽刺与警惕。他们会默默与你划开界限，防止你的血溅在他们身上。你若赞美它，不论多么由衷，周围也会传来唏嘘一片，群众只会骂你阿谀奉承——尽管他们也同样巴巴地盼着踏上那条通往山顶的路。这，就是山脚，一个被矛盾撕裂、被虚伪滋养的世界。

"我曾是一个无辜的旁观者,带着一身最不起眼的正义,在山脚苟且偷生。直到有一天,我也开始好奇。于是,我塞了满嘴的谎话,通过选拔,跟着一群陌生人踏上了通向荣华富贵的路。山顶好高,好高啊!我夹在人群中,慢悠悠地往前挤,旅途甚是无聊。我想和身旁几位小姑娘聊天——她们长得都挺耐看。我嬉皮笑脸地打招呼,可小姑娘们没人理我。她们只是呆滞地迈着僵硬的步伐,仰头望向上方金碧辉煌的大门,眼睛里尽是忠诚与期待,似乎根本没有意识到我的存在。我热脸贴了冷屁股,怪无趣的。扭头想找其他人攀谈,可放眼望去,一路上密密麻麻的人头,全都是和小姑娘们一样的神情。气氛开始变得诡异。我走完了第一段路。

"所有人脸上朝圣一般的表情,让我浑身冒起冷汗。我突然开始抵触,不想走进那金碧辉煌的大门了。逆着人群,我开始一点点往下走。山顶一群带着金属面具的卫兵,立刻注意到了逆流而下的我,却没人阻止,因为他们的目光立刻又被从半开的大门内冲出的人影吸引了。我一边尽可能快地往山下跑,一边不时地抬头观望山顶的情况。那人影,是个男孩儿。他步履蹒跚、跌跌跄跄,尖叫着冲出大门。真奇怪!那些金属面具们,竟没一个人拦他,只是像刚才看着我那样,死死盯着他。男孩儿还没来得及踏上路,便一命呜呼。没人知道他是怎么死的。一个面具守卫扛起男孩儿的尸体,走进了大门内。我听到,身旁一对夫妻小声嘀咕。男人说:'这条路,有去无回。他来自山脚,被赋予了山顶至高无上的信任,如今却成了叛徒,不足为惜。'女人说:'我们没有这样的儿子。'

"我在这对夫妻朝圣的面孔中,看不到任何惋惜与心疼。恐慌充斥着我的身体,我拼了命地想下山。可是,我刚刚走过的第一段路,此时却根本看不到尽头。我在人群中挤啊、挤啊……身边的人们目不转睛地望着山顶，山顶的面具守卫们目不转睛地盯着我……我好像听到了他们的嘲笑，听到了他们犀利的讽刺。直到现在，我仍困在这条路上，朝着无法触碰的起点，逆流奔跑。"

故事戛然而止。身后草丛中，虫鸣阵阵。

辛晴一阵沉默，许久，开口问道："你……是谁？"

"我叫秦风。"男人扔掉手中空空如也的啤酒罐，站起身，拿着八十六块五毛钱，朝不远处的烟酒商店走去。

警局门口，舒桐接到小萌来电，得知辛晴失踪，一时心急如焚。

一旁，李翘楚保持着他热情的微笑，请舒桐去翘楚阁细聊。

"举报高扬的人，是我。"他坦言。

舒桐忆起高扬的话，看着眼前这位衣着低调、骨子里却尽显张扬的媒体大亨，突然明白，摆在自己面前的路将是怎样一番荆棘密布、迷雾缭绕。他淡定地同李翘楚握手，谢过其对自家好兄弟的关心，而后以有要事在身为由，交换了名片便匆匆离去。

从没有人敢如此将李翘楚凉在身后。

"李总，这……"助理不知所措。

李翘楚嘴角微微颤抖，掠过一丝不易觉察的锋芒，眼中却流露出大度坦然的笑意。

他知道，一切才刚刚开始。

看到舒桐的第一眼，小萌号啕大哭。

"我们查了小晴姐的电脑，"毛一一说，"她买了去威海的机票，昨天半夜的航班,这会儿应该已经到了。"

"威海?"舒桐一愣。那是辛明义在几十年前为辛氏集团赚得第一桶金的地方。辛晴去那里做什么?

顾不得多想,舒桐同小萌两人打过招呼,直奔机场。

"萌萌姐,别哭了。"看到舒桐离去,毛一一转过身来,"要不,咱们也去找小晴姐?"

"不行。咱们得在这儿守着,万一大晴子跟舒桐哥走岔了,回了北京,家里必须得有人……"小萌的眼泪,既是为辛晴担忧,也是因小痒痒的死而心痛。路越走越艰难,生活怎么连一个弱小的生命都不放过?

这是一座被大海拥在怀中的小城,春夏秋冬在轮回的时光里从容不迫地更迭。沿曲曲折折的海岸线走上数十公里,心哪,便会从喧嚣到孤独,找回一份完完整整的安宁。于是,所有你曾习以为常的存在,突然间便被蒙上了孩童般好奇的目光。你拨开眼前如鬼魅般缠绕的乱象,望着这干干净净的世界,想去看鸟儿怎么飞,看河水怎么流,看繁星怎么闪烁,看草木怎么生长,看太阳怎么东升西沉,看大海怎么潮起潮落。而后,你欢舞雀跃,乐此不疲地奔跑在人世间。

灯塔下,挤满了围观的群众。

"快报警啊!千万别出人命!"

"老朱说有人已经叫警察了,马上就到!"

"老朱!报警了吗?"

"报了报了!我听老李说,有个小伙子刚叫了警察!"

人人都以为，他人已采取行动。于是，没有人报警。

"姑娘！有什么想不开的，下来好好说！人就这么一条命！死了可就什么都没有了！"一位刚从早市回来的老太太，手里拎着新鲜的鱼，仰着头朝塔顶呼喊。

灯塔下发生的一切，辛晴一无所知。

她凭栏远眺，任凭海风裹挟着所有思绪，回到汤加的阳光下。心中从未有过的坦荡，目光里，尽是苍茫辽阔的远方。她知道，眼前，是一个充满了未知的起点。

她被逼无奈跨出了第一步，却对接下来的路毫无信心。

"傻丫头，你在想什么？"

辛晴一惊——自己又出现幻觉了。

"丫头。"

可这一次，却像此刻清新的海风一样真实。

辛晴鼻子一酸，红了眼眶。她缓缓转过身去。

舒桐站在楼梯入口，一如多年来始终如一地默默守候，目光里道尽了温柔。

"你回来了……"辛晴哽咽。

"回来了。"舒桐举起手中的信，"猜猜我给你带了什么礼物。"

"一封署名为Coole的信？"辛晴笑着流泪。

"一封署名为Jo的信。"舒桐朝她慢慢挪动着步伐。

辛晴泪流满面："原来……你去加拿大是为了……"

舒桐点头，伸出双手。看着他被思念打湿的目光，辛晴再也控制不住压抑了三年的情感，扑进自己日思夜想的怀抱。

灯塔下，一阵兴高采烈的欢呼。

"你曾经所做的一切,都是有意义的。"舒桐紧紧拥着辛晴,在耳畔低语,"你走过的路,你写下的文字,你留给陌生人的每一个坦诚的微笑……你是一个奇迹,是这荒诞的世界中最合理的奇迹。答应我,别放弃这个奇迹,好吗?"

辛晴躲在舒桐怀中,贪婪地嗅着那记忆中最熟悉的味道:"我答应你……"

灯塔下,人群渐渐散去。海岸线上的生活,又恢复了往日的宁静。一个正蹒跚学步的小宝宝,抬头看向灯塔上方的天空,突然一声尖叫。

人们纷纷寻着孩子的目光望去。

两个身影从塔顶一跃而下,俯冲,旋转,展翅,腾空而起。

"那是海鸥啦!"妈妈蹲下身,温柔地抚着孩子的额头,"他们是暴风雨中的勇者,是自由的精灵。"

孩子不知自由为何物,握着单程票,站在只属于他的、独一无二的生命起点。

所有结局,也是崭新的开始。

后　记

春

成长这条路，走得越远，越是小心翼翼。可站在起点之时，却毫无顾忌。

听爸妈说，我在百日抓周那天，一把抓住了妈妈工作用的计算器。家里老人们说："妮儿这是要当会计，以后算钱嘞！"

可奇怪的是，自己曾说过的无数句"我长大了，要成为……"并没有会计这个职业。更奇怪的是，我从小到大唯一坚持下来的事情——写故事，在童年里却始终只是一个爱好，仅此而已。

我曾有过很多梦想。每一个都像一株小草，长进我心里。风一吹，草便开始起舞，扭啊扭、扭啊扭，扭得我心里痒痒的。为了灌溉我心中不成形的草原，爸爸一咬牙，拿着每月极其有限的工资给我买画板、舞鞋、电子琴、天文望远镜……妈妈省吃俭用，送我去学画、学琴、学跳舞……当所有的物件都在角落中蒙上灰尘，当每一次学艺都浅尝辄止，我的童年也落下了帷幕。

长大真是个好事儿。

很久很久以前，妈妈就开始用"长大"这件事儿委婉地拒绝我的各种无理要求了。或许，就是在那个常常被"长大"诱惑着的年纪里，我心生了对大人们的羡慕，却丝毫没有预料到，长大后的自己最想做的便是重回小时候。

人啊，总是在美好的过去里憧憬着未知的未来，于是便失了感受现在的心情。

关于儿时的日子，我最怀念的，无非是一些曾习以为常的细节琐事。

比如，每年暑假里，把凉皮凉面和西瓜当晚饭的日子。

吃瓜前，妈妈总会帮我脱掉上衣，以防西瓜汁染了衣服。"蹲好了，把脑袋伸到垃圾桶上，可别让西瓜汁流一地啊！"这句叮嘱，妈妈重复了无数遍，以至于我直到现在，吃瓜时也必定要乖乖蹲在垃圾桶旁才觉得习惯。如今，何老板用"好笑"和"不雅"来形容我的吃瓜姿势，来家做客的朋友们也会站在一旁，一边"优雅地吃瓜"，一边低头笑看蹲在地上的我，开几句没有恶意的玩笑。一开始我总会跟他们解释两句，可到了后来，便懒得再言语。毕竟，九零年代时，那个挺着小肚子守在垃圾桶前，用两只小手捧着西瓜的我，那个嘴巴张得大大的、朝着瓜瓤"啊呜"一口啃下去，啃得满嘴甜丝丝、乐得合不拢嘴的我，那个将妈妈的嘱咐抛在脑后，任凭红红的汁水顺着下巴流到脖子上、又沿着脖子向下淌去的我，那个眼看着蜜一样甜的西瓜汁，随着圆圆肚皮的弧线，放肆地朝肚脐奔去，却只知道"嘿嘿"傻笑的我——只有爸妈亲眼看到过，也只有爸妈在记忆中小心翼翼地珍藏着。

我曾以为，诸如吃西瓜这类不起眼却甜如蜜的幸福感，才是我始终惦记着的童年。于是，长大后，我常向爸妈问起一些只有他们才记得的细节。

比如，我的出生——我生命中所有幸福感的起始点。

爸妈说，我出生在一个春夜里。

那一夜的那一刻，静得哟，一如他们生命中无数个平凡得不能再平凡的夜晚。我从娘胎里出来，却没有啼哭。接产医生抓住我的脚脖子，用"啪"的一巴掌，换来了我人生中第一嗓响亮的哭声。

长大后，我曾问爸爸，看到我的第一眼，心里想了些啥。他一乐，道："还能想点儿啥？皱皱巴巴的，咋恁丑嘞……"

那时年纪轻轻的爸妈，迎接了皱皱巴巴的我。

如今年纪轻轻的我，却在每一次离别与归家间，在脑海中刻画着爸妈渐渐变得皱皱巴巴的脸。

原来，童年里，最令我念念不忘的是爸妈的陪伴，我拼了命也无法寻回的是爸妈的年轻。

夏

"何老板"一名的来历,在我和何老板共同的朋友圈子里流传着不同的版本,每一个说法都能从记忆深处拉扯出一串又一串亮闪闪的温暖。或许,将来某一天,我心血来潮较起真儿来,一番苦思之后,倒真可能揪出这一称呼的确凿出处来。

可谁知道那会是哪一天呢。

我与何老板,前者常飘在空中,后者稳走于地上。他总能在适当的时候,以适当的方式将我拉近地面。

拉近,却不拉回。

"为什么呢?"我曾在从坝上归来的途中问他。

"你负责做梦,我负责给你做饭。"何老板笑道,"饭好了你得下来吃,吃完了接着往上飞。"

车内空气愈发温暖起来。

暖如七月中旬青藏高原上被赤裸阳光烘烤过的那般。那时的我们,还在海拔三千多米的青海湖畔,虔诚地向成群牦牛借道。

"大哥!您慢点儿走!让我们先过去,好不好?"面对挡在路中间的霸气生物,何老板瞪大了眼睛小心翼翼地把着方向盘喊道。

"大哥"们回过头,给了"何小弟"一个写满"你自己慢慢儿体会"

的眼神儿，缓缓踱步至路边，目送我们离去。

"第一次听到有人叫一群牦牛'大哥'。"我笑道。

"它们可不是普通的牦牛，而是掌握着咱俩人身安全的生物。"何老板也笑了，却是一脸严肃。

"哦。"我放下车窗，朝这群"大哥"们渐渐远去的身影挥手致意。

为了安全，我们在青藏高原上认了一群"牛哥哥"。

同样是为了安全，何老板曾命令我一动不动地站在茶卡盐湖上，自己背着若干杂物，举着相机，深一脚浅一脚地踩着盐泥上跑左跑右，只为找到令他满意的角度，按下快门将我留在此刻的风景中。

何老板的相机，总有我在各种风光里的身影，却鲜有他自己四处留念的镜头；正如我的手机里，满是他或举相机或搞怪的照片，却没有我自己瞪眼嘟嘴剪刀手的自拍——一次又一次的旅途，阳光和心情总是不同，但关于拍照这件事，从未有变。

"在你的镜头里，我从来就没有正经过——你总是能成功抓拍到我最丑的样子……"当着我的面儿，何老板总是这般忧伤地抱怨。

"看看！这些有创意的照片全是我媳妇儿给我拍的！"在自己哥们儿面前，何老板又是如此自豪。

何老板这一脸自豪的样子，简直和他"成功"做出我朝思暮想的胡辣汤时一模一样。

"我想家了……想喝胡辣汤……"看着手机里妈妈发来家人们围坐桌边吃早饭的照片，我仿佛听得到他们的闲聊声。

"走！带你去找有胡辣汤卖的地方！"何老板一手抓起车钥匙，

一手把我从椅子上拎起来,大步走出门外。

为了在京城寻到地道家乡味儿,何老板带着我,一条街一条街地转。卖胡辣汤的店,是有那么几家,可味道却总欠了那么一点儿。

下午三点半的小饭店里,只有我们两位客人。餐桌旁,我瞅着面前的胡辣汤,何老板瞅着我。店门口,老板娘瞅着我俩和桌上只动了一口的胡辣汤,气氛有点儿冷。

"不吃了。咱买点儿料,自己做!"何老板再次一手抓起车钥匙,一手把我从椅子上拎起来,大步走出小饭店。

隐隐约约地,我听到老板娘收拾桌子的声音,似乎还有一句:"莫名其妙。"——这四个字说得倒是挺有家乡味儿。

为了这个连他自己都不知道什么味儿的味道,何老板左手拎着料包、右手拿着停留在搜索网页的手机,走进了厨房。

当何老板终于从厨房钻出来时,料包变成了一锅看起来还不错的……嗯,且称其为"汤"吧。

我瞅着这锅汤,何老板瞅着我。

"快尝尝!"

我拿起勺子,舀了一口送入嘴里。

"怎么样?"何老板瞪大了眼睛,目光里满是藏不住的期待。

三秒钟过去,我点点头,竖起大拇指:"就是这个味儿!"

这句话,让何老板的尾巴翘上了天。这个"味儿",让这京城成了我的第二个家乡。

所有结局
亦是崭新的开始

之一

我能够珍藏人生中的春夏,却无法预知生命里的秋冬。

之二

在一定逻辑框架下构建的小说,怎能道尽常常出人意料的生活。

一稚

二〇一七年

夏